华 章
传奇派

品味无限不循环的人生

（上）

窦椋 著

图书在版编目（CIP）数据

魔鬼周 / 窦椋著. — 重庆：重庆出版社，2021.1
ISBN 978-7-229-15622-0

Ⅰ. ①魔… Ⅱ. ①窦… Ⅲ. ①长篇小说—中国—当代 Ⅳ. ①I247.5

中国版本图书馆CIP数据核字（2020）第252359号

魔鬼周

窦椋 著

| 出　　品：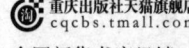华章同人
| 出版监制：徐宪江　秦　琥
| 策划编辑：张铁成
| 责任编辑：王昌凤
| 责任印制：杨　宁
| 营销编辑：史青苗　刘　娜
| 封面设计：晨星书装

重庆出版集团
重庆出版社 出版
（重庆市南岸区南滨路162号1幢）
投稿邮箱：bjhztr@vip.163.com
北京温林源印刷有限公司　印刷
重庆出版集团图书发行有限公司　发行
邮购电话：010-85869375/76转810
重庆出版社天猫旗舰店
cqcbs.tmall.com

全国新华书店经销

开本：880mm×1230mm　1/32　印张：20.25　字数：399千
2021年5月第1版　2021年5月第1次印刷
定价：69.80元（全两册）

如有印装质量问题，请致电023-61520678

版权所有，侵权必究

目 录

第 一 章　我决心披肝沥胆，却往往坠入深渊 / 001

第 二 章　我决心一鸣惊人，却总是折戟沉沙 / 022

第 三 章　我有换一种活法的机会，却发现生而为此 / 043

第 四 章　我想独自迈出困境，却渺小无力望不见尽头 / 066

第 五 章　我以为青春的颜色炙热而美丽，却发现梦想与现实相距千里 / 089

第 六 章　我渴望重新站立，却发现站起来狂风愈发凛冽 / 115

第 七 章　我以为青春是信马由缰的代名词，却见识到战斗之路从无坦途 / 134

第 八 章　我以为魔鬼周是灰色的，岂知它还带着恶毒残忍 / 156

第 九 章　我以为魔鬼周是黑暗的，岂知它还无限窥探人性 / 176

第 十 章　我以为魔鬼周是孤独的，却发现存亡时刻战友生死不离 / 197

第十一章　我以为凤凰涅槃指日可待，却发现煎熬才是常态 / 220

第十二章　我以为没人会察觉我在转变，其实连时光都在为我呐喊 / 241

第十三章　我知道胜利还很遥远，但能做的只有坚信眼前 / 263

第十四章　我以为我会重新对待他人，其实更明白要审视世界、审视自己 / 284

第十五章　我以为最勇猛的状态是坚持到底，岂知放弃也如此荡气回肠 / 307

第一章
我决心披肝沥胆，却往往坠入深渊

雾锁崇山峻岭，云笼白树荒草。

迷雾中除了有一搭没一搭的布谷鸟叫声，这个边境地区的山坳里没有光亮，看不清来路去路，似乎与世隔绝。

倏然，一道闪电划破夜空，照耀出山坳间整齐排列的十余顶军绿色班用帐篷，它们像队列中的士兵，横平竖直、严阵以待。暗夜中它们承载着士兵关于荣耀、关于军魂的梦，给疲惫的他们最后一丝尊严。

大雨倾泻而下，砸在帐篷上、灌木丛中、坚硬的碎石子地面上，像迎接战士凯旋的掌声。狂风也猝然袭来，帐篷表面起起伏伏，幸好有密密麻麻深嵌泥土的铁橛，配合紧绷的钢索，帐篷被牢牢固定，才不至被大风大雨摧垮。

此刻的炸裂喧闹与刚才的宁静犹如两种极端，但帐篷里的小伙子们没有感受到这种变化，他们不再警惕，躺得四仰八叉，鼾声不止。

他们从哪里来？从没有脱下的防弹衣、弹袋上可以隐约看到"SPC"字母，摆在床头的迷彩背囊上写着醒目的"巅峰特战"字样。

预备队员王战的睡姿尤其神奇，脑袋已经离开枕头耷拉到床架下，形成一个不可思议的常人难以顺利实现的弧线。他嘴巴微张，呼吸节奏十分不顺畅，让人很担心随时会有窒息的危险。

西北角一处帐篷里，有人打开了强光手电。魔鬼教官陈东升和队员们的状态完全不同，仍神采奕奕，两只眼睛在黑夜里放着精光，伴着光线和阴影，那形态不似魔鬼胜似魔鬼。和他共处一室的还有三人，从习惯性居高临下的表情中可以看出他们和陈东升的角色没什么两样，仿佛几匹野狼置身羊群之中随时准备出击，难免不兴奋激动，嘴角抑制不住地流露出志在必得的意味。

四人正对着一张战术地形图比比画画，此时教官齐伟撩开帐帘走了进来，把一箱爆震弹小心翼翼地摆在桌子上。

陈东升拿起一枚，在手里摆弄着道："一箱不够，再来一箱！"

齐伟面露难色，嘀咕道："这是啤酒吗？踩箱整？虽说这个威力有限，但他们……耳朵受得了吗？心脏……"

陈东升提高嗓门道："你是魔鬼，你没有心脏，你不会疼！"他的眼神犀利得像一把军刀。

齐伟欲言又止，却不得不执行命令。

一旁的教官郎宇道："我早就说不该让你当魔鬼教官，出了名的菩萨心肠,哪像魔鬼。"

"你们以为魔鬼周极限训练只是练特战队员吗?更是在练教官。特战队员素质在提升,一线指挥员同样不能掉链子。"陈东升一张嘴就是在点拨人。

郎宇频频点头,此时齐伟又从帐外进来,虎着脸把又一箱爆震弹摆在桌上。

陈东升问:"都准备好了吗?"

"准备好了!"

"按分工展开行动,都给我招呼准喽。"

众教官捧着足够数量的爆震弹在大雨中分头行动,悄悄靠近队员的帐篷,拉开引信,迅捷地将冒着烟的爆震弹扔了进去。

齐伟边扔边哭丧着脸:"这是我见过的最惨绝人寰的叫醒方式。这都是大队长的主意,对不住了兄弟们,别找我算后账。"

黑漆漆的帐篷内瞬间火光冲天、亮如白昼,紧接着传出花式号叫,队员们的咒骂声不绝于耳:"神经、变态……"

王战是从床上弹起来的,正好和战友张铭的脑门撞在一起,顿时满眼金星,不仅眼睛看不见还耳鸣不止,又被爆震弹的烟气呛得鼻涕不止。但王战下意识地抄起床头的枪,带好装具,连滚带爬地就往帐篷口跑,张铭一把拽住他,提醒他防毒面具没有装进背囊。

王战挣脱开说:"来不及了。"

张铭见他态度坚决,不再相劝,便也跑开了。

帐篷口早就挤满了惊慌失措的队员,你推我搡,越挤越密,堵在门口像一群迷失的羔羊。

陈东升身着雨衣站在人群中目睹着这一切,眉宇间拧成疙瘩,仿佛这帮不入流的队员在他眼中是历届特战中最差的,没有之一。

"你们是我见过的最差的一批!"齐伟凝神说道,没有听过这句话的战士,军旅生涯是不完整的。

门口处的"交通"还在瘫痪,王战眼见很难迅速突围,灵机一动用匕首割破了帐篷从里面钻了出来,混在杂乱拥挤的队伍中认为没人注意他。他抹了一把脸上的泥水对张铭说:"计划中有这个课目吗?为啥不按计划表执行,说好的睡到自然醒呢?"

张铭弱弱地瞄了一眼雨帽下陈东升黑黢黢的脸道:"计划表?你跟他谈计划表?他的脑电波就是计划表!"

郎宇盯着眼前依旧无法整齐的队列,愈发按捺不住暴躁的情绪,朝天一梭子子弹,唾沫与雨水齐飞:"几颗爆震弹就吓丢了魂啦?要是手榴弹是不是要尿裤子了?说不定已经有人尿裤子了吧?"

齐伟看看队伍,再瞥一眼陈东升,陈东升的脸躲在雨帽后,无法察觉他表情的变化。陈东升是齐伟的老队长,他十分清楚,搁在前几年郎宇的发作和陈东升比起来简直不值一提,但随着时间推移陈东升像变了一个人,他不再轻易爆发,不再是一颗拉弦就炸的手雷，但这样的人更可怕，就像一枚臃肿却可以毁灭一切的核弹。

雨点更加密集，齐伟擦拭了一下额头，不知道擦拭的是雨水还是冷汗。

而队员们的虎斑迷彩服很快就湿透了，贴在身上。此时的他们还沉浸在刚才的惊吓中，都竭力稳定情绪，和他们身后横七竖八散落在地上来不及装进背囊的"武警牌"作战靴、胶鞋、战术手套、袜子、内裤、三角巾、背包绳、脸盆等物件形成良好的互动。

没等他们呼吸均匀起来，陈东升突然嚎了一嗓子："十一点方向，靶场靶壕，全速前进！"这一声饱含内力的命令和闪电并驾齐驱、划破天际，让王战肝颤不已。他们想尽快逃开陈东升鹰隼般的目光，脱离这令人窒息的境地，于是都奋力飞奔出去。

大雨滂沱中，作战靴踏击泥地的声音格外响亮，帐篷外的空地上随之空旷，留下陈东升一个人，他看着跟跟跄跄跑在最后还摔了一个狗啃泥的王战，摇头不止。

陈东升叫住郎宇指着王战说："虽然是预备队员，但半只脚已经踏进巅峰特战队的大门，这样的人是怎么混进来的？"

郎宇也恨铁不成钢地道："这个队员前期表现还是不错的，昨天还帮落后的战友拎枪、背背囊，估计是太累了。"

陈东升说："优秀的特战队员是从做好自己开始的，他这样的表现，让我怎能不戴有色眼镜，给我盯死他。"

郎宇心领神会："是！"敬个礼向队伍跑去。

暴雨依然如注，靶壕内早已积攒起齐腰深的水，还不断有雨水从预制板搭盖的顶棚上的缝隙中流下来，像水帘洞一般。看着队员们进入靶壕后，郎宇才和另外几名魔鬼教官说："他们以后一定会怀念这么过瘾的凉水澡。"

凉水澡把大家冲得瑟瑟发抖，他们在靶壕中抱团取暖，还没等缓过劲来好好琢磨一下，为什么要把他们赶进这密不透风的靶壕中，陈东升等人便将枪管伸进了靶壕两端的入口，随即扣动扳机。靶壕本就空间逼仄，人在其间厚重一点儿的喘息都清晰入耳，回来荡去、无处不在，令人心烦意乱，何况这大分贝的空包弹嚣叫，即便堵上耳朵，也被震得头昏脑涨、胸闷欲裂。

空包弹弹壳噼里啪啦地落入靶壕水中，王战深蹲水中憋气避难，也只是暂缓燃眉之急，等浮出水面，才发现更糟糕的事情还在后头。魔鬼教官开始往靶壕内投掷催泪弹，其他战友纷纷取出了防毒面具解决问题，王战却欲哭无泪，后悔不迭，如果当时听张铭的提醒该有多好。

张铭透过防毒面具无可奈何地看着被呛得生不如死的王战，准备摘下防毒面具给他，却被他拒绝。尽管此时他已经感觉像有上万只马蜂在蛰他的脸，变态辣侵入他的眼睛和鼻孔。

王战呻吟着对张铭说："这种爽法你是体会不到的！"

齐伟和陈东升站在靶壕上方，听着里面杀猪宰羊般的号叫，一副很享受的样子。

齐伟相比其他教官略显白净的脸上有些抽搐，他看了看秒表，时间只过去两分钟。

"着实不中用！紧急集合有明确规定，携行装备中必须含有防毒面具。对于制度落实我曾三令五申，可总有废物不长记性！我能怎么办？"陈东升的脸更黑了。

齐伟点点头，突然感觉眼前的陈东升是一个还算有条理的"魔鬼"，有条理比无底线好办，齐伟悬着的心稍稍放下点儿，但只是从嗓子眼儿到喉管的距离，依然没有放回肚子里。魔鬼毕竟是魔鬼，他不知道魔鬼什么时候能让他睡一觉，哪怕十分钟也行，队员们至少是从梦中被爆震弹惊醒的，教官们可是连眼睛都没合一下，他实在搞不明白郎宇等人为什么对于"整人"这件事乐此不疲。

齐伟没有当过兵，高考直接考上军校，军校一毕业就分在陈东升手下任排长，后来调入机关任参谋，这次主动请缨加入魔鬼教官队伍学习，也是托陈东升走了后门的，陈东升知道他肯定当不了这个魔鬼教官，但谁都有第一次，何况齐伟除了心软，还是有优点的，毕竟是拿过参谋集训第一名的人，野外标图作业、地形地物数据收集等很重要的科目恰恰是齐伟的强项。齐伟知道强将手下无弱兵，陈东升这个全总队最有名的特战大队长眼皮子底下不能有闲散怂人，虽然他已三番五次露出了怂意。

好漫长的五分钟，王战感觉胃里翻来涌去，连苦水都吐出来了，如果再不喊"卡"，便要窒息而亡。

枪声停歇，烟云渐散，队员们挨个从靶壕里爬出来，张铭发现王战的眼皮已经肿成灯泡大小，和咸蛋超人一般，可怜又可笑。王战不认为自己可怜可笑，虽然嘴里一百个不服，但他觉得能从地狱回到人间，呼吸一口正常的空气，已然是人生幸事。所以当战地记者张干事捧着相机走来的时候，王战远远地向他招手："张干事，来来来，快帮我拍一张，我现在这个样子肯定连我妈都认不出来了，太有纪念意义了。"

张干事似乎也认为这算是一个新闻点，附议道："我明天拟题《魔鬼教官有情炸弹无情，预备队员眼泡肿似铜铃》发上一篇报道也属应景！"

张干事对准王战一通猛拍。

王战感激张干事的敬业，眯着肿眼泡比起了剪刀手。

这一切陈东升尽收眼底，魔鬼周还没有到达极限，但他对王战的忍耐几近极限。

他正准备发作，郎宇率先看不过眼，眼珠子快要瞪出来了，能够清晰地听到牙齿交错的声音："废物，还有心玩呢！"

王战没有感受到郎宇胸膛里燃起的熊熊怒火，毕竟他就是一团火，走到哪儿烧到哪儿，即便一个人说话时都要用上十足的内功才行，所以还在旁若无人地变换着拍照的姿势。

张铭捅了他一下，王战不耐烦地说："干啥，我很忙！"

张铭又捅了他一下，王战拨开张铭的手说："没看我在找镜头嘛，镜头感不是谁都有的，别抢戏，排队！"

张干事明察气氛的压抑，收起相机一溜烟儿消失在人群之中，留下王战浪费了一个走心的表情。他这才扭头观察郎宇的方向，这一观察不要紧，膝盖立刻软了一下，郎宇的眼神像个压满子弹的枪膛，正冲他突突。

王战跑步到达郎宇和陈东升跟前。

郎宇问："怎么回事，哪儿来的？"

王战道："报告教官，王战，一支队下士！"

郎宇围着王战转了好几圈，最后目光停留在他的肿眼泡上："这就不奇怪了，废物点心永远是废物点心，紧急集合一塌糊涂，携行装备丢三落四，训练场纪律视若无睹，还有脸拍照，确实欠拍！"

王战透过红肿的眼帘偷瞄陈东升，陈东升的脸依然藏在雨帽后面，虽未说话但已杀机四起。

果然还是郎宇性子更急一筹，他问王战最后摆出的拍照姿势是什么，要求王战再摆一遍。

王战在众目睽睽之下，无比尴尬地又摆出了最后一个拍照动作，但脸已经红到脚后跟。

郎宇道："对，是这个动作，保持，不要动，动一下重新计时。"

笑得前仰后合的队员们喊着口号、唱着歌转移了战场，留下王战摆着那个尴尬的姿势直到天亮。

他还记得陈东升和郎宇临走时的眼神，那个眼神是在戳着脑门告诉他:"你就是一个笑话,来巅峰特战队?做梦去吧!"

不过王战的自我调节能力很强,他说:"接下来魔鬼周我打个漂亮的翻身仗,让你们这帮魔鬼看看惩罚我是有多无知。"

风停雨住,王战回到驻地的时候队员们正在吃早饭。野外条件虽不如营区,但野战炊事车上的饭菜也不含糊,司务长变着花样为队员们提供可口的饭菜。尤其是早上这顿,竟如晚餐一样丰盛,鸡鸭鱼肉、时令蔬菜样样不缺,光主食就有五种。

张铭嚼着包子,边为王战打包边说:"该回来了呀!体罚归体罚,部队没有不让吃饭的传统,再穷的部队也得先吃饱了再说别的事儿。"

话音犹在,郎宇出现在拐角处,王战一瘸一拐地跟在后面。

张铭赶紧过去搀扶,王战全身已僵硬了,张铭为他揉胳膊、捏腿、灌姜汤,好一会儿才缓过劲儿来。

张铭以为王战被收拾得应该有所收敛,岂料王战一碗姜汤下肚,面色红润了之后,看到张铭为他准备好的早餐,连谢谢也不说一声,就开始狼吞虎咽。

张铭说:"你这该吃吃的宝贵品格让人羡慕。"

王战一说话满嘴的馒头渣子:"再不吃,接下来没得吃了。"

张铭好奇地问:"这话怎么说?"

王战指指琳琅满目的饭菜道:"这还看不出来,犯人临刑前还给吃顿好的呢。我们这荒山野岭的,伙食突然换了档次,应该能想到接下来会发生什么。"

张铭佩服王战的洞察力："厉害,我终于知道为什么你这个德性也能来参加魔鬼周了,侦察专业的好苗子!"

王战嘴里的肥肉还没咽下,郎宇又来了,指了指昨晚被王战割破的帐篷说:"给我恢复原样。这是你们的营房,这荒山野岭的,留这么大一窟窿,晚上跑进飞禽猛兽就不好办了。"

王战刚想辩解："这、这这……我不会啊……"

郎宇说："你愿意当特战队员吗?"

王战点点头。

"那就好,有什么能难住伟大的特战队员?"郎宇转身就走,王战在郎宇背后做了一个动作来鄙视郎宇的不近人情。

但这是命令,通过昨晚的单独加操,王战明白郎宇这个人是外粗里细,他一定会回来检查帐篷缝得好不好,因为昨晚他折返回靶场好几次查看王战有没有偷懒,王战用眼角余光都看到了,所以他半点儿也不敢含糊。

张铭问："你能干得了这活儿?"

王战回答："不干怎么办,我已经上了他们的黑名单,再犯错就等着回原单位吧。"

张铭说："现在知道特战队员不是好当的了吧?"

王战边往针眼里穿线边说："我以为当兵会打仗就可以了,原来根本不是那么回事,还有比打仗更难的!"

张铭说："打仗你就行了?"

王战说:"反正比这女人干的事儿容易,我哪做过针线活儿。"

王战撅着屁股缝着破帐篷的场面令人忍俊不禁,他闷着头想,早知道我不耍这小聪明了,何必割破帐篷往外跑,就算割也应该往上割一点,现在这个姿势太难受。

王战咬断了线头,刚要欣赏自己的"拙作"时,哨声再次响起来。

帐篷上"舒服的日子只在昨天"的大红标语格外醒目。

魔鬼周的课目安排得紧锣密鼓,让人喘不过气来。

紧接着搜索射击、快速精度射击、榴弹射击、水面射击、战场转移、战场救护、武装奔袭、武装泅渡、穿越染毒地带、恶劣环境生存、红蓝对抗……极限课目轮番上演。

一时间,这个刚得到片刻安宁的山坳重新沸腾起来,特战队员们从喉咙里发出的嘶吼在山谷间回荡。

枪声此起彼伏,爆震弹、催泪弹、出其不意的炸点让这里烟雾弥漫,尘土飘扬。

陈东升坐在前进指挥所里唾沫横飞,郎宇、齐伟等人分坐两边,随着陈东升的移动晃动着脑袋,游走着眼神。

"极限,什么是极限?不是现在这个样子,是绝望,是恐惧,是灵魂的战栗!我没有在他们身上闻到极限的味道,比如那个王战,我只看到他嬉皮笑脸、满不在乎,这个货根本感受不到魔鬼周的魔力,可想而知我们这次魔鬼周属实很失败,我们的管理属实很儿戏！"陈东升的表情有些可怕。

郎宇有些愤怒，齐伟有些难堪，他们明显感觉到暴风雨将再次来临。

"接下来是什么课目？"陈东升问。

"红蓝对抗。"齐伟答。

"给我把最有想法、实战经验丰富的蓝军人员调来，干掉他们，多一眼我也不想看到他们。"陈东升说道。

齐伟说："报告总指挥，蓝军分队在指定区域集结待命，个顶个的好手。"

"先别吹嘘，能拿下多少特战队员，再来跟我炫耀。"陈东升说。

齐伟说："明白！"

齐伟拿起对讲机："蓝军分队队长，迅速占领三点方向废弃民房制高点，只要人质不被解救，你们可以采用一切有效手段。"

特战队员悄无声息地向民房围拢，沿途有大量蓝军袭扰，有不少特战队员误入蓝军埋伏圈，跌入蓝军设置的陷阱，有的触发了弓弩机关，被橡皮头的弩箭射中；有的踩到了诡雷，引发连环爆炸殃及队友；有的摔进深坑，被蓝军虏获。他们还没有看到民房的轮廓就伤亡殆尽。

王战很庆幸能突破一道道防线向核心区域进发，作为突击组成员他走在了队伍的最前面。

指挥所里陈东升看着无人机传回的实时画面心生疑虑:"这小子走了狗屎运吧?"

郎宇也附和道:"小胖不算胖。"

陈东升说:"我把话撂在这儿,如果他能解救出一个人质,就地给他转正,让他进巅峰特战队。"陈东升的意思很明显,王战不可能解救出人质,哪怕一个。

王战的对讲机里传来齐伟的声音,他复述了陈东升的话,王战听完对身边的张铭说:"这不是刺激我,这是赤裸裸的看不起!"

张铭开枪击中一个蓝军的狙击手后回道:"不能成为他们嘴里的笑料,否则只要陈大队长还是巅峰的一把手,只要你还在这支部队,永远别想出头。"

王战抓了一把叶子放在嘴里嚼着:"他们不让我出头,我偏偏要露脸。"

说着王战越过重重障碍,雷区、河流、独木桥,抓绳攀登上一个高坡后,左滚右滚躲过密集的子弹,找到临时掩体,掏出白光瞄准具向不远处的民房观察。发现民房周围都有蓝军的警戒之后,他和张铭结为攻守同盟,继续相互掩护、交替前进。

民房有三层,狡猾的蓝军早已将每一处窗户封死,外面无法观察到里面的情况。越靠近民房,前行的阻力越大,敌暗我明,而且一定有狙击手,这次红蓝对抗明显是本届魔鬼周的重头戏。王战艰难地做好伪装,采用低姿匍匐向前蠕动,汗水已濡湿了他的衣服，遮挡了他的视线，子弹贴着他的身体嗖嗖飞过。此时其他分队也已抵近这里，和负隅顽抗的蓝军展开激战。

张铭说："这更像是一场抽奖活动，即使不被击中，率先进入民房的概率太低，即使能顺利进入，也不一定能把人质安全带出来，民房内部一定有更严密的防守，即使能把人质带出来，也不一定能全身而退，蓝军的残余不会让我们跑得那么痛快。"

王战看看张铭，张铭的眼神很坚决："还有别的选择吗？"

因"击毙"一个蓝军狙击手暴露了位置，王战连忙转移，瞬间他待过的地方被雨点般的子弹覆盖。大部队消灭了一部分蓝军，为进入民房赢得可能。王战动如脱兔，脱离张铭的视线，越过一个掩体，攻破民房外围的最后一道防线，不过他没有急于进入民房，而是迂回到一个死角处稍作喘息，观察民房里的动静，他发现从东南角沿着墙根攀上二楼窗户，应该是个不错的突入方式。

他正欲起身，突然从草丛里钻出两个身穿吉利服的蓝军，手握匕首朝他袭来。王战反应很快，和他们贴身肉搏。能当蓝军的也非等闲之辈，尽管王战身手不错，但断然不是两个精英的对手，不一会儿就被制服在地，以头拱地的姿态动弹不得。王战想，偷鸡不成蚀把米，求胜心切害死人，这一被拿下，进巅峰特战队的希望更渺茫了。但事已至此，想太多也没用了，输就认，只求尽量输得体面些。

王战对捆绑他的蓝军战士说："轻点儿，轻点儿，至于吗？多大点事儿。"

蓝军甲说:"老实点儿,少废话!"

陈东升通过无人机镜头,发现了王战的窘境说:"属实烂泥扶不上墙。"

郎宇在旁边附和:"这家伙虽然不中用,但自带喜感,你看他一点儿也不懊恼。"

此时情况出现逆转,张铭横空出世,自背后突袭一名蓝军,拖住另一名蓝军为王战争取时间,王战准备反戈一击,和张铭并肩解决剩下的这名蓝军。

张铭着急地说:"来不及了,你先突入,不要管我。"

王战只好如此,他知道机会稍纵即逝,再迟一秒很可能有大量的蓝军将这里团团围住,到时候两人谁都跑不了,随即扭头向民房奔去,三步并作两步攀上阳台,进入二楼的一间房屋。

王战是狭小空间作战的好手,和随后攻入民房的另外几名特战队员密切配合。经过一轮强强对决,据守屋内的蓝军已被清除干净。

最后一刻要加倍小心,王战谨慎地搜索着人质的方位。压低身姿,缩小战术步伐,紧握武器,高度警惕,都能听到自己的喘息,他透过一扇虚掩的房门,看到一名人质的后脑勺。他感觉到成功就在眼前,能想象到前进指挥所里,陈东升、郎宇等人跌破眼镜,向他道歉,他被伙伴们抛向空中,那枚耀眼夺目的勇士勋章以及设计大气壮观的巅峰臂章贴在他的身上。

王战飞起一脚踹开房门,跪姿滑进屋,一名贴身看护人质的蓝军反应极快向门口开枪，但王战的动作让他的子弹打空，而王战击中了他。

蓝军悻悻地扔了枪，举着手从屋内走了出去，他的目的地是"俘虏集中营"，那里聚集着一群被淘汰的难兄难弟。

临走王战还嘱咐该蓝军："兄弟，你应该感到庆幸，你是被未来的巅峰扛把子击毙的。"

蓝军嗤之以鼻，道："你以为一切都结束了吗？"

王战道："别不服气。"

蓝军意味深长地看了他一眼："祝你好运。"

蓝军走了，王战这才观察两名人质，他俩手抱头坐在地上，都只穿了一条内裤，有一个还在低声饮泣，扮演得较为入戏。

王战道："兄弟，别演了，起来吧，跟我离开这个区域就大功告成了。"

人质从地上站起来，可能是因为保持一个姿势太久，腿麻了，摇摇晃晃像要倒下去。王战连忙上前搀扶，这一搀，搀出了问题。人质从花哨的内裤里取出一把匕首，顺势给王战背后的激光生命信标传感器来了一刀，轻松无比，异常自然。

大股的烟雾从王战背后蹿出，将他笼罩在浓烟之中。

王战呆若木鸡，发出灵魂三连问："你是谁？你干吗？我咋了？"

人质耸耸肩说："就是这么个剧情。"

王战带着哭腔问："你见过人质杀死救援人员的吗？见

过吗?"

人质说:"战场瞬息万变,敌情千姿百态,你还是太嫩了。"

王战眼圈红了:"你不是人质,你是蓝军?"

人质紧跟王战的节奏道:"思维很敏捷。"

王战转而向人质乙咆哮:"胡来,你为什么不提醒我,我是来救你的呀,我们是自己人。"

人质乙说:"别喊了,认了吧。"

王战说:"我就这么牺牲了?距离成功只有一步了呀,一步啊!"

人质说:"嗯,要么成功要么牺牲,都只有一步之遥。"

王战绝望地说:"不带这么玩的。"

这时他的对讲机响了,是陈东升的声音:"反劫持行动失败,退出战场!"

这时他说:"我冤枉,我要申诉!"

陈东升说:"他们违规了吗?红蓝对抗有预案吗?实战中蓝军伪装成人质给予特战队员致命一击的情况不会发生吗?"

郎宇的声音也传来过来:"回去吧,晚了没有车送你回原单位。"

说话间,张铭后来者居上从门外突入,一枪精准毙敌,看了王战一眼后,带着人质下楼交差。

王战在张铭身后说:"兄弟,辜负你了。"不禁竖了大拇指,目送他们离开。

王战垂头丧气地经过"俘虏集中营",当初"祝他好运"的那位蓝军坐在人群中吃着自热食品,向他吹口哨:"嘿,特战王中王、巅峰扛把子,吃了吗?坐下聊聊啊。"

王战臊得满脸通红,加速离开伤心地,正好迎面撞上张铭,张铭说:"别难过,这次不行,等到四个月后还可以卷土重来,巅峰的大门不会关上的。"

王战说:"等四年我也等,丢不起这个人。"

王战这句励志的话在魔鬼周总结大会上被无情击碎。

陈东升在会上专门给王战撂下话:"下次魔鬼周极限训练,你不要参加了,你王战如果能转正,我名字倒过来写。"

陈东升说完走到张铭面前,完全是两种态度,像欣赏宝贝一样端详了张铭,拍了他的肩膀,为他整理了着装,嘴里还发出轻微的"啧啧"声,那是农夫看见好苗子的神情,是猎手看见好猎枪的兴奋,一举一动透着赏识和爱护。再回想陈东升看王战像吃了死苍蝇一般的表情,再乐观的人也不会有多好受。尤其是陈东升是特战界的标杆人物,多少特战队员在他的目光中看到希望,坚定着往后的脚步。能进入他的视野本身就是一件很困难的事,能引起他的注意更是特战队员努力的方向,换个角度看,王战很幸运,毕竟他成功引起了陈东升的注意,仅仅两件芝麻绿豆的小事就引起了注意。

王战努力让脸部肌肉舒展一些。

会议结束后,王战卷完铺盖卷一个人去了营区后山的"思过崖",这里可以看到巅峰特战队营房的全貌,那扇他做梦都想踏入的大门"哐当"一声关上了，根本不给他商量的机会。王战在对那座营院里自带傲气的特战队员的艳羡里发出一声叹息，这叹息在风中飘散，微弱得还不如一个屁。

当兵两年了，刚转下士，本想努力搏一把，和反恐精英们为伍，双喜临门，让家乡老母亲再高兴高兴，这下倒好，鸡飞蛋打，灰溜溜地回老部队。不是老部队不好，而是巅峰特战队是每一个特战队员梦想的天堂，这里才可以最大限度地实现精兵价值，可以学到特战技能、练一身本事、交一堆威武霸气的朋友，经历别样绚烂的青春。最可怕的不是无法走出来、接近它，而是走出来接近了它，知道了高度在哪儿，却偏偏无法触及。

一队体能训练刚刚结束的女特战队员从王战身边经过，她们虽然穿着和王战一样的军装，但胳膊上戴着巅峰臂章，宣示着她们的主权，强调着她们身份地位的优势。王战这个在风中无比凌乱的黑瘦子，没有引起她们的任何兴趣。都是如花的年龄，异性相吸最旺盛的季节，可她们对王战视而不见，这让王战很不自在，比陈东升对他的视而不见更难以接受。凭什么？好歹也是个热血汉子，怎么就没有任何魅力，难道失败者自带倒霉气质，连素未谋面的路人也看得出来？正想着，其中一名女特战队员，挂着中尉军衔，瞄了他一眼，这并没有令王战好受。后来王战知道这个女特战队员叫刘楠，也确实不是一个让他好受的主儿，不仅没让他好受，还让他经受了更大打击。

压力笼罩着愁苦的王战。不是因为失败，而是因为还想重新来过，并且一定要比之前更好。

王战朝山坡下喊:"你们给我等着!"

即便这是一句励志的话,但在此时的王战喊来,却像他小时候被隔壁村村长家的狗蛋儿给打了,他威胁狗蛋儿要回家找人来报仇一样悲怆。

第二章
我决心一鸣惊人，却总是折戟沉沙

山高路遥，西风凋零。

作为好兄弟，张铭为王战送行，看着张铭胳膊上巅峰特战队的专属臂章。王战愣愣地说："得不到的果然美好。"

张铭说："我来前思考要不要把它摘下来，免得刺激到你，但我认为你不是那么脆弱的人。"

王战说："这两天你们的人已经把我刺激得免疫了，我还脆弱什么。"

张铭说："别听他们的。"

王战拥抱了张铭，说："咱俩一块来的，剩我一个回去，真残酷啊，一点儿面子都不给留。"

张铭说："我在这里等你！"

王战的背影越来越远，逐渐消失在营门前柏油路的尽头。

张铭转身往回走，差点儿撞上齐伟。

齐伟说:"其实……其实他并没有那么差。"

张铭说:"你说得对,他很优秀,但战场拒绝任何一次失误。"

在回去的路上齐伟说:"聊聊你吧,看你的简历,你是名牌大学高才生,你这条件到哪个领域都是精英,为什么选择当兵?"

张铭回道:"我是个军事迷、特战迷。近年来,武警部队的特种作战水平突飞猛进,屡次在国际特种兵比武中夺魁,引起了海内外的高度关注。何止是我一个人搞不明白,几年前欧美国家还在质疑我们的特战水平至少落后他们十几年,和我们的经济发展被广泛研究不一样,特战神秘,他们是什么训练模式,不可能被拿到明面上来讲,可作参考的资料少之又少。要想真正地理解它、认识它,略知一二显然是不够的。

"从'摸着石头过河'到特战水平遥遥领先,其间武警特战队伍到底付出了怎样的心血,让我十分感兴趣,毕竟之前的水平不尽如人意,除了屈指可数的雪豹突击队、猎鹰突击队,再没有能拿得出手的专业队伍。很多基层单位的特战队教学影像资料几乎为零,只能照搬照抄,训练方式落后,尤其是教练员缺乏,特战体系建设犹如一潭死水停滞不前,而武警特战队员的成长进步却忽如一夜春风来。一开始我还没有投笔从戎的想法,只想接近特战队员、研究特战队员,为此也做出了很多努力,蹲守过机场,迎接比武归来的勇士,还在军营开放日参观巅峰特战队营房,可越接近越发现,对他们的日常其实一无所知,对他们的精神世界更是无法触及。我曾好几次试图像个记者一样访问特战队员,但特战队员始终对我心存戒备。

"我看着眼前一个个自带光环的特战队员,却对他们的成长无迹可寻,看着面前一排排先进的特战装备,尽管知道它们的原理、材质、性能、参数,却根本没有机会驾驭它们,它们像一辆辆豪车,在我面前威风凛凛地驶过,司机还摇下车窗刺激我,想开吗?可能吗?

"与其临渊羡鱼不如身临其境,有什么能比成为他们中的一员,更能深入地体验他们的生活?我知道这是一个疯狂的想法,毕竟和绝大多数同学的选择截然不同。"

张铭向齐伟汇报自己的情况时十分骄傲,说得兴奋投入,但齐伟显得并没有那么兴奋,他迫切地想知道王战的故事,话锋一转问:"说说你眼中的王战。"让张铭烘好的气氛有些尴尬。

尽管对齐伟打断自己酝酿好的情绪有些不满,但他毕竟是新人,上级问什么就要答什么,而且他也希望这里的人能重新认识王战,哪怕改变一丝丝对王战的看法,也算是自己这个做朋友的一点儿贡献。

张铭说:"王战和我的入伍动机可不一样,他是烈士的儿子。"

"烈士的儿子?"齐伟重复了张铭的话,"原来是为了继承父亲的遗志!虎父无犬子,可是从他的表现,至少到目前为止我还没看到他的过人之处。"

张铭说:"这不是他的全部,我反而认为这是他的优点。并不是每个战士都要像郎宇教官那样坚硬如铁,王战乐观、智慧、勇敢，假以时日，他一定能重新来过。"

齐伟看了张铭几秒问："你为什么这么替他说话？如果他真像你说的那么有潜力，将来他是你最强有力的竞争对手。"

张铭不假思索地说："竞争归竞争，评价要客观。"

张铭见齐伟点了头，决定给他讲讲王战的故事，以前他也觉得王战似乎有点儿格不相入，对很多事情都不在乎，大家都在玩网络游戏，请求他入伙，他头都不抬；大家天南地北胡吹海侃，他嗤之以鼻，认为这样聊天没意义；还有很多看起来应该争得头破血流的事情，唯独他不追求、不刻意，只对进巅峰特战队有着深深的执念。你们干什么都行，别妨碍我对巅峰特战队的狂热。很多战友不理解，背后嘀咕，装什么大尾巴狼，俊男美女难以接近那叫高冷，你一土包子难以接触那叫傻瓜。

但张铭不这么认为，因为他和王战有着共同的心愿，他理解王战的傲骨，所以他俩能尿到一个壶里，因此平时交流得比较多。

由于王战的训练成绩，在以军事论英雄的机动中队颇为亮眼，所以他深受领导赏识，年底论功评奖，尽管他的民主测评得票率并不是最高的，但党支部还是为他报请三等功。很多人不理解，尤其是有一位排长，自认为立功稳操胜券，结果宣布名单不是他，当时就炸了毛，在军人大会上向王战喊话："烈士的儿子可以享受优待我不反对，但希望你一定要对得起这个优待！"

王战腾地从座位上站起来："即便我不是烈士的儿子，我一样可以胜过你，什么课目随你挑，我随时奉陪。"

排长眼见行动上要吃亏,还是玩理论梗:"你这是偷换概念,这是对人不对事。"

王战本不想站起来,站起来也没想发火,但他认为这个人质疑的是他的能力,戏谑的是牺牲的父亲,所以气不打一处来:"既然荣誉的取得是靠优待,那么我把所有的优待给你,你能不能把父亲还给我,这是我最后一次拿我父亲出来做筹码。"

排长脸红脖子粗地坐回座位上一言不发。

张铭在一旁审视着王战的表情,他发现王战从来没有如此较真,还有些焦躁、无助和委屈,似是在说,我也不想啊,我能怎么样呢?!

想必不是这位排长一个人有这种想法,很长一段时间王战都能隐隐感觉到他的每一次成功与失败,都不能逃离他烈士父亲的笼罩,所以他想逃离这里,去一个没人知道他过往的集体,去一支不太关心身外事、一门心思只在军事训练上求突破的专业队伍。他要加倍努力,那样才有更多自主权利。人人都希望自由,却只有少数优秀的人能拥有,于是王战瞄准了特战队。他和张铭为了共同的目标,玩命打拼,愿望终于初步实现。但进预备队只是一切的开端,离脱胎换骨还有很远的距离。

张铭先行一步,王战卧薪尝胆。

终于第二次魔鬼周极限训练暨巅峰特战队队员选拔活动再一次拉开帷幕。这一次王战只能担负保障任务,连参加的资格都没有，陈东升从报上来的人员名单中大笔一挥，将他拒之门外。

"保障就保障吧，给谁拜年不是拜。"总之，王战认为只要能靠近巅峰特战队一步，哪怕是看客，那也是幸福的。

但王战生来为上战场，他眼睁睁地看着别的特战队员在战场上摸爬滚打，而自己却不能参与其中，急得抓耳挠腮。他再次被巅峰特战队员精湛的军事技能、密切的团队协作能力以及他们手中先进新潮的武器装备所震撼，成为一名正式的特战队员的愿望在心中愈发强烈。

魔鬼周极限训练课目进行到"夜间奔袭"一项，两发红黄相间的信号弹腾空而起照亮了整片天空，盘旋在山腰上的狭窄山路挤满了冲锋的士兵，他们嗷嗷的喊声充斥着人们的耳膜，戴着的头灯光线四处乱飞迸射，交叉纵横、灵动飘洒的光束，形成一个光影的世界，填满这单调的黑幕。

指挥中心发现在一个拐角处是巨大的悬崖，围栏已经被冲毁，人很容易在急转弯的时候失足跌落，于是派出警戒人员到现场挥舞信号旗。王战就是两名警戒人员中的一位，他站在路边举着信号旗，打着手电提醒过往的特战队员。

张铭从他身边气喘吁吁地经过，停下来道："你怎么成了保障人员？这活儿应该执勤分队的人干。"

王战说："别可怜我，跑你的，快！"

张铭回头看了一眼追上来的战友，扔下王战紧倒腾了两步，又停下来喊："别气馁，去争取，到终点后我带你去找陈大队长！"

王战说:"要找我自己找,你的任务是拿个好成绩,快跑!"

张铭恋恋不舍地跑了,紧随张铭之后跑来的看体型是两名女特战队员,王战仔细观察,发现其中一名是上次在"思过崖"不小心瞟了自己一眼的刘楠。

刘楠虽已经忘了王战到底是哪路神仙,但王战可是记得真儿真儿的。

战友啧啧称奇:"女的把男的甩出那么老远?!"

王战见怪不怪:"这里面有预备队员,人家这女的可是正式的,正式的和预备的能一样吗?"

战友频频点头:"专业,你有切身体会。"

王战没有搭理他,继续盯着刘楠看,当刘楠一阵风般从他身边掠过之时,王战为她加油助威。

刘楠跑得疲惫不堪,动作已有些变形,她大汗淋漓,齐耳短发已经一绺绺地纠结在一起,但周身闪着光芒,看上去有别样的美。

刘楠竟然偏头看了他一眼,并隐隐约约带了些赞许的微笑,这让王战突然热血奔涌,有股莫名的兴奋,喊得更起劲了。

战友说:"你知道人家姓啥名谁你就喊?"

王战说:"四海之内皆兄弟,不必分得那么清楚。"

战友说:"这皆兄弟是神来之笔啊,对个假小子也来劲儿?荷尔蒙乱分泌。"

王战说:"你懂个什么!"

战友说:"也对,你们单位的蚊子都是公的,确实也没什么理由挑三拣四的。"

王战望着刘楠的背影说:"瞧瞧这健美的身姿,瞧瞧这狂野的气质。"

这是王战和战友的对话,谁也想不到,在他们对话的过程中,战友的对讲机出了问题,始终处在开启状态,他们的话一字不漏地传到了指挥中心。

陈东升气得把文件夹往桌子上一摔,道:"这家伙是死性不改,不知廉耻,还健美的身姿,狂野的气质,我都替他害臊。"

齐伟羞红了脸,郎宇走过来接过陈东升的话茬儿:"你不给他机会绝对是正确的,态度这么不端正,作风还有问题,我看保障都不要让他再保障了。"

齐伟道:"也没那么严重,你也是从战士过来的,战士们心里那点儿小九九你还不知道?不必上纲上线。"

一直躲在指挥中心一角操纵无人机侦察现场情况的上士赵科,现在是侦察分队的副小队长,这时候站了出来。

赵科喊了一声报告,陈东升问:"有什么事儿?"

赵科一看就是老兵了,发际线已经向上推移了好几公分,脑门上全是沟壑,看起来比陈东升年轻不了几岁,可能也正是因为这个,他才敢在这节骨眼上说话。

赵科咽了口唾沫,喉结上下蠕动了一下,对陈东升说:"大队长,我一直相信您对于战士的判断,您慧眼识珠,包括我,当年要不是您手把手的传帮带,我也不会有今天的成绩。"

一直盯着集成式指挥台上的大屏幕看的陈东升,突然扭过头来盯着赵科的眼睛半晌说:"你不是溜须拍马的人啊,你到底想说什么?"

赵科说:"大队长,在王战……这个事情上,我希望您能再给他一次机会。"

陈东升感到有些奇怪,这个赵科是他看着成长起来的,人狠话不多,闷头就是干,典型的老黄牛,只要是陈东升的意思,他很少提反对意见,今天这是怎么了?

陈东升问:"怎么着?你亲戚?来说情来了?"

赵科说:"不是,我就觉得……觉得您对他的看法有些片面。"

陈东升嘴里"嘶"一声:"我片面?你比我了解他?你到底是他什么人?"

赵科说:"我……我……我是他新兵连班长。"

陈东升恍然大悟:"你能带出这样的兵也真是让我刮目相看了。"

赵科说:"活泼不代表作风不严谨,有性格也不是不上道的代名词,高手很孤独,庸才才扎堆儿,刺头兵带得好,更能成好兵王。"

陈东升说:"还一套一套的,这更不像你了。"

赵科黏黏糊糊地说:"大队长,我没怎么求过你,但知道他的实力,就想让您再给他一次机会。"

陈东升眼神里有狡黠的光闪过:"我要是不给呢?"

赵科是个老兵,老兵深谙跟这些人打交道的方式方法,知道不能炝茬儿来,只能顺毛捋,他稳定了一下情绪说:"你不给,我过一会儿再来找你。"

陈东升说:"打住,别来了,你属实也没怎么向我提过要求,既然提了,我想应该有道理,但愿你这个要求提得不会让我失望。"

赵科暗自高兴,但表现出了一个老兵该有的稳重,敬个礼准备转身离开。

不料此时郎宇说道:"大队长,您要不要再斟酌一下,就这么块儿料?"

赵科恨得牙痒痒,使劲瞪了郎宇一眼,郎宇回复一个不甘示弱的眼神。

陈东升说:"当然,战士素质不一样,自然有不同的培养方式。赵科,我答应给他一次机会,但我觉得他扮演恐怖分子更合适,接下来的课目是反劫持,让他和特战队员施展拳脚去吧。"

赵科说:"可是……"

陈东升说:"没什么可是,我也得给自己个台阶下吧。"

赵科意犹未尽,但只能接受命令,经过郎宇身边的时候,给他竖了一个小拇指。

郎宇的军龄没有赵科长,虽是魔鬼教官,但多少也忌惮赵科三分，毕竟赵科还当过他的擒敌教员。

夜间奔袭结束了，王战的警戒任务也撤了下来，第一件事就是找赵科打探情况。

这已是王战第四次找赵科了，保障期间只要有机会他就来找赵科，赵科是他在巅峰特战队唯一的"关系"，前两次赵科说："在新兵连我是你们新兵的天，在巅峰我只是普通一员，我能插上嘴吗？"

王战说："班长，您在哪儿都是我的天。我从一无是处的小白丁，到预备队员，都和你有千丝万缕的关系。您办得了办不了都试试呗，办不了天也塌不下来，大不了我不进巅峰了，我回家种地，能怎么着啊。"

赵科实在张不开这个嘴，因为他太了解陈东升的脾气了，他这么做肯定有他的理由，但赵科又架不住王战的软磨硬泡，毕竟王战是他带过的兵，于情于理都应该帮这个忙。

王战来找赵科，赵科面无表情，王战已然不抱什么希望，他也知道自己这个班长完成任务没话说，沟通协调差点儿意思，所以尽量维护着双方的体面，一本正经地说："班长，没关系的，我才不信邪，今年进不了，我等明年，明年进不了，我等后年，陈东升也得升职或转业吧，他不可能一直在这个位置上，我把他熬走了，就有机会了。"

赵科听了王战这个迂回策略感到又好气又好笑，说："一年又一年,特战队员最好的年华就这么几年,等你到了我这个岁数怎么去和一群小老虎叫板?别太高估自己,机会转瞬即逝。"

王战无奈地说:"谁说不是呢,可我但凡还有点儿办法,也不给您添这个堵。行了,我还是哪凉快哪待着去吧。"

赵科淡定地说:"他同意了!"

王战没听清一般问:"他同意了?"

赵科点点头,王战要熊抱赵科,赵科忙躲闪开,说:"别高兴太早,只是一个扮演恐怖分子的名额。"

王战说:"那就是蓝军啊,蓝军也是军,能跟巅峰特战队员在一起,我就高兴!"

赵科说:"我只能帮你到这了,演好你的反派,反派也出彩。"

王战向赵科敬礼,赵科向指挥中心走去,他的背影被夕阳勾勒出清晰的轮廓,王战发现他的脊梁已经没有当年那么笔直,三十岁的年纪,在一群十八九岁的小伙子中间不知道用老态龙钟来形容有没有太过分。

王战回到蓝军集结地,戴上蓝色袖箍,站在蓝军队伍中。

蓝军总指挥布置任务:"都知道朱日和吧,作战部队以能到朱日和接受锤炼为荣,因为那战场没预案,不给对手留机会,以完虐对手为最高准绳,到那里的部队能笑到最后的概率少之又少,甚至出师未捷身先死,他们都能感受到战争的残酷,在希望与绝望里领悟着实战的意义，那里的战斗打到寸草不生，打到片甲不留，打到欲哭无泪，但他们从无怨言，享受着那里的魅力，为什么？因为那里有一支真正的蓝军。反恐特种作战中的蓝军虽然规模比不上朱日和，但我们有我们的特点，小而精悍，少却迅捷，神出鬼没，灵活机动，你们领悟到蓝军的真谛了吗？要会瞬间移动、要会凌波微步、要在这些武侠小说里才有的称谓中找到蓝军的奥秘，在最不经意的时间节点、方位、角度给特战队员致命打击。"

总指挥踱到王战跟前，盯着王战的眼睛说："我们蓝军队员是从精锐中挑选的，是骨干中的骨干，有些刚来的同志，不知道通过什么关系进来的，我丑话说在前头，巅峰特战队看不上的货色，在我这也基本不怎么受待见，希望个别同志好自为之！"

王战无法直视总指挥的眼睛，眼珠朝着上方。

总指挥话说完了，但眼神没有离开。王战在他面前度过了漫长的一分钟，他像一个混入蓝军队伍的南郭先生，心里没有底气，若不是军姿救了他，手都不知道该往哪里放。

上次那位在俘虏集中营嘲笑王战的蓝军甲，此时也正斜着眼睛看他，表情里满是幸灾乐祸，这让王战很后悔，嘴大瞎咧咧简直就是为自己埋雷。但他转念一想，这么唯唯诺诺不是我的个性，不符合我鲜明的人格特征，这个世界上的人不是成就是败，败就是败了，没什么抬不起头的，失败的人在价值上是亏损的，在人格上不需要因为失败而接受侮辱。想到这里，他开口向总指挥表态了，语惊四座："总指挥，我知道您说的人是我，我也确实走了个后门，不然不可能有这个机会，但我不欠别人什么，因为我自信我有能力扮演好这个角色，不过打仗这事三分靠实力，七分靠运气，我只是没有把握好细节，丢掉了除能力以外的运气。请各位领导战友监督，我会加倍珍惜这次机会，给你们一个交代，也给自己一个交代。"

此言一出，大家很佩服王战的勇气，都这模样了，还像一个西装洋领的绅士，摔倒了不是抓紧爬起来，而是第一时间整理整理歪掉的蝴蝶结，梳理一下凌乱的发型，这种自尊心不是人人都有的。

总指挥扔下一句："你还是太年轻了。"拂袖而去。

说出去的话，泼出去的水，王战再一次成功地把自己逼入绝境，只剩下背水一战，明明可以不用吹的牛，王战忍不住。嚣张一刻换来无尽深渊，是很多人都预料不到的。

王战扮演的恐怖分子正式"上线"，他劫持人质后，据守要害，静等蓝军总指挥与陈东升谈判，这期间被特战队员摸到了老巢，他不得不带着人质转移，在荒山野岭中辗转腾挪，数次躲过特战队员围剿。王战的枪法可圈可点，在同伙的掩护下，逃亡路上，兵来将挡，也让特战队员一方付出了损兵折将的代价。这一阶段，他这个恐怖分子还是很称职的，也确实达到了让特战队员恨他恨得牙痒痒的目的。

然而，好景不长，子弹快打光了，手雷快扔完了，他们带着仅剩的一名人质,被特战队员穷追猛打。他们穿过白桦林,游过黑水河,摸进乱石岗,第二个据点遥遥在望,突然,他们遭遇了从直升机上索降下来的特战队员的伏击,大片的蓝军队员悉数倒下,死相颇为难看。这时候王战天生的侦察能力显示出优势,他丢掉了身上所有带信号的设备,以免被特战队员侦测到,在重重包围中找到破绽,左兜右转,逃出生天,黎明的曙光隐约闪现。

王战长舒一口气,抹了一把大花猫似的脸,用手枪顶着人质的腰,朝第二据点行进。不久后,一个凋零的山间村落在晨曦中愈发夺目。

王战以为他将是蓝军总指挥的最后一张王牌,没想到有一个打光了子弹的特战队员,一直紧紧跟随在他身后。王战如果伤害人质或者丢下人质自己逃之夭夭,那么陈东升下达的全歼恐怖分子的命令就会落空,所以这名特战队员一直形同鬼魅一般与他保持着一定的距离,只待天时、地利、人和,便向他发动突然袭击。

夜幕再次降临,有不知名的活物在树杈间穿梭,急着飞向隐蔽的小窝,王战带着人质进入村庄,尽管蹑手蹑脚,还是惊扰了这里的宁静。他们七拐八拐找到一处保存还算完好的院落落了脚。

虽疲惫不堪,但王战很有风度,人质是他最后的筹码,他要保证人质身心舒畅。怎样才能保证?这样的境遇中,无非就是吃得饱、穿得暖。天气不冷,温度适中,唯独逃跑的时候为了减轻负重丢掉了所有的干粮,所以王战接下来最重要的事是解决食粮的问题,人质也抱着饿瘪的肚子,向他投来期盼的目光,似乎还有些刻意地让咕噜声响得更肆无忌惮。

王战用绳索把人质控制好，在房门的唯一入口设置了报警机关后，一头扎进村后的小树林。很快，小树林里传来扑扑腾腾、稀里哗啦的声音，不一会儿他兴高采烈地抱着一只野鸡回来了。

王战扫了一眼屋子，对人质说："还有什么事能难得倒狡诈的恐怖分子？作为我的人质你是不是感到很幸福？"

人质有的吃当然幸福，眼睛放光，频频点头，两人的关系呈现出有史以来最为和谐的劫匪与人质关系。

王战开始拔毛宰鸡，生火煮水，现成的灶台和成堆的枯柴，打开松垮破烂的饭橱，竟然还有意外收获，码得整整齐齐的油盐酱醋、花椒大料，虽已蒙满灰尘，但不影响使用，乡村庄户的优势被王战利用得淋漓尽致。

人质有些吃惊地说："你确信这是一个废弃的农户？别睡到半宿，户主回来了，告我们私闯民宅。"

王战说："瞎操心，蓝军侦察员早就侦察好了的，连这种低级错误都犯，还有什么资格跟特战队员叫板。"

人质不再言语，鸡也煮熟了，汤也炖好了，一股香味直往鼻孔里钻。

王战搓着手，咽着口水揭开锅盖。

人质虽然被绑在柱子上，但脖子好像快要伸进锅里了。

王战解开人质，邀他一起共享美味。

这时他布设好的机关，显然被人触碰了，床边的发烟弹开始发烟。王战一个激灵，冲向里屋房门，藏在门后透过缝隙看到外面有一名特战队员，不禁大吃一惊，立刻准备战斗。

但他再一看，特战队员没带其他武器，手里只有一把匕首，心里稍微好受些。再往上看，王战发现了来人的脸，血压也降了下来，那是一张俊俏的脸，个子不高，也不健硕，除了冷峻的眼神，再也看不出她有什么过人之处。

来人竟然是刘楠。

王战闪到窗边，警惕地四处观察，发现她是孤身一人，并没有援兵，应该是大部队被残余蓝军拖住，她一路跟踪而来刺探情报再呼叫增援的。

王战拿着手枪蹬开房门跳到刘楠面前喊道："中尉同志，女孩子家家的，胆子不小，敢独闯我蓝军据点。"

虽然这是一把打石灰弹的手枪，但被这种枪指着的滋味也不好受，刘楠却出奇地镇定，看得出训练有素，这让王战重新多了几分戒备。

王战示意刘楠扔掉匕首，刘楠照做了。

王战从腰间搜出一副手铐，扔给刘楠："铐上！我的筹码正好不太够，绑架一名普通人质和绑架一名女特战队员能一样吗？你来得正好，真是天助我也，终于让我逮着机会好好羞辱一下导调中心了，哈哈哈……"

刘楠准确地接过手铐，做出要铐自己的准备动作，眼睛却盯着洋洋得意的王战。

刘楠彻底记住了这张脸，虽不帅气，但挺端正，虽不惹人厌，但角色定位摆在这里，实在泛不起什么好感。

王战嘴角溢出和恐怖分子相匹配的邪笑，说："陈大队啊陈大队，放马过来呀，批评教育啊，剥皮抽筋啊，是不是有种搬石头砸自己脚的感觉？有没有掌嘴的冲动？有没有为不分青红皂白就拒绝我而感到懊恼呢？有没有八抬大轿把我抬进巅峰特战队的必要啊？名字是不是要倒过来写啊？世事就是这么奇妙，天道好轮回，话不能说太满，事儿不能做太绝。"

正做着青天白日大梦，觉得煮熟的鸭子不可能飞了，突然，刘楠闪电般向左前方上步，右手顺势擒住王战的手腕，反关节稍用巧力，手枪便从王战手中滑落。王战下意识捏紧手枪，扣动了扳机，但为时已晚，石灰弹冲向天花板，芦苇和泥土稀里哗啦地从民房房顶洒落下来，混合进烟雾弹白色的气体中。王战手枪掉落，连忙挥出左胳膊，势大力沉的拳头朝刘楠太阳穴袭来，这一拳如果击中刘楠的头部，势必让她昏厥，可王战不知道刘楠是总队女子擒拿格斗52公斤级冠军，只见刘楠一个下蹲轻松躲过这一拳。

王战拳头落空，但毫不气馁，因为即便是什么冠军，也是女流之辈，一力降十会，在绝对力量面前技术可以不论。他对制服刘楠还是有信心的，论体重他顶一个半刘楠，论力量他能轻松将刘楠举过头顶，论体能素质大战三五回合也轻而易举。所以王战不疾不徐地大喝一声："丫头，看招！"

两人厮打在一起，拳来脚往，墙面上是他们多变的动作倒影,令人眼花缭乱。屋内充斥着一男一女发自丹田的"哼哼哈嘿"声。

再看人质,这小子坐在灶台上,灶台内的火光还在迸溅,一口大铁锅内的鸡汤还在咕嘟咕嘟不停地熬着,他嘴里叼着一根鸡腿,满唇油渍,两手在空中停滞,像看乒乓球比赛一样,脑袋左右频繁摇动,表情喜人。

王战在和刘楠的对攻中发现,抓刘楠可不容易,人家都是拳拳到肉,他是拳拳落空,刘楠瘦削的小身板灵活得像猿猴,在王战眼里幻化成一道光影,摸不到实体。

王战一记大摆拳抡空,身体重心被破坏,刘楠瞅准机会一脚踹在王战屁股上,王战直接扑烂了一张八仙桌,八仙桌碎成好多段。

王战撅着屁股想爬起来,刘楠紧跟一步,对准屁股又是一脚,王战趴得更瓷实了。这一脚既带着攻击性,又带着戏谑性,王战倍感屈辱,情不自禁地发出一声咒骂,这咒骂也既带着愤怒,又带着绝望。

刘楠没有给王战翻盘的机会,骑到王战的背上,右臂绕过颈部,配合左手的推力将王战锁死,王战无从挣扎,没过几秒钟便眼前一黑,休克了。

刘楠扭头看了人质一眼,人质嘴里的鸡腿"吧唧"一声掉落在地上。

王战醒来的时候发现自己被绑在人质刚刚待过的柱子上。

刘楠正和人质兴高采烈地喝着得来全不费工夫的鸡汤。

王战气愤地问人质:"你好意思吗?鸡是我逮的,汤是我炖的,亏我对你那么好。"

人质吐出一块骨头说:"哥,我只是个人质。"

王战说:"你还不如你吐的那块骨头,根本没有骨头。"

人质说:"你想让一个人质有什么人生追求?"

王战不再搭理没有人生追求的人质,转而说刘楠:"你真会坐享其成。"

刘楠说:"我有权享受战利品。"

王战真想找个地缝钻进去,但他知道刘楠不会给他这个机会:"好汉……不,中尉,当时我真该一枪毙了你。"

刘楠鄙视之情溢于言表:"不,就算是实战你也不会开枪,贪得无厌,好大喜功,不懂见好就收,是你们这类手下败将的一贯做派。"

刘楠一语中的,让王战无从反驳。

刘楠把王战交接给随后赶来的男特战队员,扭头就走,多一秒都不想和王战多待。

王战叫住刘楠:"大侠可否留下姓名?"

刘楠说:"你也配?!"匆匆而去,留下一个飒爽的背影。

王战收回目光,问男特战队员:"哥们儿,我要是真的匪徒我一定会被弄死的。在死之前我一定要知道她叫什么!"

男特战队员见刘楠走远了,偷偷对王战说:"兄弟,你真不走运,遇上我们队最牛的女特战,大名鼎鼎的刘楠,冷得像块冰砖,我们平时都不敢多搭话茬儿,你还上赶着,真是不自量力啊。"

王战说:"自古英雄难过美人关。"

特战队员诧异地问:"谁是英雄,谁是美人?就你还英雄呢?就她还美人?"

王战喃喃地道:"用词不贴切吗?"

特战队员头摇得像风扇。

王战没有像很多人期待的那样一雪前耻,蓝军筹码尽失,收获惨败。蓝军总指挥破口大骂,他认为王战是陈东升派过来的卧底,输就输了,还输在一个女人手上。

他气冲冲地去找陈东升要说法。陈东升知道他的脾气,断定他会来一场疾风骤雨,早早地驱车回营,避风头去了。

在回营的车上,郎宇说:"正如我们所料,难成气候。"

陈东升说:"不见得,毕竟他对阵的是我们最优秀的女队员刘楠,而且撑到了最后,我总觉得哪里不对,为什么他占据天时地利人和,却在最关键的时候掉链子?"

王战再次折戟沉沙,心态再好,也经受不住,尤其是刘楠那句"你也配"让他寝食难安。下一次魔鬼周极限训练,要等到明年了。

混来混去,拼了老命,还只是一个没迈入特战大门的预备队员,什么时候能把"预备"二字去掉?距离实现他的夙愿好像还有一个世纪。

第三章
我有换一种活法的机会，却发现生而为此

一墙之隔，天壤之别。

离训练场不远的阶梯山坡上，是花圃与果园，花香、果香扑鼻而来，糅合进战士们的汗酸味中，那里有还没回家的男人和妇女，他们放下手里浇花的水管直起腰身，看着一队队的士兵唱着震撼人心的军歌，整整齐齐地一路向宿舍楼的方向跑去。

一阵微风袭来，吹散了士兵们战靴裹挟起的尘土，也吹醒了歇腰的农夫，他们看一看落日余晖，扛起锄头打道回府。

场上场外都恢复了宁静，只有茂密的绿植，抖擞着精神接受大自然的洗礼。在暮色将至的七点，王战一个人踢着脚下的石子，悄悄地坐在高处，从口袋里掏出一本发黄的日记。

日记的扉页夹着一张黑白小照片，照片上的人穿的虽是老旧的军装，样式已落伍，但戎装之美、戎装之气未曾变过，难掩英气逼人。那人很年轻，笑得很好看，王战怔怔地看着，也笑了，不知不觉有一滴眼泪"吧嗒"一声落在照片上，映衬着他灿烂的笑。

王战连忙用袖子拭干，这是父亲留给他的笔记本，在新兵连最难熬的时候，他是看着父亲的日记挺过来的。如今他仿佛又到了难挨的时刻，他不知道这个本子的意义何在，算不算得上精神支柱，但是每当看到它，他都会想起父亲，那个根本没见过几面，在脑海里却愈发清晰的人。

这个人即使还在，也只是长久地存在于照片里以及电话里，王战记得，从小他更熟悉的是父亲的声音和图像。

现在父亲的声音似乎又响起来："小子，你长大了吗？别人欺负你的时候，你会怼回去了吗……"

王战没有在心里重复连续失利带给他的苦楚，点了一根烟，还没来得及抽，肩膀上的对讲机响了，指导员的声音传来："王战，王战，立即到会议室开会！"

王战回过神来："什么事？"

"还有什么事？民主生活会，批评与自我批评。尤其是你要好好汇报汇报思想了。"

"我没思想，汇报啥？"

"我看你这个同志，问题很严重。"

王战直接把对讲机关了，一想起和指导员沟通犹如开批斗会，他脑子就乱哄哄的，像有一堆绿豆蝇在飞舞。

王战环视四周，使劲嗅一嗅大自然的芬芳，稳定了一下情绪，用小拇指轻轻地挠了挠眼角，翻开了本子的又一页。上面写着父亲的座右铭，夜色渐浓，字已经看不清了，但王战知道写的是什么,因为那早已镌刻在脑子里。

"人的道路注定压力重重,但只有两种选择,走还是不走,别问行还是不行。苦难是胜利的基因,只管抬起头,跌倒了也要保持冲锋的姿势。"父亲的话还在耳畔回荡,有战友打着手电筒呼喊着王战的名字。

王战站起身,拍拍屁股上的土,嘟囔一下:"放马过来吧。"

黎明初始,王战还是一样的王战,站在队列里,他普通得不能再普通,就像他现在的心情,安静得不能再安静。纵使前方是万马奔腾,场景变幻万千,但他知道那还不属于现在的自己,他要蛰伏,他要修炼。

他在奔跑,他在射击,他在匍匐,他在追击,他在捕歼,他在向着山的那边、海的那边吼出振聋发聩的声音。他把水壶里的水迎头浇下,皱起的眉头的脸,像是布满车辙的泥沼。

攀登训练时保护措施没有做好,他从五六米的高空坠落,战友们以为他肯定摔坏了,连忙过去救援,他却从胸腔里发出一声呻吟之后,颤颤巍巍地站起来,一瘸一拐地独自走向卫生室。

军医说,你不能再练了,腿摔伤了,至少要休息半个月。

王战拄着拐杖说,腿不行,有手,手不行还有脑袋,脑袋也不行了,眼睛也可以练。

军医好奇地问:"眼睛怎么练?"

王战说:"你没听说眼神能杀人吗?我就练那种眼神。"

王战拄着拐杖又上了训练场，军医看着他的背影，边摘手套边感叹："这样的兵，要命。"

左等右等，魔鬼周极限训练再次开始，蛰伏已久的王战如猛虎下山。

前期成绩各课目全优，陈东升本也无话可说，顺利通过检验已板上钉钉。

可天不遂人愿，又发生了意外。

只剩下最后一个课目了——快速通过染毒地带，只要通过染毒地带，将小红旗插上距离该课目两百米外的小土包上，本次极限训练与考核就可以圆满落下帷幕，王战就可以摘取桂冠，在两百多名预备队员中脱颖而出，笑到最后。

染毒，顾名思义，毒气弹爆炸的地方，烟雾缭绕，能见度低，需要戴防毒面具摸索而过。王战在前两次的魔鬼周极限训练中也见识过那种场面，并没有多大难度，毒气也是模拟的，不存在任何危险，形式大于内容，设置这个课目更多的是为了考验队员的心理素质。

这次染毒地带的情况却让王战傻了眼，他站在滚滚浓烟面前，竟手足无措，冷汗直流。因为染毒地带的设置闻所未闻、见所未见，数百发高浓度、各色调烟雾弹同时开花，通道长度达到了惊人的一公里，且伸手不见五指。一般来说，对于装备有高密度防毒面具的特战队员及预备队员来说这也不成问题，那王战呢？

王战咬咬牙冲进浓烟，面具后的脸无比狰狞，心率持续加快，他只能听到自己的喘息，进而幻化成为绝望的哀号。一阵天旋地转之后，王战呕吐不止，随后晕倒在地。他想用残存的意识调动手指，扣着地面上的石子，爬到终点，可是终点在哪儿？他从来没有觉得一公里在行军路上也算得上距离，他从来没有想到手好脚好，心理的作用却能让他动弹不得。

他感觉到有医院人员把他抬上救护车，感觉到有人在呼喊他的名字，也感觉到了夺冠热门被斩落马下所引起的唏嘘，可是他动不了，哪怕一下。有眼泪淌过脖颈，冰冷刺骨。

陈东升、郎宇也看呆了。

郎宇张大了嘴巴道："这不是烂泥扶不上墙可以解释的了。这个课目等于白送，他偏偏在这上面出问题……"说着陷入沉思。

齐伟睿智地分析道："我觉得没那么简单。"

陈东升手撑着集成式会议桌眉头拧成疙瘩："这个王战属实有故事。"

老兵赵科一遍遍地看着王战在浓烟中摔倒的视频，突然一拍桌子站了起来："我知道了！"

在场的人都吓了一跳。

郎宇说："你激动个啥？"

赵科说："我知道王战为什么会有这样的反应！"

一贯冷静的陈东升大步流星走到赵科身边问："说说，怎么回事？"

赵科说："并不是他的体能不允许，他对这样的烟雾有恐惧。"

所有人都支棱着耳朵听赵科讲下去。

赵科说："说来话长。"

陈东升迫不及待地道："说！你说不说，说了可能对王战没什么好处，不说一定对他没好处。"

赵科说："这事儿要从他父亲说起，他父亲曾经也是一名武警，牺牲的时候王战还在上小学。他们一家常年两地分居，那年，母亲带王战去部队探亲，一家三口出去玩，突然遇到一栋民房失火，他父亲冲进去救人，王战亲眼看着他冲入滚滚浓烟，把人背出来，背完三个，再冲进去的时候，没了消息。王战一直和母亲在原地等着，等消防员把他父亲抱出来的时候，已经只剩下遗骸。他妈妈哭晕过去，被救护车带走，王战自始至终没哭没闹，就站在原处，直到被他父亲的战友带回营区，当天夜里就发起了高烧，连烧七天……我想这就是根本原因。"

指挥中心里静得可怕，郎宇低下了头，看着作战靴，齐伟红了眼圈。陈东升脸部抽搐了一下，转身走出门，郎宇和齐伟也跟了出去。

陈东升望着窗外依然没有散去的浓烟说："你们怎么看？"

郎宇说："早知道我会对他好点儿……"

齐伟说："他是英雄的儿子，巅峰没有理由拒绝他。"

陈东升说:"可是他在最后一刻还是倒下了,如果我们因为他是英雄的儿子就网开一面,以后到了战场上他还是会出类似的问题,一定是会死人的。那是我们不负责任,新时期的战场要求战斗员全方位发展的,他现在偏科了。"

齐伟有些着急了:"那您就眼睁睁看着这么好的苗子与我们失之交臂?"

"苗子是好苗子,但不能一条腿走路,我们不帮他他就永远当不了特战队员,可我们要帮他,他得的又是心病,心病得心理专家来治。"陈东升掏出手机拨通了一个电话,"喂,有时间吗?我有一个急难险重的任务需要你一块分担!"

电话那头是总队心理服务办公室主任陈菲,陈东升的爱人。

陈菲有些吃惊道:"你们特战队的事儿我可不懂,我一个搞心理服务工作的要分担什么?"

陈东升说:"关于心理的,要不然敢请你出山吗?"

郎宇和齐伟一听,为了王战的事儿大队长搬救兵都搬到嫂子那了,便识趣地溜了。

陈菲说:"你啊,特战队离机关不过两个小时的车程,我都快一个月没见你了,咱这两口子过的,没有任务你都快把我忘了吧?"

陈东升说:"我这不是在搞魔鬼周嘛,这段时间是真忙。"

陈菲没好气地说:"你哪是搞魔鬼周,是魔鬼月,魔鬼季,魔鬼年。"

陈东升四下瞅瞅，发现没有外人，马上换了口气："我实在没办法了，这里有个好兵，军事素质没话说，完全达标，不达标的部分没有你，我属实玩不转，你到底来不来？"他刚才还冠冕堂皇，现下在老婆面前，语调风格和之前对待下属简直是天壤之别，不可言说。

陈菲娇嗔道："我对你个人保留意见，工作的事儿从不含糊。说吧，在哪儿？"

陈东升情不自禁为老婆竖了个大拇指，察觉到电话那头根本看不见，不由哑然失笑道："总队医院医学心理科，17床，王战。"

陈菲说："马上到！"

张铭在医院陪护王战，王战其实早在救护车上就已经苏醒，只是醒来不吃不喝、不说不笑，眼睛直勾勾地盯着天花板，和当初他被父亲战友接回营区一样的表情。

陈菲一进病房，张铭立刻站起来，向陈菲敬礼："陈主任好！"

陈菲示意张铭先出去，自信满满地坐在王战身边。

陈菲是有一级心理咨询师资格的心理学博士，经验丰富，对于士兵的心理问题案例了如指掌，她不相信眼前这个没病没灾、没受大挫折，又经受过烈火炼狱考验的预备队员能有什么大毛病。

通常情况下，陈菲银铃般的治愈系嗓音一传出来，很多战士的症状就减轻了一半。今天陈菲故伎重演，先是抚摸了一下王战的额头，接着抛出一颗重磅炸弹："大家都很关心你，尤其是陈大队长，他不会放弃任何一个苗子。"

王战眼皮都没眨一下，转过身去，不过陈菲没有尴尬，毕竟是深谙人体动作信号的专家，毫不气馁。

"王战，22岁，下士第一年，机动支队特战一中队队员，以新兵连第一名的成绩分到现单位，突击专业，擅长快速精度射击，精通擒拿格斗，参加三次魔鬼周极限训练暨巅峰特战队队员选拔活动都失利了，成为近来特战圈的谈资。但你一直在坚持，你相信巅峰特战队不要你，是他们的损失。你自信、乐观、幽默，身上有很多特质，是大家眼里打不垮的小强，我这么说你认同吧？"

王战丝毫未动，这出乎陈菲的意料。因为之前他们素不相识，来前陈菲特意做了功课，把王战的履历扒了个底朝天，一般陌生人能念叨出自己的大量信息，是很容易吸引人注意的，可王战是个例外。

陈菲依然不紧不慢，继续讲着关于王战的故事，包括他的家庭背景，他的生活习惯，他的兴趣爱好。

陈菲可谓煞费苦心，只为让王战说一句话。但效果出奇地糟糕，中间有一段时间，王战还打起了呼噜。

醒来后他继续死死地盯着天花板，似乎想把天花板盯出窟窿来。

陈菲有一丝丝的按捺不住，说："我军龄比你长，资格比你老,大小是个干部,你几年的兵不会白当吧,应该有个上下级观念吧,能回一句吗?"

王战还是不说话,陈菲换个角度打起了感情牌,用上了苦肉计:"不看僧面看佛面,咱不从上下级论,你迟早要进巅峰特战队,大队长陈东升是我爱人,我是你嫂子吧,将来你们要朝夕相处的,你不能给我个面子吗?"

王战无动于衷。

陈菲还想说话,被王战抢了先:"您能歇歇吗?渴吗?"

陈菲气得站起来想走,转念一想,这要是传出去,积累多年的"知心姐姐"的名号就毁于一旦了,她走也不是,不走也不是,脸上青一块紫一块。但专家就是专家,她强压住了,重新坐下,按照王战的"吩咐"喝了一口水。

病房里陷入一片死寂。

陈菲靠着惊人的毅力,磨破了嘴皮子,用尽了伎俩,也没有撼动王战分毫。王战是乐观,但犟起来也别开生面。

陈菲感到无计可施,来到走廊给陈东升黯然神伤地回了个电话,言语中透着从没有过的挫败感:"你这个任务我完成不了,这什么孩子,完全不在频道上。"

陈东升说:"他要是在频道上,敢麻烦您吗?"

陈菲说:"无能为力,另请高明吧。"

陈东升说:"对军人的心病您是专业的,我还能找谁?你都解决不了,我看这孩子是无药可救了。"

"算了吧，心理不过关，本事越强，不确定性越大。你放弃，我也忍痛割爱了。"陈东升想了一会儿说道。

"别，有思想的人都有个性，也许他的问题不适合我来解决。"陈菲虽然看起来年轻，但也是有着十几年军龄的老兵，虽然和王战的短暂相处让她很不舒服，但她绝不会因此扼杀一个人或者添油加醋诋毁谁。

"个性，士兵不能太有个性，也不被提倡有个性，一个人打不赢一场战斗。"陈东升说。

"你确定？你没有个性？你没有个性我当年会看上你吗？"陈菲三连问，让陈东升含糊其词答不上来，那是因为陈菲对他手拿把掐。

陈东升似乎隐隐感觉到，王战已经和他产生千丝万缕的联系，放弃他，是嘴硬，发现个好兵苗子何其困难，只有一线带兵人知道，即使这个苗子还有瑕疵。

巅峰特战队会议中心，陈东升大队长组织召开会议研究王战的去留问题。

齐伟汇报了王战的情况："王战已经三次参加魔鬼周极限训练暨巅峰特战队队员选拔，皆失利，前无古人。"

赵科说："一般人早放弃了。为了胜利，永不言弃，这正是特战队员所需要的精神。"

郎宇说："制度就是制度，后门开不得。不然，我们巅峰特战队这个品牌，会受到质疑。而且他现在有严重的心理障碍，连心理咨询师都解决不了的心理障碍，这是硬伤。虽然他的各项指标都在今天其他入选的预备队员之上，但怎么克服当前这个问题，目前没办法。"

会议室里沸腾起来，大家交头接耳，讨论热烈，有人建议给他转正，人才可遇不可求，如果他放弃转正的想法，很可能是巅峰的损失；有人强烈反对，制度摆在那里，不允许有弹性，差一点儿没有通过和差很多没有通过，没有本质上的区别。

讨论没有结果，陈东升一言未发。他走到窗前，望着远处热火朝天的训练场面，陷入沉思。

王战很快出院了，巅峰特战队没有传来任何消息，他只能打起行囊，再回机动支队，重新做回支队特战队员。这个身份很尴尬，但这时他的巅峰特战梦几近破碎，曙光消散，只好重回暗夜。

不过事情还没坏到绝境。在这个节骨眼上，总队纠察队张涛队长来机动支队特战队挑人。张涛踱着步转了几圈，一眼相中了身高、样貌、气质都很合适的王战。

队部，指导员一脸为难地说："张队长，今年这是怎么了？什么时候纠察需要特战队员来当了，形象好、气质佳、队列动作过硬就行了，到执勤支队看看吧。"

张涛说："怎么说话呢，要不是看在老同学的分上，我跟你急。纠察是什么，纠察是总队的门面，只有纠得好，部队精神面貌才会好。这么重要的岗位，我挑些精兵怎么了。况且你这又不是巅峰特战队，我没到那里去挖人已经很好了。"

指导员"噗嗤"一声笑了："你口气真不小，你到巅峰去试试，不把你打出来才怪。"

张涛不耐烦地说："少扯这些没用的，他必须跟我走。"

指导员不可置信地说："谁？"

张涛说："王战。"

"你可歇了吧，王战的心思可全在巅峰特战队上，九头牛都拉不回来。"指导员要把张涛的想法扼杀在摇篮状态。

"别给我打哈哈，没有调查我能有发言权吗？王战估计永远也进不了巅峰特战队了，虽然各课目全优，但他有心理障碍，这个障碍在纠察队不存在，我们那儿最适合他，我来救他出水火，这个人我要定了。"张涛不容置疑地说。

"不好吧，去不去还是要征求一下战士的个人意见吧？"王战虽然没少跟指导员犯倔，但有人要挖走他，指导员还是不舍得的。

"征求意见？革命工作一块砖，哪里需要哪里搬，要什么意见，不能有意见。"张涛说。

"张涛，你这有点儿不讲理了啊，太不人道了，我要是不同意呢？"指导员也不是吃素的。

"你不同意有用吗？我能下来挑人是参谋长特批的，你不同意自己去找参谋长反映。"张涛不想再和指导员啰唆。

指导员知道这个张涛只要一耍浑，没有几个人拧得过他。

"好好好，你厉害，我懒得搭理你，你喜欢就好。"指导员拂袖而去。

张涛嘟囔着："挡我的道，谁也不行。"

张涛坐上东风猛士绝尘而去。

没几天，一纸调令发到机动支队，要求王战当日下午五点前到总队纠察队报到，没有商量的余地。

指导员拿着调令走到王战跟前，一脸抱歉。

"兄弟，纠察风光，多少战士梦寐以求的岗位，多大的领导在作风纪律上都要听纠察的，在部队纠察是无冕之王，哪儿都敢去，哪儿都敢查，谁都敢拍，谁都敢纠，说谁军容风纪不合格，谁立马就得整改，说通报谁，谁都会冒汗。这个职位可了不得。既然进不了巅峰，换个工作环境也未尝不是一件好事，去吧，调令都来了。"指导员没想到张涛的动作这么快，还没来得及给王战做思想工作，现在他也有些措手不及，为了避免王战受惊，他只能这么聊天。

"说调就调，没人跟我商量啊？"王战反应激烈。

"纠察队办事风格一向这样。"指导员无奈地道。

"我不去，谁爱去谁去。"王战态度很强硬。

"你说不去就不去，这是调令，军令难违！"指导员说。

"没得选吗？"王战弱了下来。

"没得选！"指导员说。

王战愁眉不展地打包行囊,他满脑子是被刘楠拿下的片段,是在毒气中倒下的场景,那一幕幕不堪的往事萦绕在心头,刺激着他的神经。

踏出班宿舍的时候,他回头望了一下空荡荡的床铺,感觉被梦想塞得满满的心扉一下子被夷为平地,面目全非。

尽管一千个不情愿,但命令就是命令,王战还是踩着时间点出现在张涛面前。

张涛满脸笑容,忍不住拍了拍王战的肩膀道:"可把你盼来了,我们纠察队缺你这样的精英,没给你打个招呼就把你调过来,不要怪我,我绝对是一番好意。你也知道纠察队的好,而且你会越来越发现它的好,比你那个进不了的巅峰不知道要好多少倍,进巅峰的事儿不要再想了,进不了没那个命,我们要认命,军旅生涯就这么长,不要被一个目标拖住,实现不了就换一个目标,比如当一个优秀的纠察员。咱们在地位上,一点儿不比特战队员差。"

王战没有表态的欲望,从始至终只有"是是是,好好好",这让张涛不是很开心,但王战来了,充实了纠察队的力量,而且稍加培训就能上街纠人,一点儿不费劲,对于这点张涛还是很自豪的。

"不要感谢我,我只是做了自己该做的,把你从泥沼中解救出来,将来,你一定会为加入咱们纠察这个大家庭而感到幸福,不信咱走着瞧。"张涛很自信，他认为是干了一件好事，一件为失足士兵造福的好事。

可他未免太高看自己，王战不仅没有感受到幸福，也没有越来越发现纠察的奥妙。

左手DV右手登记簿，姑娘见了直喊酷，可是王战没觉得酷，从第一天上岗他就心不在焉，眼无神，肌无力，蔫巴得像根老萝卜。

张涛以为新同志需要磨合适应，过几天就好了，但一周过去，王战的状况不仅没有好转，竟然开始泡上病号了。这在以前看来简直是天方夜谭，以往他不仅没有泡病号的习惯，还经常自行加操，主动加码。班长好几次告状，直呼这兵管不了，太不像话了。

张涛觉得有必要找王战谈谈了，但谈的结果是没有任何结果，王战还是打不起一点儿精神。

张涛有些着急了："干一行爱一行你听过吗？你要适应环境，不能让环境适应你。我觉得你是可塑之才，才给你一次重整旗鼓的机会。"

王战用沉默回应张涛的软硬兼施，心理战宣告失败，张涛有些气急败坏，但王战的沉默反而像突突着火舌的机枪，让他无计可施。最终张涛道："你这样消极下去吧，我看你能撑到什么时候，跟我作斗争只有一个结局，难受！"说完，他转身走远了。

巅峰特战队宿舍，陈东升怒道："什么？纠察队？谁让他去纠察队的,谁出的馊主意?他是特战队员,天生就应该吃特战这碗饭,这两天没关注这事儿,人都给我整跑了?"

"总得给别人一条活路,您这里一直通不过,搁谁也不能一棵树上吊死啊!"齐伟今天的语气有些重,和之前的唯唯诺诺判若两人。可能他也被王战去纠察队的消息惊着了,他将这个问题的根源归结到陈东升身上。

陈东升盯着齐伟看:"你说的也有道理,行了,人各有志,随他去吧。"

齐伟说:"不想想办法?"

陈东升说:"我能想什么办法,这是参谋部决定了的事儿,我插手不好,可惜了王战。"

齐伟说:"眼睁睁地看着这么好的苗子被挖到别人地里去了?"

"除非,除非他自己提出回来,不然……"陈东升说。

"他提出回来,您能接纳他吗?"齐伟问。

"只要他回来,我立刻要了他!"陈东升语调很坚决,但过了一会儿又说,"不过这话出了这个门不要再提了。"

齐伟点了点头,出去了。

晚饭后,王战给赵科打了一个电话。

"班长,我这么三进三出,只落不起了吗?班长,我要是解决不了自己的问题,是不是就废了?班长,你还相信我吗?是不是也已经对我彻底失望?"王战从不在乎别人的看法,现在他也敏感起来。

赵科没有正面回答他的问题，电话那头他也无法给出最好的建议，不过他知道，只要是结，就可以解开。

"班长，我还是想回去，想进巅峰，不是说纠察队不好，正因为它太好，没有压力，没有恐慌，当然也不会有激动和兴奋。可我是个穷折腾的命，最主要的还有我父亲，他是一线战斗员，是我最初的动力，我要沿着他的路一直走下去。我要回去，行不行，可不可以？"王战开启碎碎念模式。

赵科说："谁都不能替你做什么，从踏入军营那一刻起，你就得学会为自己负责。"

赵科把电话挂了，王战的世界似乎又剩下了他自己。

正愁丝百结，电话响了，是张铭。

张铭劈头盖脸骂上了："你脑子是不是有坑，是不是少个螺丝缺个钢垫？你这一走，陈大队长想要你都没戏了。什么大不了的心理障碍，怕烟，这也叫障碍？我还恐高呢，练得多了不就挺过来了吗？就是你平常太大意，觉得穿越染毒地带不算什么课目，根本没走心，才在这上面跌倒了，咱重视起来不就行了。得，现在说什么都晚了，你在纠察队是不是特风光，是不是特牛气，好好待着吧……"没等王战说话，张铭就把电话挂了，从头到尾一气呵成，没给王战发言的机会。

王战被张铭一通数落，忍不住笑了出来，这些天他还是头一次笑。

"胡来！一个个的！"他一边嘟囔着一边大步流星地往宿舍楼走去。

张涛正在和一个被纠察逮了来走后门、要求不被通报的上尉交涉。

上尉亲切地握着张涛的手，感情泛滥："咱既是老乡，又是军校师兄弟，这么多年的感情，你可得帮帮我。"

张涛想把手抽出来，无奈上尉握得紧。

张涛说："可能真要让你失望了，现在信息录入已经联网，录进去就传到总队主机里了，我是抹不掉的。"

"别拿你那些专业上的东西忽悠我，你肯定有办法。"上尉抓住救命稻草一般。

"兄弟，全凭个人自觉的时代已经过去了，制度越来越严密，不然改革的意义何在，你也要体谅我的苦衷，还有一帮兄弟眼巴巴看着我呢。"张涛说的都是实在话。

"张涛，我已经在这个位置上熬了四五年了，今年工作刚有些起色，领导也找我谈过话了，有意要培养我，提拔晋升有希望。你知道机关岗位一个萝卜一个坑，竞争有多激烈，在这个节骨眼上我要是被通报了，是不是太得不偿失了？"上尉有些着急了。

但张涛不松口，上尉开始面露愠色："张队长，是不是有些不近人情了，兄弟感情还处不处了？"

"一码归一码好不好。"张涛回道。

"少来这套，今天你办也得办，不办也得给我办！"上尉语气生硬起来。

"我要是不办呢？"张涛明显不惯着他。

"张涛，我算是认错人了！以后咱们大路朝天，各走一边，你可别有什么事求到我这头上。"上尉给了张涛一个咬牙切齿的表情，扭脸走了。

"我还真不怕你这个，既然干了这个就不怕得罪你。"张涛终于绷不住了，朝着他的背影怒道，胸脯一起一伏。

这场争执，王战都看在眼里，他知道这个时候去找张涛反映问题，着实不是明智之举。但张涛已经看见了躲在墙角的他，示意他过来。

王战硬着头皮站到张涛面前，张涛问："都看见了？看见了也好，一堂现身说法的纪律课，咱们当纠察的要有原则底线。今天是同学，明天是师兄弟，后天是小舅子，都开后门的话，像什么话？还要我们纠察干什么？加上现在制度这么严密，别偷鸡不成蚀把米，搬起石头砸自己的脚，你以后注定是要担当纠察队骨干的。记住，一定要维护住我们纠察队的形象，利用好我们手中的执法利器。"

张涛的谆谆教诲，王战一字不漏地都听进去了，可是越听越难受，因为每一句话都与今天他来的目的背道而驰。

这时候张涛突然想起来，问道："找我什么事？都被我这个老同学给气晕了。"

王战准备好的台词一句也说不出来，欲言又止。

"有事没事，别浪费时间。"张涛干脆利索。

王战沉吟良久说："队长，我要走！"

"你说什么？再说一遍！"张涛以为自己听错了。

"我要离开纠察队，我要进巅峰，我要当突击手、狙击手、排爆手、弓弩手、机枪手，我要回去！"既然说了，简洁明了，一步到位，王战豁出去了。

张涛瞪圆了眼睛，盯着王战足足看了五秒钟。

王战无法直视，等待暴风雨的洗礼。

以往的等待很难换来结果，这次他如愿以偿，张涛成全了他，满足了他，暴跳如雷："好一个王战，敢炒纠察队的鱿鱼，你是第一个敢吃螃蟹的，我还把你当个宝，你把我当根草。你要真能进巅峰，早就进了，还用等到今天？！我真是自作自受啊，还以为救人于水火，没想到是逼人上梁山！行，你干得漂亮，把我们都毙得满地找牙，你真行！"

王战闭着眼忍受着张涛的怒气，耳中嗡嗡嘤嘤，内心却是轻松的，终于捅破了这层窗户纸，压在心里的石头落地了，尽管他知道这对张涛有些不公平。

"这里是部队，想来就来想走就走吗？"张涛的愤怒没有得到丝毫缓解。

"当初，我也没想来。"王战回道。

一句话戳中张涛的痛点，张涛气得有些犯晕，用手指着王战的鼻子，努力平复着心情。

王战认为按照张涛目前这个状态，接下来的动作一定会让他写检查或者关禁闭。作为一个有经验的基层主管，让耍小聪明的士兵过得舒服是一件失败的事，所以连王战自己都认为张涛不应该太客气。

但是，并没有。

张涛道："带上你的铺盖卷，在我没反悔之前，抓紧滚，不要让我再看见你！"

王战以为听错了，试探道："队长，你……你……确定？"

张涛抬手想给王战一击，王战撒丫子就跑，跑到安全距离才停下，转身向张涛敬了一个礼，道："队长……谢谢您！"

张涛再也不搭理王战，孤独地望向窗外。一个老兵最难过的时候，也许就是这个时候，士兵很好，可是留不住。

王战礼毕，大步流星地向走廊的尽头走去，身后留下一地寂寥。

王战炒了纠察队的鱿鱼，回到魔鬼周暨巅峰队员选拔训练营的消息不胫而走，一时间成为队内的谈资。尤其是陈东升，他从来没听说有人做过这样的选择。

会议室里陈东升召集特战队干部骨干再次开了一个专题讨论会，这次他制订了详细的目标改造计划，一切只针对王战的薄弱环节，直击他的心理障碍。

齐伟、赵科等人纷纷表示这个主意妙。

除了郎宇有疑问:"大队长,为什么从看不惯他,到为了他可以不惜耗费人力、物力和宝贵的时间?他有那么重要吗?说实话,以他现在的水平和巅峰队员比并不出类拔萃。"

陈东升很简短地回答了这个问题:"他年轻、执着、不服输、不认命,有了这些特质,出类拔萃是早晚的事儿。"

陈东升忙得脚打后脑勺,为了解决王战的问题,一直在查阅资料、请教同僚、遍访专家,他明白心理关比实战关要难过得多。心理问题有时需要心理专家来解决,有时却需要更为复杂精准的情境还原和模拟测试,来刺激相关对象的感官神经,在不断的磨炼中增强免疫力,但火候一定要把握到位,否则适得其反。

为了王战,他做了精心布置,他想王战一定会在他们的努力下走出阴霾,挺过难关。

第四章
我想独自迈出困境，却渺小无力望不见尽头

万籁俱寂中，哪怕细微的动静都如惊涛骇浪。预备队紧急集合哨连续短促响起。队长宣布案情通报：驻地火车站发生一起暴恐袭击，巅峰特战队全员出动，为了万无一失，要求部分预备队员充实兵力。

王战也领到了任务，随队登上防暴运兵车，火速赶往现场。

他们到达时，战斗已然打响，火车站广场上枪声四起、硝烟弥漫。多方安保队伍已在密切协同，围攻持燃烧瓶和自制武器的暴恐分子。

外围武装警戒的人员为王战等人开辟出通道，他们靠近巅峰特战队员后，被临时分组。王战被编进赵科、张铭所在的突击一组，成为突破暴恐分子第一道防线的主要力量。

赵科用一把突击步枪换走了王战的枪支，要求王战使用他给的武器。

王战说："我用自己的枪顺手，临阵换枪是大忌啊。"

赵科说:"没你说话的分儿,一切行动听指挥,谁知道你的枪会不会卡壳。"

王战不再言语。

暴徒有数十人之多,装扮很有特点,服装很统一,T恤上印有猛虎图案,穿皮靴,戴头巾面具,身背迷彩背包,手持弯刀和短枪。他们一部分人据守安检口,一部分人砍杀候车大厅里的人,已经有大片的旅客横七竖八倒在血泊之中,现场惨不忍睹,到处弥漫着血腥味。

特战队员的火力凶猛,暴徒有些吃不消,用喊话器要求和现场最高指挥官谈判。

谈判进展很不顺利,指挥中心无法满足他们的任何要求,暴徒恼羞成怒,将一名人质"杀害"。

特战狙击手发挥强大威力,击毙一名人质身边的几个暴徒,人质也手疾眼快,向站台方向狂奔。这期间狙击手又击毙了一名马上就要摁住人质的暴徒,这人看起来应该是骨干成员。暴徒开始力不从心,一部分暴徒喊着誓死效忠头目的口号,一边继续掩护。剩下的暴徒边打边追逃跑的人质,人质马上就要跑出大厅进入一号站台。据了解,站台与候车厅连接处已被安置了大量的TNT炸药,无法派兵靠近,暴徒一旦出了候车厅上了站台,空间变大,出现漏网之鱼的机会将会大大增加,所以必须将他们控制在候车厅之中。

突击一组接到指挥中心指令,乘坐云梯车攀上候车大厅左侧天花板索降下滑,绕过暴徒防线,直接兜住节节败退的暴徒,来个釜底抽薪,解救最后一名人质。

计划一切顺利,突击一组陆续落地之后,从暴徒身后向其发动攻击,尤其是王战,枪法精准,百发百中,表现神勇,不一会儿暴恐分子倒下一大片。但其中一名暴徒将死之际按下了遥控爆炸装置,安置在候车厅与站台连接处的炸点轰然爆炸,燃起熊熊烈火,翻滚起浓浓硝烟。

此时人质也已跑到突击一组中间。赵科命令王战马上带领人质冲出候车厅,他和张铭等人拖住剩下的几个还在苟延残喘的暴徒。

王战背着人质面对火魔和浓烟再次出现上次穿越染毒地带时的毛病,赵科连续喊了好几次,陈东升也通过嵌入式耳麦向其下令:"冲啊,冲出去,战斗就胜利了,冲啊!"

可王战的腿莫名颤抖,一步也迈不出去。

战机稍纵即逝,因为王战的迟疑,一名暴徒瞅准时机找到空当,对准人质的后背开了一枪,人质宣告死亡。

虽暴徒被全歼,但人质一个也没保住,现场传来一片唏嘘。

王战望着死去的人质,再看看面前令他胆怯的火魔,腿一软跪倒在地,失声痛哭。

这时人质从地上爬起来,拍了拍王战的肩膀说:"兄弟,演习结束了,你又一次没经受住考验。"

王战意识到这场演习，其实是为了他一个人而设置的，而自己的表现跟幕后这么多人的付出毫不匹配，他的精神再次遭遇打击。

有战友从王战的身边经过，露出非常不屑的表情和眼神。王战感觉那眼神比子弹还有穿透力，他感觉自己的身体仿佛千疮百孔。

张铭从不远处跑过来，搀起满身虚汗的王战安慰道："我们也想到了可能会有这种结果。兄弟，没关系，只要你不放弃，我们就还有机会。"

王战看了张铭一眼，一转头，陈东升等人出现在他面前。

候车厅外的阳光透过他们间的缝隙晃着王战的眼睛，逆光，他看不见陈东升的脸，但他感觉到那张脸上面的意味深长。

陈东升说："如果这是一场实战，你知道会有什么后果吗？"

王战狼狈地站着，没有一点儿军姿的痕迹。

"你无法闯出我设置的禁区，也不能走出你心灵的禁区，你要一直把自己困在里面吗？"陈东升的话回荡在大厅里，也回荡在王战的心尖上。

"无辜群众死了，老百姓对我们的信任消失了，巅峰特战队的品牌形象没有了，暴徒接下来的气焰会更嚣张，因为你不敢冲过去，不能冲过去，冲过去可能会烧伤，不冲过去我们全完蛋，属实没有余地。"陈东升的话掷地有声。

"我既然能组织这次演习,还是对你心存幻想,知道你想进巅峰,可是以你今天的表现,你认为你有资格进吗?"陈东升问,王战没有回应,他在等待王战回应,哪怕他说没有资格。

王战在众目睽睽之下挺直了腰杆,他没有退却,没有回避,没有自卑,他说:"我会越来越好的,会有资格的,即使冲进去会死,也要冲进去,这是我今天才知道的,我不会再让你们失望。"

听完王战的话,陈东升觉得大家的努力没有白费,至少效果没有适得其反,还燃起了他新的斗志。

陈东升走近王战,为他正了正凯夫拉头盔,拍了拍他的肩膀问:"小子,纠察队你都不干,你想干什么?"

王战说:"只要能进巅峰,干什么都可以。"

陈东升说:"这是你说的?"

王战狠狠地点了点头。

于是,第二天王战接到了到巅峰特战队炊事班报到的消息。

如愿以偿进了巅峰,却是个"伙夫"的职位。王战哑然失笑:"这不是胡来吗?听起来还没有纠察队员好听。"

炊事班班长刘成启是个老特战,听到王战看不起炊事员,拎着炒勺出来了,声若洪钟地道:"谁?活腻了?敢这么说话!"

王战吓了一跳,连忙道歉:"对不起班长,我是故意的……不,我不是无心的……我是有意的……嘻……"

老刘说:"别让我再听见你发这种牢骚,炊事员怎么了?巅峰的炊事员也个个是好样的。你要知道,你接下来的日子不仅要会洗菜、做饭、刷锅,还要像别的特战队员一样参加训练,在我这里混日子,想都别想!"

老刘朝王战颠了颠炒勺,给了他一个巨大的白眼,晃着膀子进了操作间。

老刘的背影给王战留下了深刻印象,别人都是竖着长,老刘好像是横着长的,占地面积非常大,一身的肉打着结、带着褶,一走起路来像压路机。

王战正啧啧称奇,炊事员小高凑过来说:"怎么?看不上班长?嫌他胖?"

王战连忙否认:"哪儿敢。"

小高说:"谅你也不敢,你知道班长什么来头,那是当年巅峰数一数二的突击手,执行任务受了伤,不能剧烈运动,退居二线才发的福,别看现在走路都喘,他要发起火来,五公里照样跑进二十分钟。"

"看见攀登楼上那根大绳了吗?"小高努努嘴。

王战答:"看到了。"

小高说:"班长说上就上,在巅峰,以貌取人,只会自取其辱,包括我,你也得小心点儿。"小高不忘标榜一下自己。

王战连忙恭维道:"那是当然。"

他俩正聊着,刘楠带着两名女特战员从厨房后门经过,小高满脸堆笑，小手不停地在围裙上蹭着，好像谁要跟他握手似的。

刘楠走近了，小高连忙打招呼："哟，楠姐，这么大领导，不在房间歇着，亲自来帮厨啊。"

刘楠毫不客气地教育小高道："边儿去，当兵就要站岗，当兵都会帮厨，成绩再好、位置再高也要干好基本工作，具备基本技能。"

小高说："楠姐教导得是，我不是这个意思，我是说您气质这一块、长相这一块忒到位，你一来我们兄弟哪有心思干活。"

刘楠做出一个飞踹的预备势，小高立即灵巧地躲到了一边。

这时刘楠发现了王战，连忙捂着脑门说："这……这……这不是，那那那谁？！"

"我叫王战，领导，上次选拔，您直接把我拿下了。"王战一点儿不以为耻。

刘楠啧啧有声，意思好像在说，你都来巅峰了？你凭什么来巅峰？

但刘楠好歹是受党教育多年的干部，不能这么赤裸裸，收敛着说："既来之则安之，好好干，下次争取别那么快认输。"

王战毫不示弱地道："一定一定。"

刘楠饶有兴致地看了王战一眼，带着她身边那两名早就看着这两个不入流的家伙很不耐烦的女队员洗土豆去了。

陈东升把王战安排在炊事班是有深意的。

齐伟首先表示不解："要么别招进来，招进来干吗进炊事班？"

郎宇看起来坚硬有余，细致不足，其实情商要比齐伟高，总能揣摩到陈东升的思路，跟上节奏，虽然他还不知道具体是什么思路，但他知道最终会朝什么方向发展。

陈东升好像看穿了他们的疑惑："执着是好的，但做事不能只凭一腔热血，也不是军事素质好就一定可以打赢，出杈的树苗要修剪，有刺的战士要摁住，我是让他学会沉淀。"

郎宇还是不理解："经过这么多次打击，他早该沉淀了。"

陈东升摇摇头道："那是外力作用，我需要他自身的沉淀。"

王战一开始对炒菜的兴致还是很高的，围裙一扎，锅铲一握，在水蒸气之间来回穿梭，端出一盘盘有部队特色的美味佳肴，看着战友们从训练场上下来狼吞虎咽，还是很有成就感的。可时间一长，就不那么新鲜了，只剩下苦累、枯燥、乏味，离目标越来越远的折磨，还有昔日兄弟刻意般的孤立。他发现赵科和张铭像是接到什么指令一样，不再往他身边凑，别的特战队员除了和他要蒜要酱的时候还算比较热情，其余时间并不怎么正眼瞧他，他感觉自己被忽视了，甚至可能被遗忘了。这比在预备队的时候还难受，因为在预备队他算翘楚，还经常收获菜鸟的大拇指，在这里他只是一个会点儿军事技能的伙夫。

有一天午饭，张铭最后一个吃完，在水槽边洗碗。

王战左右瞅瞅发现没人了，扔下手里刮鳞刮到一半的大草鱼，悄声来到张铭身边。张铭自顾自地洗碗，当王战是空气，这让王战很不爽。他故意清了清嗓子，以示抗议，但张铭充耳不闻，他往左，张铭往右扭脸，他往右，张铭就往左扭脸，坚决不与王战打照面。

"这还是我出生入死的兄弟吗？您这是唱的哪一出儿啊？"王战纳闷不已。

张铭加快了手里的动作，把铁盘铁碗放进消毒柜，径直离去。

"瞧不起我？我怎么了？"王战摸着脸，一脸诧异。

王战一定要弄明白是怎么回事，不然吃不好睡不香。他找到了赵科，岂料在赵科那里也吃了闭门羹。

接连几天都是这样的状态，王战自我反省出味儿来了，肯定是因为火车站演练，自己失误导致失败，他们觉得罪魁祸首就是他，要孤立他。

王战感觉说不出的难受，他开始自责并反思："浓烟和烈火这一关我要是过不去，失去的何止是特战队员这一称谓！"

不能坐以待毙，王战有意识地修正这一薄弱环节，投弹训练场、垃圾焚烧场、高压水泡车的水雾中，只要能让他感到心慌气短的地方他都不错过，甚至久久蹲在锅炉房的烟囱下面，凝视冲天的烟柱。

炊事班长老刘看到他这番行为，不明所以，也悄悄跟在他后面凝视，却看不出什么所以然，于是自言自语道："看什么呢？有那么好看吗？"把王战吓了一跳。

经不住老刘的追问，王战一五一十地向老刘和盘托出自己的问题。

老刘眨巴眨巴眼，反应过来道："噢，这么回事，兄弟好好看，你一定能如愿以偿。我早就知道你不会在我们炊事班干多久的，你一来我就发现了。"

"不不不，革命工作没有高低贵贱之分，炊事员岗位举足轻重，直接关系战斗力生成，间接影响战场形势，兵马未动粮草先行，后勤其实是前勤，搞好伙食，是政治思想工作落实到末端的直观体现，很难相信保障跟不上，如何打胜仗，吃得好，枪才端得稳，营养不到位，其他全白费。我十分安心本职工作，能在刘班长跟前鞍前马后，是我的荣幸……"王战唯恐炊事班也不收留他，那他真就成野孩子了。

"停停停，你念述职报告呢？别给我整这些虚头巴脑的材料语言。你放心，我不赶你走也会有人带你走。"老刘打断王战的即兴演讲，胸有成竹地说。

这句话把王战惊着了："几个意思？干吗带我走，我为什么要走？！"

老刘一脸平静地说："别害怕，我的意思是你不属于炊事班，你属于战场。他们只是暂时把你扔在这，晾着你、晒着你、刺激你，让你浑身不自在，你会经历懊恼、失望、甚至绝望，不停地扒开五脏六腑，寻找问题所在，有时会一无所获，有时似懂非懂。突然有一天，一觉醒来，你发现全明白了，没什么大不了，有啥你们尽管朝我招呼,怕什么,闷头冲上去了,那时的你会收起该收起的棱角,释放该释放的能量,你百毒不侵。"

王战不知道老刘为什么会突然跟自己这样掏心窝地说话,他一直不苟言笑,也就比"非打即骂"温柔那么一丢丢,今天这是怎么了?

王战问:"为什么?"

老刘眼神里散布着失落:"为什么?你去问问陈东升。我这个地方是巅峰特战队的中转站,什么有毛病的、傲娇的、装蒜的、不安分的,全扔到我这来,把所有的负能量排泄干净了,也到了该走的时候了。除了我没换,你们一个个来来去去,我都习惯了。"

听了老刘的话,王战突然心生怜悯:"我还没有百毒不侵,还有浑身的毛病,不会那么快走的,我要陪着你,老班长。"

老刘露出难得的笑容:"心意我领了,你说这句话的时候,你已经进步了,已经意识到自己的问题了,所以,你快离开了。"

王战认为这是老刘在安慰他,他也有义务抚慰一下看似生硬其实铁汉柔情的老刘,说道:"班长班长,你这思想工作做的,真让人开心,有没有这回事,反正我听了挺受用。"

老刘看看王战,忙着教小高切菜去了。

老刘一点儿也没说错,大队部正在研究如何再一次帮助王战摆脱"心魔"。

陈东升的语气很坚决:"这次王战再过不了关,我们属实没有那么多时间陪他玩了。"

"在一个不达标的预备队员身上耗费这么多的时间精力，王战是第一个，巅峰没有这样的先例。"郎宇说。

陈东升曾悄悄问过齐伟："你说我们这样用心，是因为他是烈士的儿子？"

齐伟答："好像不是，巅峰没有优待这个词。"

陈东升点点头说："对，我们只是看到了王战身上有我们的影子，跟别的无关。"

陈东升新的演练方案再次火热出炉，根据王战的探亲报告，他明天将乘坐班车从驻地车站出发，回家看望母亲。陈东升决定抓住这一机会，再次开展自己的完美计划，他从执勤中队请来应急班战士扮演劫匪，伪装了一辆接近报废的汽车，和车站协调好，王战将在毫无察觉的情况下登上这辆车，并接受未知的挑战。

王战捏着车站工作人员早就为他"量身定制"的车票，登上了早就安排好的汽车，并且坐在了陈东升想要他坐上的位置，一切按部就班。

汽车内的氛围十分融洽，这些经过化装的男女战士，天生的演员，有的吸溜吸溜地吃着方便面，有的化装成情侣，搂搂抱抱，有的在用功读书，虽然书都拿反了，有的拉着身边的人玩起了"吃鸡"，一人自封队长，指挥着其他成员："捡包捡包，上车上车，谁有八倍镜，空投来了，我去，中弹了，快去救那个二傻……"

王战无所事事,看着窗外的山川河流,想着就快要看到两年多没见的母亲,心情不错。

几个小时之后,刚才喧嚣的车厢渐趋安静,有的人已昏昏欲睡,作为一名士兵,王战还是有些许警惕的,他观察了周边的人,发现几乎都是年轻人,没有老人和孩子,这似乎有些不同寻常,但也许是巧合,而更巧合的是有几个小伙子看起来还有些面熟,但实在想不起来在哪里见过。

汽车驶入盘山公路,这里不是通往王战家最好的路线,高速公路早就开通,司机应该是为了省那点儿过路费,才继续走这条快被人遗忘的荒凉之路吧,看着半天没有什么其他车辆驶过,王战想着。

此时,刚才几名玩"吃鸡"的年轻人互相使了眼色,从身上摸出匕首站了起来,有的据守中间位置,有的走到司机旁边,刚才自封为队长的家伙这会儿果然也是"头目",他狂躁地叫嚣着:"大家知道该怎么做吧。"

他这一嚷嚷,车里人都精神了,几个演技还不错的哆哆嗦嗦开始掏手机、摘手表。

但也有人"不识相",一个白胖的像伙夫的人一脸正气地喊道:"都什么年代了,还有车匪路霸?太猖狂了,你们不想混了吧。"

"伙夫"主持正义的结局是被"头目"摁在座位上"啪啪"两个大嘴巴子,脆响至极,所有人都惊呆了,一名"少妇"向刘楠扮演的戴着墨镜、口罩的邻家女孩嘀咕道:"戏过了,戏过了,还真扇啊。"

"伙夫"被扇蒙圈了,他没想到这个扮演头目的战友如此入戏,真把自己当匪徒了,力道之大,让他眼里噙满了泪花。他愤怒地看着"头目",但不好发作,只能从眼神中流露出来:"小子,你完了,任务结束,我一定加倍还回来。"

"头目"才不管三七二十一,他现在是主宰者,必须借用今天这个难得的契机,发泄一下平时的怨气。

"伙夫"看起来兵龄比较长,还有可能带个"长",所以"头目"一点儿也没客气,毕竟现在没有阶级之分,没有上下级观念,既然这么想,不仅不用收敛,还要做到极致,有财还得有色,这个原则一定要把握。

"头目"扫视了一下车厢,狞笑着走向了"少妇","少妇"刚刚还在跟"邻家女孩"抱怨"戏过了",这会儿她才知道"头目"的戏路之宽,颇有老戏骨的风范。"头目"凑到"少妇"跟前,色眯眯地盯着不可言喻的部位,还在"少妇"的耳边吹着气说:"挺带劲啊,要不要跟哥混,不会亏了你。"

"少妇"凑近"头目"的耳朵压低声音,唯恐王战听到,说:"你别蹬鼻子上脸,差不多得了。"

"头目"摇摇头,也用相同的音量告诉她:"我接到的命令是务必逼真,我研究了实战案例,他们都是这么干的,别怪我,我谦虚好学,活学活用。"

"少妇"只能无奈地任其"摧残",有苦说不出,气得满脸通红。

王战始终在观察着眼前发生的一切,四把明晃晃的刀在他面前晃来晃去,必须要挑一个合适的机会,贸然出击必然得不偿失。

但"少妇"等不及了,她已经对眼前这个入戏很深的"头目"恨之入骨,希望王战马上站出来敲烂他的脑壳。"少妇"对王战的无所作为感到失望,拿话点王战道:"英雄在哪里?那些除暴安良的勇士都在电视、报纸上吗?"

"头目"嘿嘿一乐道:"美人,你还是太嫩了,皮肤嫩,思想也嫩啊,到处都是英雄,英雄还叫英雄吗?"

"头目"的匕首在手里画着圈道:"我给他们两个胆儿,敢站出来吗?"

"伙夫"率先摇了摇头,"头目"看了看王战,王战已经把手机、钱包都掏出来,准备毕恭毕敬地交给身边的"劫匪甲"了,"头目"认为王战也不过如此。

王战交出财物的目的其实是为了麻痹"劫匪甲","劫匪甲"果然很受用,露出一抹鄙夷的笑容,心想,这么一个怂包,何以值得特战队如此用心良苦,我一定让你剩条裤衩回特战队,好好灭灭特战队的威风。

"劫匪甲"右手拿刀,左手正要接过王战的手机,王战的眼神突然犀利起来,释放的亮光犹如划过的一道闪电,和他手里的刀光交织碰撞在一起,让人似乎能听到一丝"噌"的声音,毛孔不由自主地张开了。

"劫匪甲"准备拉开架势挥刀刺来,被王战稳稳抓住右手手腕,一个卷腕夺刀的动作瞬间完成,"劫匪甲"由于被反关节控制身体自然后仰,王战一记下砸肘,"劫匪甲"仰躺在地,这一系列动作只在一两秒之间,其他同伙发现后立即向中央位置靠拢,离王战最近的"劫匪乙"扑将过来,王战接住刚刚掉落在地的刀,顺势抵住了"劫匪乙"的喉尖,大喝一声:"别动,中国武警!"

王战这一声喊,"劫匪们"愣了一下,但随即反应过来。

"头目"喊:"干他,打的就是武警!"

由于过道狭窄,"劫匪丙"无法绕过同伙扑到王战面前,只能翻越座位,刚到椅背上,被王战一脚蹬翻在地,他一个鲤鱼打挺站起来,继续想方设法围堵王战。

"头目"骂骂咧咧地跑过来,和王战展开激烈搏斗。"头目"就是头目,身手着实比"喽啰"高上几个段位。

劫匪扮演者都来自执勤中队应急班,体力、耐力、技巧也都是佼佼者,刚才的一点儿小挫折算不了什么,反而激起了他们不服输的个性,一个个嗷嗷叫着要把王战大卸八块,争回属于执勤中队的尊严。

车厢空间狭窄,王战被围在中间,动作受限,挨了数不清的拳脚,遍体鳞伤,其他"乘客"没有一个人伸出援手,像是在看一出好戏般聚精会神、饶有兴致,有的张大了嘴巴,有的因为王战打歪了"劫匪乙"的鼻子竟然忍不住想要鼓掌,一看场合不允许,忙克制住这不合时宜的冲动,场面看起来喜人又气人。

王战心想,这是一群什么人,你们要是群起而攻之,一定能赢,虽然这些劫匪像是训练有素的悍匪。他哪里知道,他们就算愿意帮忙,陈东升也不会允许,尤其是刘楠,看到王战落于下风,心里也曾有过不忍,有要帮忙的欲望,但理智告诉她,王战必须在这样的考验中成长,成长是别人帮不上忙的。

搏斗中,王战发现要是再这么继续打下去必定双拳难敌四手,死于他们的乱刀之下,于是他找准空当跳上椅背,在杂乱的拳脚与刀光中,避开风暴中心,分散他们的攻击力。

这一行动方案是有效的,王战灵巧得像只猴子,敌人的拳脚多有落空,而他在不停变换位置的过程中发动突袭,稳准狠,屡屡奏效。

王战被逼到驾驶位附近,再次和敌人正面交锋,你来我往,让人眼花缭乱。

瞅准空当王战按下开门键,跳出车外,车外的空间足够他发挥,两个组合击晕两名"劫匪"。

"头目"撒腿要跑,王战本着"擒贼先擒王"的原则追了出去,没追多远,就听到汽车的方向发出阵阵惊呼。

他回头一看,汽车已经冒起滚滚浓烟,原来"劫匪甲"恼羞成怒,果断点燃了汽车。王战放弃追击,调头往汽车跑,跑回原处的时候,火势已经控制不住,"劫匪甲"剪断了线路,车门紧闭,无法打开,乘客只能破窗而出,争先恐后,哀号声一片。

王战连忙伸出援手，帮助这些刚才还充当看客的麻木的人尽早脱离险境，一个、两个、三个……黑烟越来越大，里面已经成为一片火海。

　　王战拽出一个乘客，问里面还有没有人，并让大家加紧往安全地带撤离，这时"少妇"灰头土脸地拽住王战，告诉他"邻家妹妹"还在车里，已经几近昏厥，她的呼救声越来越微弱，随时都有生命危险，千钧一发。

　　王战一听，不假思索地再次冲向着火的汽车，动作像极了当年的父亲。

　　可当他站在熊熊烈火的边缘时，还是控制不住地停下了脚步，心理魔咒再次突现，困扰、撕咬、吞噬着他，他的身体反应再次毫无征兆地来临，虚脱、麻木、冷汗直冒。

　　王战就怔怔地站在原地，身后是几十个乔装打扮的战友，心里都在默默地为他加油打气，却不能伸出援手，或者发出任何声音，他们为此刻而来，他们处心积虑。

　　王战能成功吗？他们眼巴巴地看着王战落寞的背影、萧瑟的背影，随时有可能失去任何能量的躯体。

　　"少妇"喊道："来不及了！"

　　陈东升在距离现场三百米的拐弯处，坐在高压水炮车里，看着电脑屏幕上的现场图像，用对讲机呼叫"头目"："若情况不对，立即把他撤回来！"

"头目"道:"明白!"

刘楠透过烈火浓烟,看到王战痴痴的眼神,她预感王战可能还会陷入恶性循环,不再抱什么希望。她已经受不了烈火的炙烤和呛鼻的浓烟,若不是提前戴上了帽子和防火眼镜、穿上了防护服,她早就坚持不住了。

毕竟关系到一名战士的进退去留,尽管她对王战的印象一般,但也不想轻易放弃,决定再等王战一会儿,如果王战再没有动作,她就要自己脱险了,因为指挥中心已经给她下达了三遍"自行跳车"的指令。

刘楠对着在车外浓烟笼罩中走神的王战喊道:"救我啊,你忍心看着我被活活烧死吗?你会做噩梦的。"

王战仍然无动于衷。

刘楠接着喊:"你是个孬种,你不配!"

王战听到了刘楠的责骂,这一句话,击中了他的心,目光不再呆滞。

王战看不到她的脸,但听到了她的声音,那声音依然悦耳清脆,想必这个女孩正年轻,美丽优雅,她应该活着,而且应该漂亮地活着。火魔很容易夺走她的生命,也容易摧毁她动听的声音,他现在可以避免这一切的发生。

王战的脑海里浮现出父亲的画面,父亲一遍遍冲入大火,曾经是他最难受、最不愿意回忆的场景,但今天一切像历史重演一样,父亲也出现在了他面前。

父亲满脸是灰,满头是土,他似乎没有葬身火海,他从那黑洞洞的民宅深处冲了出来,朝着他的方向奔跑,张开了双臂,拥抱呆立着的王战,他笑了,露出了一排雪白的牙齿,在太阳下熠熠生辉。

王战在父亲的怀抱里,嗅到了他带着火焰的气息。

他喊着,爸爸,你回来了!爸爸,你是英雄!

他想触摸,却发现一切只是幻象和虚无,父亲的影子在那烈火浓烟中越拉越长,他没有忘记向王战挥手,仿佛在告诉他,我永远就在这里,哪儿也没去。

王战回过神来,腿也不抖了,手也不颤了,他的眼神从容而坚定,他大喝一声:"别急,我来了。"然后一个助跑,跃上汽车车窗。

王战钻进汽车的一刹那,身后的战友握紧了拳头,下意识地发出了赞叹。

陈东升一只手按在驾驶员肩膀上,暗暗用力,驾驶员感受到他的紧张。

郎宇道:"他进去了,你们看,他进去了,他成功了!"

赵科道:"你喊什么?出来才算成功!"

汽车内,王战摸索着,艰难地抓住了刘楠的手,一把抱住刘楠,在黑暗中一点点地寻找着生命的出口。

刘楠在王战的背上感慨万千。

陈东升看着表，一秒、两秒、三秒，火越烧越大，烟柱直冲蓝天，所有人的心都提到了嗓子眼儿，他们希望能看到两人，立刻、马上，可是没有。

陈东升有些慌了："快，灭火！"

高压水炮车极速冲向大巴，离得老远就开始打开喷射开关。

这时，王战背着刘楠从大火中滚了出来。

衣服已着火，他在土堆里来回翻滚，众人实在绷不住了，一拥而上，帮着王战灭火。

火扑灭了，王战的头发眉毛都烧焦了，脸上红得发紫。他管不了那么多，扒拉开人群，看到了刘楠，见刘楠毫发无损，才瘫软下来。

这时刘楠摘下了帽子。

王战惊呼："怎么是你？"

刘楠靠近王战，把他从地上拽起来，伸出手说："恭喜你！"

王战一时没有回过味来，他看看身后已经烧成一堆残骸的大巴，再看看眼前笑而不语的人群，还有远处的高压水炮车，一脸茫然地问："什么情况？我这是在哪儿，我在干什么？"

"全体集合……立正！"

所有人迅速行动，已经狼狈不堪、云里雾里的王战听到口令，要做出反应，却不知道应该站在什么位置，只能原地肃立，保持军姿。而其他人员早已整齐列队，看着迈着郑重的步伐走来的陈东升。

陈东升手里捧着"巅峰特战队"的臂章,径直走向王战,把臂章戴在了他的胳膊上。

陈东升说:"王战同志,你已经完成转正的所有考核课目,经受住了血与火的考验,为了你,我们专门设置了一次别样的考核模式,没有一刀切,没有放弃你。欢迎加入巅峰特战队,从现在起你是巅峰特战队正式的一员,特别能战斗、特别能吃苦、特别能奉献、特别能忍耐将伴随你的特战生涯,希望你能不负众望,永攀高峰。"

说完,陈东升命令道:"欢迎新同志入队,回营区,加餐!"

参加演练的战士们发出一阵欢呼。王战却"哇"的一声哭了出来。

刘楠走过来,从口袋里掏出一包纸巾递给王战生硬地安慰道:"没通过哭,现在通过了还哭什么哭!"

王战像个离家出走被找到的孩子,跟在刘楠这个家长后面,走得半推半就,说:"你说话不能温柔点儿吗?好话也像骂人。"

刘楠说:"能跟你说话已经不错了,这次你要是也没通过,我能搭理你才怪。"

王战抽抽噎噎地道:"这人怎么这样。"

刘楠说:"瞧不上别跟着我啊。"

王战瞅瞅前面停着的运兵车说:"我没跟着你,我也要上车回营区。"

刘楠不置可否。

王战嘟囔道:"人是个什么动物,为什么她越不待见我,我却总想上赶着接近她。"

第五章
我以为青春的颜色炙热而美丽，却发现梦想与现实相距千里

红旗猎猎，月圆人安。

王战终于成为巅峰特战队正式的一员，他开始享受更高的待遇，伙食标准、住宿水平明显跃升，当然也要承担起更重的责任。

王战初步成功了，他当然没有忘记在他最失落的时候陪伴他的炊事班长老刘、小高。第一件事就是回到炊事班，看望他们。

老刘的表情没有波澜，好像王战还不如案板上的土豆子让他感兴趣。这也算不上荣归故里，他没有停下手里的活计，在操作台前忙碌着。

王战尴尬地站了半天，老刘抬头看了他一眼说："有了更好的平台，也要时常地回过头来看看，很好，没有忘本，我很高兴，我也不会说什么煽情的话，为好兄弟庆贺的方式只能是做一顿好饭。等着吧，午饭敞开肚皮只管造。"

说着他把一盆的鸡肉倒入油锅,"嗞啦嗞啦"的声音听起来就解馋。

老刘不再搭理王战,好像他干什么都理所当然。小高却不一样,他兴奋地上下打量着王战:"王老师,牛啊,我怎么没看出来你还有这两下子,还以为你比我强不到哪儿去呢。"

王战说:"确实没什么可比性,术业有专攻,厨房这一套程序,我没一样有你干得好。"

"你别替我找补了,说是革命工作只有分工不同,没有高低贵贱之分,但在这个靠特战技能论英雄的环境里,你们才是主流,女孩看见你们的表现会尖叫,断然没有看到我菜炒的好而尖叫的道理。"小高失落地说。

小高看到王战发愣,接着说:"我目前对成功的定义就是有没有女孩肯为我尖叫,我没有听到过,显然是不成功的。"

王战说:"尖叫?没有。这些天我只听到批评了,没有人为我尖叫。"

"早晚的事儿,喏,她早晚也得为你尖叫。"小高努努嘴,示意王战看看身后,原来刘楠又来帮厨了。

刘楠穿着虎斑迷彩,脚蹬作战靴,略显白嫩的脸、稍长的头发、微微隆起的胸脯以及忽闪忽闪的大眼睛,王战走神了。

刘楠说:"看什么看?"

王战敬礼说:"刘排长好!"

"要么干活,要么回班里,杵这儿干吗?"刘楠边说边熟练地从菜筐里取出两根白萝卜,掐头去尾,收拾开了。

"我……我……我回娘家看看,顺便干点活儿。"王战反应十分机敏,连忙学着刘楠的样子,也拽出两根大萝卜,和刘楠并排着,在水龙头前忙活起来。

王战的心思哪里在萝卜上,他不时地用余光扫着刘楠,刘楠个子不高不矮,身材恰如其分,不爱红装爱武装,遮挡了女兵的曲线,却放大了她们的英姿。刘楠垂下的发梢挡住了一部分俏脸,由于天气炎热,汗珠从额头上淌下来,她很自然地用袖子擦拭,这个动作,在王战眼里也别有韵味。

小高透过窗户看到他口水快要滴到水槽的样子,自言自语道:"也真难为他了。"

王战的走神,不仅仅源自刘楠的美丽,他在想跟这个女战友真有缘分,上次败在她手里,千夫所指,这次赢在她的配合中,涅槃重生。自从参加魔鬼周极限训练以来,就没有脱离她的笼罩,总有她的戏码,这是冥冥中自有安排,一朝相见,产生了千丝万缕的联系。

刘楠不经意瞄了他一眼,发现他正直勾勾地看着自己,水龙头里的水哗哗地淌着,根本没有冲在萝卜上,四目相对无言,十分尴尬,刘楠的脸唰的一下红了。

小高连忙从窗户处闪开,靠在墙上,胸脯一起一伏的:"完了,王战把刘楠的脸都看红了,战斗一触即发,赶快闪开,免得波及无辜。"

刘楠没有发作，躲开了王战的眼睛，连忙开始找话题："上次你表现很好，大家都感受到了你的努力。"

王战也察觉到自己的失态："感谢你的全力配合，你要是放弃坚持，我没有机会的。"

刘楠开始专心洗萝卜，两人陷入长久的沉默。

王战率先再次打破安静："还是要向你学习，以后要多向你请教。"

刘楠说："我教不了你，多向大队长、郎教官他们学吧。"说完她端着一盆洗好的萝卜进了操作间，留下王战嘴角泛起笑意。

这是他们训练场下的第一次近距离接触，说不上有什么特殊，毕竟还不是很熟悉，属于异性交往的正常范畴。但王战不这么认为，从这一刻起，刘楠的影子在他的心里便挥之不去。训练之余他明里暗里主动接触过刘楠好几次，虽然被刘楠无视，却乐此不疲。

八百米综合演练场上，刘楠运动过猛，突然腿部抽筋，疼得抱着腿在地上翻滚。王战正在距训练场有一定距离的战术训练场低姿匍匐，远远看见刘楠有情况，没来得及向现场组织者报告，一路狂奔过来，为刘楠捏腿捏脚，好一通忙活，把战友们都看呆了。

关心战友没有问题，可王战这么迫切地关心女战友，显然有些动机不纯。

大家笑而不语，作为好兄弟的张铭有些看不下去了，事后拽着王战的袖子说:"王战,你是特战队新人,怎么搞得比老人儿还理所当然?"

王战不解地问:"此话怎讲?"

张铭鄙夷地看着王战道:"接着装。"

王战挠挠头道:"战友之间要团结友爱,互帮互助,我这是集体意识强的表现,关键时刻伸出援手,你不表扬我也就算了……"

"团结友爱?别的女队员受伤了,怎么没见你像兔子一样冲上去嘘寒问暖?上次陈嘉住院了,怎么没见你牵肠挂肚、魂不守舍?你对刘楠可不是一次了,大家心里都跟明镜似的,再这么下去会出问题的。"

王战被批得哑口无言,半晌憋出一句话来:"喜欢,怎么了,有罪吗?"

张铭说:"队训里三令五申不让谈恋爱,你心里没数吗?"

王战说:"那是有年龄限制的,岁数够了,内部消化领导也是支持的。"

张铭说:"你还有理了是吧,还提前为几年后符合条件做好充足准备是吗?这是主要问题吗?你什么身份自己不清楚吗?人家刘楠是军校高才生,干部身份,你一个队员,差着级别呢,非让我把话点透啊。"

王战说:"你这观念太陈旧了。"

张铭发现扭转王战的思维确实很艰难:"等你碰了壁,看你怎么收场！"

"伸手不打笑脸人，对她好是我的自由，人家刘楠也是讲理的人。"

"你行，你牛，你继续。"张铭头也不回地走了。

"眼红你直说，你情我愿的事儿。"看着张铭的背影，王战嘟囔道。

张铭的话很快就应验了，让王战悔不当初，早应该多少听一听张铭的忠告，可为时已晚，刘楠正如张铭所说，一点儿没给王战留面子。

操作间外的水槽，刘楠又来主动帮厨，王战又尾随而至，拙劣地制造偶遇，水槽边又剩下两个人的时候，王战鼓起勇气，佯装自然地道："刘排长，我听说了，你还没有男朋友。"

刘楠没有多想，看了一眼王战说："训练任务这么紧张，哪有空找男朋友，再说了，我们女特战队员身份特殊，就算要找，双方也都得好好掂量掂量。"

说完这话，刘楠突然意识到王战的目的，问："你问这个干吗？"

"特战女神的故事谁不想多了解了解。"王战说。

"以后有事儿说事儿，没事儿少打听个人隐私，挺八卦啊你。"刘楠道。

王战说："这哪是八卦，关系到个人幸福。"

刘楠说:"你的个人幸福跟我有什么关系,少来这一套。"

王战脸上有些挂不住,迂回战术被识破,只好顺水推舟:"爱美之心人皆有之,谁不喜欢优秀的异性。"

"喜欢优秀的异性这话说得到位,你优秀吗?"刘楠盯着王战的眼睛。

一句话把王战给问住了,这个问题怎么回答?说不优秀吧,拼死拼活拿到了巅峰特战队的入场券;说优秀呢,在一众特战精英中间,他还真算不上出类拔萃。

王战一时语塞。

刘楠没有给他喘息的余地:"来,跟我来。"

王战说:"去哪儿?这里说话不方便?换个地方互诉衷肠?节奏太快了。"

王战跟在刘楠身后一路走到大队荣誉室,刘楠推开了荣誉室的门。

荣誉室在主楼角落,平时除了检查和参观活动,很少有人涉足,房间内很安静,奖牌、奖杯琳琅满目,把房间映照得金碧辉煌。

王战说:"也对,这么重要的话题一定要在这样的氛围下进行,你不愧是有知识、有内涵、还讲究的新时代特战女性,周到,缜密,别致,用心良苦……"

刘楠把王战推到一个陈列柜前,指着里面的勇士勋章和军事比武一等奖牌匾说:"这个陈列柜是专为我而设的,里面还有很多队友的专门陈列柜，这是我们血汗的见证。"

王战除了赞叹，说不出什么别的话。

刘楠话锋一转说："你的呢？你刚来不久，虽然还没有陈列柜，但哪怕一个优秀奖章也可以，你有吗？"

王战意识到问题的严重性，突然发现自己的匮乏，他这时候才明白刘楠带他来这里的用意，心说，刘楠啊刘楠，没有这么打击人的，太狠了。

王战心里的小九九没有瞒过刘楠，刘楠心直口快，男儿脾气，她可没有义务陪王战腻歪，直抒胸臆："你还喜欢我吗，还敢吗？"

面对刘楠咄咄逼人的气势，王战瞬间感觉丢失了自我，只能顺着她的口风往前走："嗯……这个……是吧……嘿……有点儿……唉。"

刘楠说："喜欢我的人从这排到营门口了，比你优秀的大有人在，就你这段位，一周后是第三季度魔鬼周极限训练了，能拿第一再唠别的，好吗，朋友？"

刘楠的话要王战无地自容，但也透露了很多信息。

王战决定知耻而后勇，暗暗较上了劲，发誓要在第三季度魔鬼周极限训练中创造辉煌，堵一堵刘楠的嘴。当然，王战还认为，刘楠没给他留台阶，也是有用意的，不然不用这么刺激他，置之不理就可以了，说明她还是不反感他，无非是想让他更好，一切都还有余地。

王战的想法很乐观，心态很积极，所以接下来，他把心思全部投入到了工作中。

一连几天，相安无事。

周末已至，陈东升为缓解队员们的训练压力，组织了烧烤晚会。

老刘前段时间专门在市场定做的一批烧烤炉子和木炭，马上能派上用场了，他还拉了清单，协调超市送来了牛羊肉、腊肠、扇贝、生蚝、菜花、茄子等可用于烧烤的菜品。

王战、张铭还把卡拉OK点唱机从多功能厅搬到了烧烤现场。

女子队准备了舞蹈节目，刘楠已经带着几个女孩排练了一天。

篮球架上挂了火红的条幅，这次的文化生活搞得轰轰烈烈，有点儿过年的味道，大家摩拳擦掌，争着抢着穿肉串儿、点炭火，很多小伙伴为了一饱口福，中午象征性地扒拉了两口米饭，就等着晚上这一顿了。

月朗星稀，大家吹着自然风，烟雾缭绕中已经闻到了肉串儿的香味。突然警铃大作，一听就是全副武装紧急集合的节奏。

队员们扔下手里的吃食，火速奔向兵器室，好不容易布置起来的烧烤现场，刚还人声鼎沸、热闹非凡，瞬间只剩下扎着围裙的刘成启和小高。

俩人面面相觑，小高看着冷清的现场说："我们可是为今晚准备好几天了，一口还没吃呢。"

老刘镇定地收拾着残局道:"敌人可不管你有没有在撸串儿。"

小高气呼呼地收拾着桌椅板凳,摇头不止。

陈东升宣布案情通报:"刚接到上级通知,我们要协助驻地公安抓捕一伙涉毒犯罪分子,经报请上级批准,我们决定出动三十名兵力,火速赶往永泰区。"

坐在运兵车里,王战有些激动,因为这次行动,是他进入巅峰特战队以后第一次真正意义上的实战,这一仗必须打好,取得开门红,让大家看看他王战是可以担当重任的。

作为突击队员,王战依旧是和赵科、张铭分在一组。赵科取出电脑,点击指挥中心传送来的电子地图,向队员明确犯罪分子所处位置以及他们手中所持有武器的情况。

赵科说:"目前犯罪分子已经和警方展开对攻,他们的武器虽然粗制滥造,但对据守的地域地形十分熟悉,在村子里像老鼠一样见缝插针,乱窜乱蹦,中心的无人机和热成像侦察仪是我们的眼睛,需要我们和指挥中心保持通畅联络。王战、张铭,你们是新队员,一定要和老队员控制在可视范围内,不要脱离队形单独行动,听明白了吗?!"

"明白!"

到达现场后,王战听到有零星枪声传来,知道犯罪分子在和警方对峙,他们的任务是打破胶着,搜索捕歼。

巅峰的作战方式确实让王战大开眼界，只听陈东升沉着冷静的声音从嵌入式耳麦中传来："狙击组，狙击组，迅速占领九点钟方向制高点，有三名犯罪分子沿西街朝大道路口逃窜。"

"侦察一队，进入西北角民宅，摸清匪首位置！"很快侦察一队三名队员相互协助矫健地攀上了四五米高的围墙。

"爆破组，爆破组，十二点方向七座商务车一辆、中巴一辆，设置遥控炸弹，防止附近犯罪分子驾车逃窜！"爆破手几个前滚翻接近车辆，微型炸弹瞬间依附在车体上。

"警戒一队，中心街区铺开弹射阻车钉，架设红外线报警仪，鸟都不能从这飞过去，阻断他们的退路。"阻车钉"哗"的一声向前发射出去，数条清晰可见的激光线条交叉重叠，布满中心街区。

王战跟随赵科在街心搜索。

"嘭嘭"两声枪响，有两个黑影在拐角处倒下，赵科精准判明前方险情，确认两名犯罪分子死亡之后，立即转移到下一个容易隐藏的位置。

"放下武器，出来！"王战察觉到一堆玉米秸秆后面有轻微响动，立即发出警告。

一名犯罪分子哆嗦着从秸秆后面探出头来，举起双手，佯装投降。

"抱头，趴下！"王战命令道。

突然犯罪分子拔出武器，要给王战一个措手不及，王战果断开枪,一枪击中要害,犯罪分子左胸立刻洞穿。

此时,另一名犯罪分子持手枪从背后向王战开枪,张铭、赵科与王战的三角队形不是白给的,张铭和赵科同时开枪,准确命中。

三人相视点头,继续按指挥中心指令变换着位置。

陈东升从电子屏幕上看到三人的运动轨迹,顺畅无阻,嘴角露出得意的表情。

三人再次发现前方有犯罪分子踪迹,一路狂奔追击。到了池塘边,犯罪分子消失了,他们仔细地搜寻着。

突然王战发出一声低呼:"别动!"

顺着王战手电筒的亮光,大家发现面前有新鲜刨挖过的痕迹。

张铭骂了一句:"这帮狗日的还有地雷!"

赵科命令道:"原地观察,人就在附近!"

一分钟、两分钟过去了,现场除了蛙鸣虫叫,没有任何别的响动。

张铭问:"是不是早跑了?"

赵科说:"再等等!"

突然,水面上窜出一个脑袋,然后又一个,开始大口地喘着粗气,果然一直待在水下憋气。

赵科喊道:"上来,乖乖听话,不然打死你们!"

两人连滚带爬地上了岸,王战和张铭三下两下就把他们捆了个结结实实,移交给抓捕组。

任务进展得异常顺利，突击二队也收获颇丰，马上就可以收操回营，这时侦察人员报告，匪首逃入地下通道。

三人火速赶往通道入口，这才发现入口极其狭窄，王战左右看了看道："我来！"

赵科说："先别动，怎么知道下面有没有机关。"

张铭说："要来也是我来，我比你早进特战队。"

王战说："你歇了吧，一米八几的大个子，卡在洞口就笑话了，我最合适。"

赵科用对讲机呼叫陈东升："地下情况不明，危险系数太大！"

陈东升说："启用侦察机器人。"

王战说："来不及了，机器人比蜗牛快不了多少，等它下去，人早跑远了，我上！"

赵科一把没拉住王战，王战脱下防弹衣、迷彩服外套，把自动步枪交给张铭，只拿了一支"92式"手枪。

即使轻装上阵，想要钻进洞口，还是费了不少劲。

赵科道："多加小心！"

王战钻进了洞内，张铭要紧随其后，被赵科制止："万一有牺牲，也要控制在最低。"

张铭听了赵科的话，心情更紧张了："一个流氓，至于这么拼命吗？"

赵科说："可是为了抓到他，大量人员已经一个多月没休息了，就等这一刻了！"

赵科用对讲机和王战保持联络，赵科问："下面情况怎么样？"

王战在漆黑的洞里摸索前进，回道："还没有发现犯罪分子踪迹。"

赵科说："随时报告情况。"

王战道："明白！"

过了十几秒，赵科问："报告实时情况。"

王战没有回应。

"嘭嘭嘭"，洞内传出几声闷响，响声好像来自很远的地方，随即陷入一片死寂。

张铭说："开枪了！"

赵科面色凝重："报告情况，报告情况。"

还是没有回应，赵科调整着对讲机按钮和信道，重新问了几遍，那头始终没有任何动静。

张铭担忧地说："洞越来越深，越来越远，没有信号了，我下去救他。"

赵科拉住张铭："再等等。"

张铭带着哭腔道："别等了，下吧。"

又等了三五秒，赵科快速脱衣服，卸多余的装备，他要自己去接应王战。

他刚要往洞里挤，王战的声音在洞口响起："跑得还挺快，不过再快能快过我王飞毛腿？快点儿，上去，还跑不跑了？"

　　匪首和王战陆续被拽出洞口，这时洞外已经围满了人，他们发现，匪首脑袋上鲜血淋漓。

　　原来，王战和匪首在洞内展开了枪战，匪首熟悉地形，耗光了王战的子弹，但王战没有放弃追击，巧妙躲过匪首设置的重重险境，最终和匪首展开了肉搏战，精彩纷呈。

　　王战脑门上那枚小小的纽扣式录影机拍下了搏斗的全过程。

　　洞口，搞宣传的张干事也赶来了，他拿着摄录机，如获至宝，一边拍着王战的英雄时刻，一边赞叹共和国需要这样有担当的卫士。

　　张干事说："我这次再拍他，就不是瞎胡闹了。"

　　王战抓获了犯罪分子头目，上了电视，王战的母亲朱琴也看到了这条新闻，她立刻丢下手头的活计，火急火燎地往部队跑。

　　王战当兵走的时候，母亲唯一一条要求是："我已经失去了丈夫，不能再失去儿子，你可以参军，但不能送命。"

　　王战说："既然去当兵，这一条谁敢保证能做到？"

　　朱琴说："和平年代有很多不用出生入死的岗位，有很多！"

　　现在，这一条新闻视频看得朱琴心惊肉跳，她决定立即到部队去，立即给部队领导提要求，要么换岗位要么回家。

　　一朝被蛇咬，十年怕井绳，王战父亲的死对她的打击太大，她有足够的理由让王战调离岗位甚至离开部队。

朱琴坐上了去往巅峰特战队的火车，火车风驰电掣，可她还是觉得有些慢，好几次她冲动起来想让乘务员催催驾驶员再开快点儿。想着儿子那么危险，那么疲惫，她坐卧不安。

坐在朱琴对面的是一个年轻漂亮的女孩，发现朱琴在暗自垂泪，忍不住安慰了几句："阿姨，您脸色很不好，身体是不是不舒服？我是护士，有需要您尽管说。"

朱琴受宠若惊地说："谢谢你啊，多好的闺女，当年要是生个闺女就好了，省得担惊受怕。"

一路上，护士对朱琴关爱有加，倒水递饭，很是暖心，让朱琴好不受用。

夜里，火车在呼啸奔腾，人们已入睡，一切如常。这时，朱琴却因为过度操心劳累，突发哮喘。她捂着心脏喘粗气时，护士从睡梦中惊醒，立即展开急救，专业从容，很快让朱琴转危为安。朱琴被救命恩人感动到热泪盈眶，攥着她的手，久久不愿松开。

两人聊了一路，朱琴得知，护士叫孟冰，巧合的是，她所在的医院和儿子王战所在的特战队同属一个总队管辖。

朱琴说："真是缘分，你认识王战吗？"

孟冰笑道："王战？太巧了！不仅认识，我还知道他是一名优秀的特战队员，他从普通基层一兵成长为巅峰特战队员的故事，在我们总队都被传疯了，他那么厉害，那么励志，是我们学习的榜样。"

朱琴说："我真后悔给他起这么个名字，争强好胜，打架斗殴,没有他不干的,原本想让他当兵,治一治这个毛病,谁知打得更狠了,都上电视了……"

"您为什么要后悔啊?"

朱琴一五一十地把自己的故事讲给了孟冰。

孟冰听了肃然起敬,道:"您真的很不容易,不过我更多的是为您感到骄傲,英雄的家属就是不一样。"

朱琴眼神黯淡下来,说:"不是我觉悟不高,我宁可不当这英雄的家属,我就希望他能踏踏实实地留在我身边。"

孟冰安慰道:"阿姨,您的担忧虽然有一定的道理,但听我一席话,您一定会放下心来。巅峰特战队是一支国际化的特战队伍,成立至今完成了很多急难险重的任务,他们有最先进的武器装备,有最前沿的作战理念,有最优秀的战斗指挥官,他们每季度还组织一次魔鬼周极限训练,已经把可能遇到的难点问题全部预演到了。里面的人个个是好手,都能独当一面,多少次任务都是有惊无险,战斗虽然会有牺牲,但他们已经把误差降到最低,实现了成立以来安全无事故。他们不允许有不必要的减员,我们对他们有十足的信心。"

朱琴静静地听完孟冰普及的巅峰知识后说:"这样的话从一个丫头嘴里说出来很让人佩服,但你是医院的,怎么对他们这么了解?"

孟冰说:"阿姨,我虽然是女孩,干的是后勤保障的工作,但我为什么参军,当然是因为对军人的崇拜,崇拜就愿意去深入了解，再说了，对本单位的人和事再不熟悉，也说不过去不是。"

朱琴向孟冰竖起了大拇指："真好，好孩子。"

她接着问："既然你这么了解王战和特战队，你们一定是好朋友吧？王战肯定也认识你。"

孟冰说："我只是医院的一名普通文职护士，他还不认识我，不过，如果有机会，我们一定要好好认识一下。"

朱琴立即严肃地道："必须好好认识认识，不光要认识，我还要让他代表我好好感谢你。"

孟冰道："谈不上感谢，职责所系。"

朱琴道："这和修养有关。看小孟举手投足间透着大家闺秀的气质，想必一定有很好的家教。多大了？属啥的？有对象了吗？"她攥着孟冰的手，越看越喜欢，笑得合不拢嘴，忍不住连续发问，让孟冰好不尴尬。

下午的训练结束，王战和赵科正在洗漱间冲澡，张铭跌跌撞撞地跑进来喊道："王战、王战，出事了！"

王战头上的洗发水沫子还没冲干净，把脑袋从花洒下撤出来道："胡来，特战队员的沉着气质去哪儿了，特别能忍耐的特战精神去哪儿了？"

张铭道："你妈来了，正大闹大队部，陈大队长也招架不住了。"

王战浑身一激灵，撒丫子往队部跑，不承想脚底下一滑，来了个屁股蹲儿,若不是有功夫,这一下能摔碎尾骨。他顾不得疼,扯着短裤,边跑边穿,头发上的洗发水泡沫在他身后飘洒,像是泡泡机吹出来的,在阳光的照射下,异常绚烂多姿。

留下张铭在浴室的蒸汽中凌乱:"你的沉着气质呢,你的特战精神呢?"

赵科笑得前仰后合:"王妈驾到,大事不妙。"

此刻,朱琴正坐在大队部的地板上,哭天抹泪,痛不欲生。虽然场面看上去一片狼藉,但朱琴的过人之处在于,哭着还能把想要说的话表述精准,而且口齿清晰、逻辑到位,常人难以企及。她的中心思想,陈东升听得很明白,要么给王战换个岗位,不要再在刀尖上舔血,要么年底提前退伍。

陈东升好气又好笑地说:"阿姨,战士入伍前是经过家长同意的,这不是旧社会,人民军队没有逼迫、没有恐吓,当初您送他来部队,怎么没说要挑岗位,真那样,我们还属实不敢要。"

朱琴一看讲道理讲不通,立刻更换战术,开始施展苦肉计,身体怎么怎么不好,家庭怎么怎么困难,一系列的苦楚。

陈东升苦口婆心地说:"您要是确实有这样那样的难处,回去找民政部门开证明,提前退伍有先例,部队依法治军,有制度和法律的约束,不是我说行就行,我说不行就不行,咱还是走程序好不好?"

朱琴不为所动,态度坚决地道:"这程序下来也需要时间,我一天也等不了,你必须给我儿子换岗位。"

陈东升道："阿姨，您也是有身份、有文化的人，是烈士遗孀，备受尊重，您不能不讲道理不是？部队有部队的选人用人方式，您不能说换就换，这是要经过个人申请、党委开会研究的，要是都按照自己的想法来，那不乱套了吗？再说了，现在这个岗位是王战付出了多少心血和汗水才争取到的，是一名一线战斗员至高的荣誉，好多人想来还来不了，您应该为他的优秀感到骄傲，您现在却要劝退，我属实想不通。您的担忧我也理解，怕有危险，但什么工作没有危险呢？大家都是来保家卫国的，都是人民的忠诚卫士，咱不能搞特殊……"

陈东升磨破了嘴皮子，但朱琴始终一个态度。刘楠带着两个女特战队员来端茶倒水、揉肩捶背伺候着，也无济于事。

刘楠眼看事态得不到控制，忍不住道："阿姨，您是长辈，我们尊重您，但您不能这么耍赖撒泼吧？"

朱琴一瞧，小丫头片子教训上自己了，那还得了，矛头从陈东升身上，瞬间转向了刘楠："耍赖？你说谁耍赖，年纪轻轻的，没大没小……"

陈东升连忙打圆场道："刘楠，怎么跟阿姨说话呢，让你来安抚，不是让你来激化矛盾的。"

刘楠那暴脾气，回呛道："看这位老人家的一言一行，可以猜想王战的本质也好不到哪儿去，刚刚对他建立的一点儿好印象立马消失殆尽。"

一听这话，朱琴可不愿意了，从地上站起来道："你谁啊你，你对我儿子什么印象,你有什么资格对别人评头论足?王战是欺骗你感情了还是做出对不起你的事了?"

眼看着事态进一步恶化,王战终于姗姗来迟,还没进门就喊道:"妈妈妈妈妈妈,你这是干吗呢,能不能给我留点儿脸。"

他一把抱住亲妈,唯恐她再控制不住,和刘楠动起手来,一老一小,两大女"悍将",哪个都不是善茬儿。

朱琴看到了宝贝儿子,激动不已,伸手摸了他的脸庞、捏了他的胳膊、拍了他的胸膛,发现孩子是完好的,还壮实了许多,躁动的心情得到些许缓解。

她情绪得到抑制,嘴上却不饶人:"你们这个大队长,有点儿领导的气度和风范,但解决问题的能力有待商榷;你这个女战友,我持保留意见。"

刘楠对王战气呼呼地说:"我闲的,自作自受,我是来拉架的,却费力不讨好。王战,以后你的事儿,千万别让我掺和,生不起这个气。"说完大步走开。

朱琴望着刘楠的背影,挤眉弄眼地跟王战说:"她是谁啊她掺和,是不是喜欢你?我可警告你啊,这样的咱可不要,你瞧瞧她哪点儿像个女人,这要娶回家,还不得把你妈欺负死。"

王战哭笑不得:"妈,你想啥呢,我们是普通战友,人家是来帮咱们的。"

朱琴道:"暂且不管那些,我今天来一个目的,要么换岗位,要么提前退伍。"

王战回道:"这是部队,不是咱家,再说了,你征求我意见了吗?"

朱琴道:"翅膀硬了,我的话都不听了?在这件事儿上,你说了不算,我说了算。"

王战无奈地看看陈东升,陈东升焦头烂额,打仗的事儿他是行家,处理这事他没教导员在行,可是教导员外出培训,他既当爹又当妈,早已是心力交瘁,现在更是烦躁得不行,不想再多看王战母子一眼,摆着手道:"你自己解决!"

陈东升说完要走,却被朱琴拉住:"你不能走,你得表个态。"

陈东升被逼得没有退路,道:"我把话撂在这儿,在这个地方,我是负责人,我有权利和义务告诉你,王战是你儿子没错,他没进巅峰特战队的大门前,我管不着,但现在他是我的兵,我的兵是千挑万选的,是巅峰特战队的一员,谁要想说带走就带走,门儿都没有。你找司令员、政委去说,就算是他们,如果要带走我的兵,也得有个合理的程序,明白了吗?"

陈东升的话掷地有声,一下子把朱琴镇住了,嘴巴张了好几下,没说出话来。这在她争辩的历史上是绝无仅有的。虽然话很不客气,但王战在心里为陈大队长叫好。

过了好一会儿,陈东升已走出去老远,朱琴才委屈地道:"他说的都是真的?我的儿子我都做不了主?"

王战点点头又摇摇头道:"您当然做得了主,您是谁啊,您是我妈,但得分什么事儿不是?我现在是在干事业,光荣而伟大的事业,好事为什么要阻止?我知道你是怕我有什么闪失,丢下你不管,我给你打包票,那是不可能的,我多机灵啊,多厉害啊!再说了,现在不同于往日,技术发达了,理念先进了,完成任务不光靠人海战术了,你要相信我们的能力。"

朱琴频频点头,又摇头,没有了刚才的气势,说道:"我当年也特别特别相信你爸爸的能力。"

一句话让母子两人陷入沉思,把氛围搞得十分沉重。

两人对坐了很久,朱琴站起身来,脚步有些蹒跚,声音低沉,眼里似乎噙着无助的泪花:"其实,我知道我也不应该撒泼打滚,丢你爸的人,也丢你的人,可是我一个老太太,除了这样,还有什么本事?我知道我的要求很无理,我更知道我带不走你,可我担心你,满脑子都是你,看了那样的视频,我实在承受不住。"

王战听了妈妈的话,嗓子眼儿发紧,他理解她的心情,也从她的话里感觉到这事儿有缓和的余地,他问道:"那我可以不换岗,不提前退伍了吗?"

朱琴说:"你给我一个理由。"

王战道:"我还要参加第三季度魔鬼周,还要站上更高的舞台去比武,去拿勇士勋章,还要上军校,还要给你带个儿媳妇回家,这都是个顶个的大事儿,您说我有什么理由要走?"

朱琴眼睛闪过一丝亮光,别的有没有听进去不得而知,主要是他那句"带个儿媳妇回家"引起了她浓厚的兴趣,道:"理由很充分。咱家什么都不缺,缺人,你抓紧给我解决儿媳妇的问题,我这正好有个人选。"

接着话茬儿，朱琴把火车上偶遇孟冰，并且得到孟冰救助的事儿一五一十地给王战复述了一遍。

她兴奋地道："人家早就知道你，也很想和你做朋友，我看这事只要你吐口，十拿九稳。马上请假，去医院把这事儿给我挑明了。"

王战脑袋都大了，哀求道："这都哪儿跟哪儿啊！什么就马上，这不是胡来吗？您这脾气怎么越来越急了。"

朱琴说："怎么着？有意见？不答应？行，那我去总队，找大领导，你还是跟我回家吧。"

朱琴这招屡试不爽，王战胆战心惊，立即安抚道："答应答应答应，但不是现在，去见女孩不得收拾妥帖，体体面面地去啊，我是不是还得置办身行头，买束鲜花，这不都需要时间嘛。"

朱琴一听也有道理："你可别骗我，我会监督你。"

王战只能应允，拼命地点头。

朱琴说："我在这也丢人了，就不多逗留了，你承诺过的就要去兑现，记住，要兑现。"

王战道："一定兑，一定兑！"

朱琴收拾提包准备出门，王战心情刚要敞亮起来，却见她又止住脚步道："还有，刚才那个女孩，你们眉来眼去的，我早看出端倪了，你趁早跟她断了交往。"

王战慌忙道："一定断，一定断！"

一出闹剧就此收场，王战目送母亲的背影一点一点消失在特战队营门外，长叹一口气，他想，当年他参军入伍走的时候，母亲是不是也像今天这样一直望着他。

朱琴走了，王战的麻烦才刚刚开始，他要挨个向战友道歉。尤其是陈东升和刘楠。

陈东升那一关还好过，毕竟领导的作用就是化解矛盾和纠纷的，见怪不怪了。刘楠还年轻，她哪儿受过这等气，所以王战来替朱琴道歉的时候，她从始至终都板着脸，没一点儿笑模样。直到王战告诉她："我妈以前根本不这样，她善良温柔、脾气慢、性子缓，十里八乡没人不说她好的，但自从我爸牺牲以后，她受了刺激，性情大变，害怕我受欺负，害怕我出意外，时间长了，神经衰弱、喜怒无常，也不管别人怎么看她，她只管保证我的利益。你们可能看不惯，但我知道她是为什么。"

王战红着眼圈说完了，刘楠红着眼圈向王战伸出了手，大大方方地对王战说："我听明白了，在你妈面前所有的小气都是矫揉造作。"

王战说："特战女神说话就是大气，让人心情舒畅。"

刘楠道："先别舒畅，告诉你一个消息，你可能就舒畅不起来了。第三季度魔鬼周极限训练据说延期了。"

刘楠的消息如晴天霹雳，惊得王战"啊"的一声叫唤。

王战问："为什么延期，魔鬼周是提升和检验特战队员训练水平的有效途径，凭什么延期，我还等着参加魔鬼周证明自己呢。"

刘楠说:"这是上面的意思,具体细节,我接触不到。"

王战道:"那就更别提我了。"

本以为可以在魔鬼周极限训练中大显神威,赢得荣耀,虽说不会万众瞩目,也能在巅峰站稳脚跟,虽说不能得到刘楠的爱慕,但起码会有喜欢的底气,可现在说延期就延期了,让人猝不及防。

第六章
我渴望重新站立，却发现站起来狂风愈发凛冽

总队作战指挥中心，张司令员召集参谋部、政治工作部、保障部各部门处室负责人开会。

张司令员站在会议桌的一端，扫视了一圈将校官："魔鬼周极限训练活动是武警部队首创，是树立武警部队军事文化自信的品牌，国内外虽然也有类似的大练兵方式，但模式、方法、课目设置、时间节奏上的把握，有很大差异。我们这项活动自开展以来，引起广泛关注，魔鬼周活动有效锤炼了特战队员的单兵作战水平和团队协作能力，直接提升了特战队员在历次反恐和国际特战兵比武中的表现，成效明显，舆论赞誉。但是近来因为个别单位在组织过程中，出现了不同的问题，引起了一些不必要的麻烦，上级要求我们为此召开专题会议，研究魔鬼周极限训练活动下一步的走向，是多组织，还是少组织，甚至是不组织，如果要组织，应该重点解决什么问题，请大家积极踊跃地建言献策。"

卫生处处长发言："魔鬼周的作用有目共睹，因为强度大、专

业性高、对抗激烈,从一问世,便吸引了大家的眼球,对于特战队员心理、生理素质的考验和特种作战水平的提升无疑是有极大帮助的。但这里面也存在一个问题,高难度也意味着高风险,魔鬼周极限训练活动自组织以来,虽然没有出现较大的训练事故,但队员们腰伤、腿伤、骨伤、静脉曲张、热射病发生的概率呈明显上升趋势,魔鬼周一结束,住院的住院,休养的休养,卫勤工作的压力陡然增大。我建议取消一些危险系数大的课目,缩短急行军的距离……"

卫生处长言之凿凿,然后心满意足地坐下了。

作训部门负责人随即站了起来,好像已经酝酿了很久,发言有些急切:"我认为,魔鬼周组织的频率有些密集,现在是每个季度一次,每次看似一周,实则我们筹备的时间要更长,我们的参谋一年到头都在加班加点,十天半个月回不了一次家,部门的框架就那么大,人员就那么多,干的工作却是几倍的量,日常工作已经占据一大半时间,选场地、选路线、布置训练设施、培训魔鬼教官等事项,让我们脚打后脑勺,已是疲于应付,组织活动要严密,应付必然无法严密,不严密,很容易出事故嘛!"作训处长的牢骚发得理直气壮。

张司令员并不对每个人的发言表态,只是静静地听着,书记员刷刷地做着记录。

军需处长说:"虽说多一事不如少一事这种观念是错误的,在信息高度发达、敌对势力触角无孔不入的今天,有些事情没有做好，还不如不做。上次魔鬼周，特战队员因为恶劣天气，临时改变了宿营地点，野战炊事车一时没有跟上，战士们临时吃点儿干粮、喝点儿凉水的画面被传到网上，网民一边倒地批评我们保障部门保障不力，新时代了，为什么还在老牛拉破车，飞机怎么不飞，新型食品怎么不投放，我们也很冤枉。"

张司令员点点头示意他坐下。

接着，宣传处报告了魔鬼教官在配合宣传部门搞好新闻报道方面还存在欠缺的问题，信息化处说明了通信设备在野外使用不得力的原因，装备部门重点就武器损毁、弹药消耗方面阐述了他们的意见，总之各有各的难处。

一场专题研讨会，演变成了诉苦会，而且临近饭点，苦还没诉完，只能择日召开下半场。

会后，张司令员和兄弟单位首长进行了交流，他们也存在类似问题，有因噎废食的，怕安全隐患太多，建议取消一些高难度课目，并列举了个别特战队员身体受损、产生非战斗减员的例子；有建议直接取消魔鬼周极限训练的，认为魔鬼周耗费大量精力，影响其他工作；还有因为保障不力引起境外媒体炒作，建议完全封锁消息的⋯⋯

"魔鬼周极限训练是部队的统一行动，不是某个总队的自发行为，既然上级发文要求这么搞，自然是经过专家层层论证过的。"黄政委站位比较高。

张司令员说："我也早看出来了，各部门反映的问题中，最大的还是畏难情绪,但这毕竟是群众的声音,既然有杂音就要听取,我想还是给总部首长挂个电话。"

张司令员打了电话,总部王司令员高度重视,很快派出多个工作组,兵分多路,实地调研,最终确定了魔鬼周极限训练不仅要搞,还要搞得更轰轰烈烈,更精益求精。当然,是在对基层反映的问题给出了详细解决方案的基础上,做了如此要求。

王司令员在军师职干部读书班上,传达了总部党委的决定:"人员不够,增派人员,一个部门无法承担,分摊给两个部门;装备物资不到位,紧急从总仓库调拨,简化调拨手续;卫勤力量薄弱,把优秀的聘用制人员、文职人员选进卫勤队伍,不搞对外有偿服务了,当然有精力为部队服务;魔鬼周是一个响当当的品牌,只要维护打造好这个品牌,宣传自然过得硬,舆论自然向好,不用绞尽脑汁去策划迎合。魔鬼周要搞下去,因为这个活动向作战倾斜,向战场聚焦,一切都要为此让步。"

张司令员带着总部首长沉甸甸的嘱托回到总队,大刀阔斧地开展工作,魔鬼周终于没有夭折,没有打折扣,反而得以延续和壮大。这个消息传到了特战队,王战一蹦三尺高。

同样兴奋的还有陈东升,他对郎宇和齐伟说:"消极保安全是练兵备战的最大阻碍,忘战惧战是最大的和平积弊,麻痹松懈思想不可能练精兵,魔鬼周是这些年来部队击碎和平积弊的有力途径,怎么能说延期就延期,说取消就取消呢?!"

郎宇拍着马屁道:"大队长有眼光。"

齐伟道："魔鬼周考验的不仅仅是军事部门，同时也在考验政治部门和保障部门，这是一盘棋，是军人就都不能缺位。希望通过这次波折，这项属于我们的军事活动能越办越好，这是我的看法。"

陈东升赞同地看了齐伟一眼。

郎宇嘟囔："我也是这么想的。"

陈东升说："你重复一遍。"

郎宇想不到陈东升会提出这么个要求，一时语塞，正尴尬着，军线响了起来，郎宇连忙过去接起来，一连答了好几个"是"之后，挂了电话。

陈东升问："哪里？什么指示？"

郎宇回道："总队作训处，这次将在魔鬼周极限训练活动中选取一名优秀特战队员参加'锋刃'国际特种兵比武，文件将很快到达大队。"

陈东升道："这是目前世界上规格最高的特种兵比武之一，能在这场比武中取得名次，立功受奖不用提，提干非常有希望。这对我们的队员来说是重大利好。"

消息传到王战和张铭耳朵里，两人都失眠了。因为目前来看，老队员年龄上已不符合条件，只有他们两个恰到好处。

尤其是张铭，大学生士兵入伍，年龄偏大，今年提干提不了，明年就超龄了，超龄意味着再难进入干部队伍。而且不仅张铭自己，周围敦促他的声音比王战要多得多，尤其是他父亲。张铭的家庭条件好，父亲是成功的民营企业家，头脑异常活络，屡次三番告诉他，不能提干就别在部队耗着了，早点儿回去接班。

张铭的耳边都是父亲的唠叨，他用被子蒙住头，想要隔绝开，却发现更糟糕。

王战同样迫切需要这次机会，他认为这是他继承父亲遗志的又一次进步，是获取刘楠好感的最佳筹码，是安抚母亲的最有力方式。可惜只有一个参加"锋刃"比武的名额，目前来看这个名额一定会在他们中间产生，到底他们两个谁能斩获这来之不易的机会？

有了利益纠葛，变成了赤裸裸的竞争对手，表面上看他们还是好兄弟，但打照面的时候还是有些不自然，毕竟在即将到来的魔鬼周中，他们马上要亦敌亦友，兵戎相见，针锋相对。

一趟酣畅淋漓的十公里武装越野跑下来，王战故意加快脚步离开操场，避开张铭。

他走到炊事班，老刘挡住了他的去路："加油啊，王战，炊事班不会再收留你了。"

王战打着哈哈，走到小树林，赵科在小树林和不到两岁的儿子视频，看到他过来立马挂了视频，开始给他做思想工作："别看你俩平时穿一条裤子，战场上可没得商量，没有谁让着谁，拼尽全力才是给对手最大的尊重。"

王战掉头就往回走，心想，就没人跟我聊点儿别的吗，怎么满世界都这么现实。

正想着，迎面又撞上了齐伟，他想着齐伟好歹带点儿文艺气息，精神世界更丰富，在这个钢铁丛林中是最有诗意的一个人，他应该不会落入俗套。

果不其然，没等王战说话，齐伟没头没脑地开口道："什么是幸福？"

王战喜笑颜开道："幸福就是喝酒的时候有朋友，吹牛的时候有听众，装蒜的时候有搭戏的，扯犊子的时候有捧哏的。"

齐伟摇摇头说："也对，也不对，幸福是你现在的模样，知道目标在哪儿，并且愿意为之而努力。"

王战感觉情况不妙，话题又要往励志上走，连忙打住："我闻到了鸡汤的味道。我不知道目标在哪儿，也不想知道，现在只想找个没人的地方，单独待一会儿。"

王战转身就走，齐伟在其身后淡定地道："等你入选了'锋刃'比武，拿了名次，提了干，当了领导，一定要保持住你的本色，敢想敢干敢说敢担当，别像我，青春没有疯狂，以后更不会疯狂了。"

王战头都不回地道："不，你已经很疯狂了，你们都疯狂了。"

他回到宿舍楼，正巧在一楼与地下一层的楼梯拐角处碰上刘楠和几名女特战队员刚从浴室洗澡回来。她们夹着脸盆，穿着短袖短裤的体能作训服，趿拉着拖鞋，远远地飘来一股沁人心脾的清香，让王战不自觉地伸长了鼻子想要多嗅上一嗅，当然只嗅是不够的，找到香气的来源才是关键。这一看不要紧，王战第一次看到刘楠没有穿正装，头发没有完全吹干，一绺一绺的，体能服下裸露着笔直的腿和白皙的胳膊，虽然经过常年磨炼上面有轻微的疤痕和肌肉的线条，但依然散发着女性独有的魅力。

刘楠大大方方地向王战打招呼，王战回过神来，小心脏怦怦跳着，跟在刘楠身后。

刘楠要关门，发现王战还傻站着，就问："怎么还不走，有事啊？"

王战道："过几天就是魔鬼周了，你没什么要对我说的？"

刘楠道："有什么好说的？又不是头一次参加，况且这次我要公出，不参加。"

王战说："我知道，你没有什么嘱咐的？毕竟这次魔鬼周非同一般，要从中挑人参加'锋刃'。"王战发现自己真是不太值钱，别人好心好意来给他祝贺或者提醒，他却不愿意听，刘楠一脸不在乎，他却迫切需要人家说些什么。

刘楠没有让王战失望，从门里走出来道："你旁敲侧击地探听我的口风，想要突破单纯战友的关系，我现在明确告诉你，这种关系在巅峰经不起制度的约束，更经不起现实的拷问。"

王战道："那我该怎么办？"

刘楠道："只有成功，成功会让所有的问题迎刃而解，你的眼界会变得更宽，你的选择会变得更多，到时候你再回头看我，还不一定能瞧得上，你说呢？"

刘楠有足够的自信，敢于说这样的话。有的女孩面对中意自己的人，也许只沉浸在满足和欢喜里，她想到的却还有让这个人如何更完美，即使那时候他可能会离开。

王战心想，刘楠这是在点我啊，有没有戏不知道，反正她给我画了一张大饼，这事儿值得欣喜，他连忙否认道："优秀如你，我敢瞧不上，天理难容。"

刘楠意味深长地说："现在表态没有任何意义。"

门关上了，王战对于刘楠的仰慕却挡也挡不住，这个女孩的胸怀和眼光，让他感到了自己的稚嫩。

两人刚聊完，营区里响起了尖厉的救护车警笛声。王战连忙跑到窗前，看看到底发生了什么。一个人被战友们从门厅里抬出来，仔细分辨，原来是张铭。

王战连忙跑到救护车旁，齐伟说，张铭下午十公里武装越野的时候跑得太猛，低血糖了，刚回宿舍的时候有些昏昏沉沉，一洗澡，直接晕倒在浴室。卫生员掐人中给掐醒了，但还是浑身软绵无力，面色苍白，齐伟叫来了武警医院的急救车。王战边把张铭往救护车上抬，边开玩笑道："兄弟，你也太拼命了，为了跟我抢名额，把自己搞成这样，至于吗？"

张铭十分虚弱，但说话还是很有力度："我不能输，你不会赢。"

王战说："都这时候了还跟我叫板，先把身体养好再说吧。"

说话间，一个护士取出了血压计，为张铭测量血压，动作娴熟专业，测量完毕，她对张铭说："情况还好，不过暂时不能剧烈运动，必须到医院观察两天。"

王战道："麻烦你了。"

护士说："都是应该做的，我也很愿意为你们服务，之前的几次魔鬼周极限训练，我都担负卫勤保障任务，对你们特战队员有感情。"

王战道："少不了你们幕后英雄的支持。"

护士说："你们才是真正的英雄。"

张铭看王战和护士聊得火热，感觉受到了冷落，咳嗽一声打断两人的对话："王战，为什么见了女孩废话这么多？我还在这儿呢，照顾一下我的感受。"

"王战？你就是王战？"护士听了张铭的话急忙问道。

"正是在下。"王战心想，我什么时候这么出名了，连医院护士都是我的粉丝了？

"我叫孟冰。"护士说，她把在火车上和朱琴的故事给王战讲了一遍，王战这才意识到，面前这位楚楚动人的美丽女孩是妈妈让他一定要追求的人。显然，孟冰对王战的事迹了如指掌，兴趣浓厚，和王战套近乎，王战有一搭没一搭敷衍着，心里想着应对方案。

孟冰很漂亮，但刘楠已经率先攻占了王战内心的城池，把旗帜挂上了城墙，孟冰的出现不是很合时宜。但张铭似乎不这么认为,他看孟冰的眼神很来电,觉得孟冰人真好、手真软、五官真精致,照顾人照顾得无微不至,声音甜美、温柔体贴,才不像刘楠那假小子,这才叫有女人味。

王战配合孟冰把张铭推进了病房,医生为张铭挂上了点滴,王战一看也帮不上什么忙,决定到营养食堂给张铭弄点儿病号饭。在护士站他又碰到了孟冰,孟冰远远地看见王战,从护士站绕出来,挡住王战的去路:"下周魔鬼周又要开始了,我还是随行卫勤人员。"

王战道:"虽然工作性质不同,但我们是同一个战壕里的战友。"

孟冰道:"听说你和我的病号张铭是竞争对手?"

"你都知道这事儿了?"王战问。

"巅峰特战队的事谁不关注?你们队里的风吹草动,一些队员的一举一动,都是那些小妹妹的谈资。"孟冰指指护士站里的同事。

"我们有这么高的关注度?"王战问。

"那当然,你们是最美士兵,当兵就要当你们这样的兵。"孟冰忽闪着大眼睛。

"我还以为你们喜欢流量小鲜肉。"王战道。

孟冰说:"不要骂人,我们才不会那么没内涵。"

王战说:"看来当年选择当兵,没去当明星,是对的。"

孟冰说:"够贫的,别太骄傲,下周魔鬼周,别让我在救护车里看到你。"

"放心吧，打死也不上你的车。"王战潇洒地走了，心情愉悦，毕竟多少也是有粉丝的人了。

孟冰看着王战的背影，笑靥如花，一回头，却看到张铭一手举着输液瓶子，正直勾勾地盯着自己，不禁吓了一跳。

张铭道："你这责任护士怎么当的，我要化验血，我要上厕所，我要量体温，你却扔下我不管，在这里谈天说地。"

孟冰没有察觉到张铭打翻了醋坛子，连忙道歉，并搀扶着气呼呼的张铭回房间。

回到房间，看着孟冰忙碌的身影，张铭有脾气也发不起来。

他没话找话："干什么都太专心，也不抬头看看，周边都是美丽的风景，何必只关注一个点。"

孟冰没有反应过来，抬起头道："啊？"

"没啥没啥，你多注意身体。"

"没事，早习惯了，这就是个琐碎的岗位，手里不忙活点儿啥，心慌。"孟冰完全没有领会张铭的意思，张铭很失落。

接连几天，张铭的各项指标趋于正常，要不是魔鬼周开始在即，张铭都不想走了。他跟孟冰相处得很愉快，孟冰私下里给他送吃送喝，为的就是多听听他们特战队的故事，他们还互加了社交号，每天有一波没一波地聊着，一旦孟冰不回复，张铭的空虚感便随之袭来。

孟冰再好，也得尽快出院，临走的时候张铭表达了对孟冰的谢意和关怀,还送了一大束鲜花给孟冰,孟冰也拥抱了张铭,并答应他,有空一定去巅峰特战队看望他。

这些行为,都被张铭看作是两人关系的极大进展,让他心花怒放。

张铭刚回到特战队,屁股还没坐热,声势浩大,备受各级重视,关系到王战和张铭前途的第三季度魔鬼周极限训练暨"锋刃"国际特种兵比武对象选拔活动正式拉开帷幕。

一百多名特战队员向陌生山区进发。指挥车、通信车、防暴装甲车、野战宣传车、高压水炮车、救护车,几十辆各型制式车浩浩荡荡地行驶在山间公路上,直升机、无人机在空中盘旋,水中也有冲锋舟、巡逻艇率先到达训练区域,严阵以待,场面壮观。

坐在密闭的车厢里,王战认真检查着手中武器,张铭一发一发地把子弹压入弹夹,并不时透过运兵车上的小窗户,看窗外的风景,他看到队伍尾部的救护车,眼神多停留了几秒。这时队员们的耳麦中,传来一个很有磁性的男中音:"我是支队长李国防,恭喜你们有资格参加这次魔鬼周,能站上魔鬼周训练场就已经代表了你们的实力。既然有实力,就要接受更严酷的考验、担当更重大的责任、拿下更高的高地。这次魔鬼周实行全程淘汰制,活到最后的才是胜利,一个也留不下来也不无可能,因为有数量远多于你们的蓝军,全程对你们实施袭扰和打击。这次的蓝军非比寻常,是从极光突击队借调而来的,所以不要抱有任何侥幸心理,不要认为他们会手下留情,他们才不会顾及战友情谊,他们代表的是本单位的荣誉,只希望你们输得一无所有,看你们笑话。为了巅峰,为了支队,更为了自己,冲锋吧!从现在开始没有人再给你们任何提示,你们是被放逐山间的野狼,一切都要靠自己。一周后,我在终点等你们,希望你们来的时候不要太狼狈。"

"早就听说了,极光突击队是带着死命令来的,说是要给我们好看。"王战道。

"听支队长的语气也很没底,万一在极光面前丢了脸,事儿就大了。"赵科道。

"一个营的兵力折磨我们百十个人,亏他们想得出来。"张铭已经发起了牢骚。

赵科忍不住打断他们:"不要长别人志气,别忘了我们是特战队员,是要以一当十的。"

张铭说:"以一当十那是在周密的指挥下,我们现在像玩游戏,开局一条枪,其他全凭个人发挥。行了,输赢交给命运吧。"

车辆戛然而止,魔鬼教官郎宇敦促队员们赶快下车,他们纷纷钻出车厢,各自背负三十五公斤武器装备和被装,整齐列队。

郎宇威严地站在队伍正前方:"想要不被淘汰,团队协作非常重要,当然你们也可以选择各自为政,但我还是建议你们自行分组,记住,七天,三百公里的山路,你们能走到最后,绝非单凭运气。没时间了,蓝军已经到达战场。"

说完，郎宇坐着猛士车扬长而去，留下一群没有分工、没有指挥员的特战队员，他们一头雾水，不知从哪儿下嘴。

突然枪声响了起来，有人高呼一声："蓝军来了，隐蔽！"

特战队员们四散奔逃。一时间，壕沟里、树干下、泥潭中、池塘边，趴满了各种姿势的特战队员。

草丛深处，赵科匍匐着靠近王战，并向不远处的张铭使眼色，三人聚拢在一起。

赵科道："王战擅长突击，枪法精准，张铭懂侦察，能熟练使用各种先进设备，我有足够的经验，我们要绑在一起，千万不能单打独斗，赞成的给个话。"

王战表示赞同："听副小队长的。"

张铭看看王战，也求之不得。

赵科道："还是铁三角给力，你俩要注意，名额只有一个，但必须从你们两人中产生，现在你们是竞争对手，同时又必须相依为命，共同出击，迎战蓝军，抛弃杂七杂八的想法，精诚团结，明白吗？"

两人齐答："明白！"

突然，不远处的灌木丛中有轻微响动，王战反应迅捷，用白光瞄准具发现是蓝军侦察小组，他卧姿据枪，准确击发，有烟雾从灌木丛中冒出来。

"转移！一会儿会有大批蓝军围攻这里。"赵科紧张地命令道。

三人相互掩护，密切协同，采用小组队形，左冲右突，很快撤离这块区域。

张铭观察五用指北针确定第一宿营地的方向，三人边跑边迎战无处不在的蓝军。

蓝军的进攻方式很刁钻，总在出其不意间，让特战队员一刻也不敢放松，神经始终在紧绷状态。

行进中，王战和张铭好几次替对方解围。在一处被布设了陷阱的密林深处，张铭由于注意力都在指北针上，失足落入深坑，王战连忙找来藤蔓编织成足够长的绳索，一头系在腰间，一头由赵科控制在树干上，潜入深坑，费了九牛二虎之力把张铭拉了出来。由于头朝下时间过长，脑袋缺氧，上来后，王战一头栽倒在地上，好一会儿才清醒过来。

他醒来后第一件事是关切地问张铭："你没事吧？"

张铭道："幸亏你，只是擦破点皮，你再晚下来一会儿我就掉到底了。"

张铭虽然相信救自己是王战的第一反应，那时候他一定没多想，但是后面他还会那么想吗？

张铭问："你不怕我活到最后？"

王战回："那也比谁都活不下来要好得多。"

三人依稀可以看到第一宿营地的轮廓，王战长舒一口气，这里是暂时避难所，说不定还有啤酒和烤肉。他正美美地盘算着以怎样一种惬意的姿势，好好休息一会儿，耳麦中传来指令，三点方向有圆木,将圆木扛到指定地带,那里有地雷,利用探测仪准确判定位置后排除,然后化装接近第一宿营地,宿营地外围有少量蓝军警戒,摸哨解决这几个蓝军,那里的帐篷才可以成为他们的庇护所。

王战一边气喘吁吁地扛着圆木,一边问:"如果七天都这样,谁能扛得住?"

赵科腾出一只手擦了一把快落进眼里的汗珠说:"不要急,据我所知,这才只是热身。"

赵科绝非危言耸听,这才第一天,硬菜一定还在后头,指挥中心那些狠毒的招数,怎么会一上来就用,他们需要队员们有一个适应的过程。情报显示,已经有将近一半的队员中途被淘汰,他们很大一部分不是倒在常规的作战中,而是在很多意想不到的地方被设计,魔鬼周有一百多个固定课目,已经纷繁杂乱,但课目再多还是有迹可循、有章可依的,怕只怕打起来完全没有套路。

正如三人攻占第一宿营地之后,以为眼睛一闭,明天的太阳照常升起,这第一天就算过去了,可谁知道,魔鬼周虽是七天,但这七天不是按照黑天白日来划分的。

尽管屡屡面对危险,如履薄冰,但躺在行军床上王战认为一直这样下去该有多好,起码还有床可以睡,起码身边还有赵科和张铭,他内心是快乐的,虽不知道这种并肩作战、这种兄弟共生死的局面可以保持到什么时候。

有的队员已经入睡,有的队员没这么幸运,他们直到天彻底黑下来,也没有找到第一宿营地的位置,还在荒野里走着冤枉路。

导调中心里,李国防、陈东升通过监控画面可以清晰地看到每一名队员疲惫的脸。他们还没有睡,他们似乎永远也不困。陈东升坐在角落里,脸色很不好看。

李国防瞄了他一眼说:"我知道你想不通,想不通就不要想了,你现在不是巅峰特战队大队长,你现在的角色只是一个参谋,可以出谋划策,但不能做决策。"

陈东升叹了一口气说:"以前不是这么安排的,现在更不应该这么安排。蓝军来势这么凶猛,蓝军指挥员任伟林是我在特战学院的同学,他所任职的极光突击队,也是国内领先特战队伍中的翘楚,我了解他的底细,了解他的战略战术,这时候却不让我参与了,我的队员像没头的苍蝇,您这是唱的哪一出儿啊?"

李国防说:"这不是我定的,是张司令员的命令。是,你最了解他们,你最懂他们,你可以陪他们一辈子吗?他们每一次投入战场,你都能手把手地带吗?临阵换帅的事儿你经历得还少吗?遇到他们不熟悉的指挥官就理应吃败仗吗?'锋刃'国际特种兵比武你也能跟着去吗?"

陈东升道:"不能!"

李国防说:"不能,就在这好好陪我看戏,你甚至可以回家睡觉。"

陈东升也是有脾气的,年轻的时候也是个火药桶,一碰就炸,但现在他不再是当年那个毛头小子，一方面是磨平了棱角，一方面他知道李国防也是为了队员的真正强大，当他们孤立无援，当他们陷入绝境，那才是蜕变的开始。

李国防扭头问齐伟："队员们都睡下了吗？"

齐伟说："由于上次魔鬼周有半夜被突袭的经验，现在他们长了记性，设置了警戒，除了岗哨，其余的睡了。"

李国防道："那任伟林估计要兴奋了。"

第七章
我以为青春是信马由缰的代名词，却见识到战斗之路从无坦途

风月各自遥望各自的星辰。

第一宿营地，乌云追逐，虫鸣蛙叫的声音也收敛了许多，队员们疲惫不堪地睡去。

在最舒服、最放松的时刻给对手一记惊雷，是敌人的拿手好戏。

任伟林坐在猛士指挥车里，观察着助手的电脑显示屏，一波波的红色弧线逐渐扩散开来，一簇簇的热能显示出来，甚至能看清楚被扫描对象身体的轮廓，是高是矮、是胖是瘦都能一目了然，任伟林脸上露出诡异的笑。

他对助手道："巅峰特战队也是一个噱头，成功处置了几起备受外界关注的突发事件，被推上神坛，有了很好的群众基础，引起了多方关注，争取到更多的资金和装备，被打造成了一个品牌，论实力你觉得咱们差吗？"

助手赞同:"当然不差!"

任伟林接着说:"这个陈东升,在军校那会儿是出了名的爱出风头,自认为长得帅,军事素质好,谁都不放在眼里,除了我能在一些课目上对他实施全面压制,也是没谁了。这么多年,变得更老谋深算、无懈可击了,一路顺风顺水,名利双收,虽然我们各自执掌一支队伍,但始终没他干得出彩,是我们能力不够吗?不是,是他运气太好了!估计张司令员也发现了这个问题,这次魔鬼周才主动邀请极光突击队当陪练。哼哼,咱们既然来了,就得给他一些苦头尝尝,让他知道优胜劣汰的环境下,谁都不会一直保持优秀。"

助手道:"陈东升没被列入指挥体系,他现在肯定急得冒烟。"

任伟林冷笑道:"他也该尝尝煎熬的滋味了。魔鬼周不只磨队员,更磨指挥员。好了,时机成熟,可以实施第一步计划了。"

任伟林的第一步计划是用一个排的兵力,紧盯一个小组的巅峰队员,绑架他们,静观其他队员是否来营救。这在以往的魔鬼周中是没有出现过的,队员们各自在急行军,有快有慢,有远有近,神出鬼没,当然这也一定程度上给蓝军造成了障碍,分散了他们的兵力。当前任伟林的策略,很好地解决了这个难点,如果他们不来,说明这支队伍是一盘散沙,传出去,太难听;如果他们来,正好中了蓝军的计,进了蓝军的包围圈,不费太多力气将队员聚拢起来,实施合围,然后全歼。

助手问:"这个计划好是好,但要是导调中心不让队员们营救,我们岂不是吃了大亏,浪费那么多兵力集结于此,剩下的人控不了场,其他队员会撒了欢地往前跑。"

任伟林胸有成竹地道:"这要是实战,你要是李国防,你会做出不许营救的指令吗?前面没有可以丢的城池,没有会被屠杀的百姓,有必要着急踩着战友的尸体去换取胜利吗?何况这是一场模拟战斗,真那么做,以后谁还敢卖命,人民军队有过这样的先例吗?"

助手恍然大悟:"那看来这是一招死棋啊,绝妙!"

任伟林摇摇头道:"除非……除非,人质不想拖累大部队,自行了断。"

助手拍着胸脯道:"这种情况绝不会发生,我怎么能允许他们了断。"

任伟林道:"那无解了,等着看陈东升干瞪眼吧。"

但这两人自以为天衣无缝的计划、铁板钉钉的结果,其实并不是针扎不透、水泼不进的,因为他们忽视了他们绑架的对象,可能还有别的结局。

凌晨三点五十五分,王战看了看表,揉了揉警惕的双眼,回到帐篷把张铭摇醒,小声道:"起来吧,换岗了。"

张铭看了看表,腾地坐起来问:"提前十五分钟叫哨,你怎么才叫我?"

王战打着哈欠道:"让你多睡十分钟。"

张铭道:"够意思。"

王战已经半梦半醒,但没有忘记嘱咐张铭:"这个时间段,人最困、天最黑,务必小心。"

张铭回道:"睡你的。"

张铭睡前没有脱衣服,枪也不离手,所以站起来就往外走,一分钟进入状态。他们站的是暗哨、游动哨,在这种环境中站标兵哨,无疑是给敌人当活靶子,所以张铭一会儿蹲姿、一会儿卧姿,有时还上了树,从不一个姿势、一个方位待超过三分钟。

即便这样,侦察设施异常先进的极光突击队队员还是发现了他的蛛丝马迹,他们的脑袋随着张铭的游动左右摇摆,晃得直眼晕。

蓝军甲手里握着麻醉枪,透过夜视仪后的白光瞄准具盯着张铭道:"刚才那小子鬼机灵,现在这小子机灵鬼,他们要么不停,停下来也从来不暴露空当,无处下嘴。"

蓝军孙小队长道:"废话,他们是专门摸别人哨的,今天能那么容易被我们摸了?"

蓝军甲问道:"那照这么下去等到什么时候?等了一岗又一岗,过一会儿,鱼肚白一出来,我们更没戏了。"

孙小队长道:"别急,别急,老祖宗给我们留下那么多计谋,该用得用。让你到西边放一枪,但凡他有点儿好奇心,我就有办法。"

蓝军甲跑出去一百多米，枪管上拧了消音器后，朝远处开了一枪。

"啾"的一声，张铭一个激灵，正要循着声音走过去一探究竟，突然他想起执勤站岗的禁忌，不可擅离岗位，确有紧急情况，要通报战友，不然被人调虎离山，可一切尽失了。

孙小队长的这个雕虫小技根本没奏效，这让他很没面子。

蓝军甲怒道："本想让他们栽得文雅一点儿，竟然不给我们机会。只剩下最后一招了，强攻。我们几十人已经把这里团团围住，不信他们七八个人还有遁地飞天的本领。"

孙小队长道："我觉得再等等，他们是精英，硬碰硬我们肯定会有不少的损失，再等一班岗，我不信每一个特战队员都像他这样。"

蚊虫叮咬，气候闷热，蓝军静悄悄地趴在距离第一宿营地不远的地方受尽苦头。功夫不负有心人，张铭之后是下一岗哨兵，他巡查了一遍四周，发现没有异常情况，撒了一泡酣畅淋漓的尿，裤子还没提上，"啾"的一声一根麻醉针打在了他的脖子上，他捂着脖子慢慢回头，缓缓倒在自己的尿液之中。

三四十名蓝军队员全副武装，以帐篷为中心点，迈着战术步伐，缩小着包围圈。帐篷已经近在眼前，他们甚至能听到特战队员的鼾声，孙小队长势在必得。

突然，蓝军甲脚下一绊，一个趔趄，刚要摔倒，被孙小队长一把拽住。此时，一发信号弹嗖叫着急速升空，烟花一样在空中炸开。原来蓝军甲触发了王战睡前布设的细线,细线一头连着智能报警装置。

"有狗!"王战等人迅速从床上弹起来,即刻进入作战状态。

枪声噼啪响起,蓝军分队仗着人多发动齐射,三顶帐篷周边火光冲天。

蓝军甲自知坏了好事,丢了先机,为将功补过,格外勇猛,爆震弹、烟雾弹扔得十分起劲。

孙小队长也是眼看偷袭不成,命令手下一个也不许放跑,虽是绑架,必要时候可以"击毙"。

宿营地选址很是科学,为了隐蔽和利于防守,背倚山坡,面朝深渊,左边是密林,右边是沼泽,减缓了蓝军分队的攻击锐度。

赵科第一时间从帐篷底部打开缺口,张铭和另外两名队员手持防弹盾牌,掩护着队伍往悬崖方向边打边撤,蓝军小队长发现了他们的企图,发动左右两翼人员往悬崖方向集中。

王战换上了吉利服,在赵科和张铭等人转移的瞬间,据守要害,用狙击枪连续"狙杀"三名蓝军。每一次狙击,都吸引了大量的火力,他像是被咬住了尾巴的土狼,石灰弹、麻醉弹从他的身边掠过,他能听到弹头落在草丛里的"簌簌"声。

蓝军同样训练有素,合围并不是一线平推,三三编制的战术队形虽然老套,但凭借兵力上优势,要以稳求胜,攻击组、狙击组、警戒组,协同配合,攻击组中的第一射手、第二射手、换弹员和防守员,分工明确,配合默契,所以王战一方并不能做到尽快突围,战斗进入胶着状态,双方各有损伤,特种作战的优势即短小精悍、灵活多变、出其不意,陷入包围圈,优势将不复存在,所以王战一方马上就要弹尽粮绝。

王战单手换上最后一个弹夹,朝悬崖下看了看,黑漆漆的什么也看不见,踢下去一块石头连回音都没有,这要是没有保护措施径直跳下去,非摔死不可。

张铭对赵科道:"不能再打下去,蓝军只会越来越多。这是唯一一条路。"

赵科看看越来越近的蓝军,摸了摸已经空空如也的弹袋道:"把攀登绳都拿来!"

五六条攀登绳挂在了张铭的脖子上。

张铭道:"我先下去探路。"

说着,张铭用绳枪在崖壁上开了一枪,绳索的一头嵌入岩石,张铭把腰上的卡扣扣在"8"字环上,双脚奋力蹬向崖壁,人悬空飞起,急速下滑,他不断重复着这个动作,绕开树杈和利石,脸上划出好几道口子,直到触及崖底。

张铭向小组发出速降信号,赵科命令队员依次降下悬崖,自己却持枪守护在绳索固定处。

王战催促赵科:"下来啊!"

赵科道:"一会儿蓝军赶到,割断绳索,你们会像糖葫芦一样掉下去。"

王战道:"你会淘汰的,我们说过,要一起坚持到最后。"

赵科道:"我淘汰就淘汰了,特战十多年,该经历的都经历了,你们两个不一样,你们是巅峰的未来,你们有更好的前景,快下!"

王战着急着要往上爬:"胡来,我们能扔下你吗?"

赵科用脚抵住王战的脑袋,使劲踩了几脚:"快走,这是命令!"

王战扶了扶被蹬歪的头盔,看着赵科不容置疑的脸,听着近在咫尺的蓝军的号叫,无可奈何地抓绳下滑。

赵科趴在绳索固定的位置,打光了最后一颗子弹,被蓝军团团包围,蓝军甲率先冲上来,和赵科肉搏在一起,控制住赵科欲要割破激光生命信标传感器的匕首。

越来越多的蓝军扑在赵科身上,令赵科动弹不得。

蓝军孙小队长走过来,朝悬崖下望了一眼,把队员从赵科身上拉开。他扶起赵科,拍拍对方身上的土,敬了礼道:"老兵,想要一个人力挽狂澜,这气魄!"

赵科冷笑道:"栽了就是栽了,不用冷嘲热讽。"

孙小队长道:"蓝军这么多人针对你们几个,还能拿不下?崖底有几倍于我们的增援部队,就在下面守株待兔,你以为他们跑得了吗?虽然,你的努力不一定有效果,但还是让人心生敬意。"

赵科的心在隐隐作痛,担心王战等人的安危,但不到最后一刻,都不算定局,他没有怨天尤人,说:"抓到我们几个又能怎么样?巅峰也还是巅峰。"

孙小队长笑道："巅峰队员名不虚传。"

这时孙小队长的对讲机响起来，他故意拔掉耳机线，放出外音："全部抓获，无一漏网，完毕。"

孙小队长脸上露出得意的表情，回道："好吃好喝伺候着。"

他接着对赵科道："走吧，让你和你的队伍在一起。"

王战等人落地之后，崖底溪流两侧果然亮如白昼，蓝军防暴装甲的强光大灯照射在他们身上，他们隐约中看到几十个蓝军队员呈圆弧队形，将枪口密密麻麻地对准了他们，从场面上看，几人单薄不已，必定插翅难逃。

王战想趁机割破激光生命信标传感器，主动退出比赛，不给蓝军威胁大部队的机会，但蓝军狙击手精准地打掉了他手中的匕首。

张铭想到反正是死，刚要举枪朝人群扫射，左右两侧的蓝军"斥候"扑将上来，将张铭带倒在地，死死控制住其手臂关节，有蓝军冲上来给他们戴上了黑色头套，缴了他们的武器装备和迷彩服。几个人穿着短裤背心，蹲在地上的样子着实有些狼狈，赵科也被押了过来，看到队员们这情形，心里难受，但极力镇定。

看起来基本已经没有翻盘的机会，但赵科声音雄浑地喊道："兄弟们，我们现在的身份不是俘虏，投降的叫俘虏，我们从来没有投降！"

孙小队长咬牙切齿地道："很好，当特战队员你们很优秀，当人质也很优秀，很优秀。带走！练他们，让他们更优秀！"

他和赶来增援的蓝军领队握手告别。

领队道："我们不能在这里逗留太久，要迅速进入A点埋伏圈，静待他们救援队员的到来。人质交给你们，这可是咱们的命根子，万一跑了，谁也担不起这责任。"

孙小队长道："费这么大劲儿抓住的，我能让他们跑了？再说了，老虎是厉害，但拔了牙就没用了，你看他们这光溜溜的，拿什么跟我们抗衡。"

"还是多加小心，走了。"领队说完，指挥部队撤出这片区域，刚还塞得满满当当的崖底，很快恢复寂静。

王战等人被五花大绑，带到了前方溪流汇集的宽阔水面处，孙小队长对蓝军甲道："不能让他们闲着，耗光他们的体力。"

蓝军甲道："会不会有犯规之嫌，不能虐待俘虏。"

孙小队长道："他们自己强调不是俘虏，是人质，我们得满足他们的愿望。"

蓝军甲讪笑道："言之有理，早看不惯巅峰这帮人趾高气扬的样子，趁机杀杀他们的锐气。"

孙小队长道："怎么说话呢，什么叫趁机？不要一副小人得志的样子，我们这叫贴近实战。"

"明白，贴近实战。"蓝军甲说完，向王战等人走去。

于是，王战等人的头被蓝军一次次摁进水里，折磨得上气不接下气，这还不够，为了不让睡觉，还点燃了篝火，把人放在火堆旁炙烤，王战感觉浑身火辣辣的，眼睛模糊一片，身体里的油脂像是要往外冒，皮肤似乎要打卷了。

尽管煎熬，但他还不忘活跃气氛，对张铭说："这下咱俩谁也别争了，谁也别抢了，回头想想怎么写检查吧。"

他扭头抱歉地对赵科说："对不起，丢下了你，也没能突围。"

赵科道："这怎么能怪你，这么多人盯死了我们这个小队，换成大队长也得挠头。"

赵科说得对，这些场景，任伟林早录好了视频，发给了导调中心，视频尽收陈东升的眼底，他双手握在一起，都快攥出水来了。他真想现在冲出导调中心，带上他的队员，捣毁蓝军指挥部，让任伟林后悔来这里，可是他现在什么都不能做，他只能祈祷王战等人再坚持坚持，巅峰队员不会放弃任何一位战友。

李国防向所有参加此次魔鬼周的巅峰队员发出情况通报："有五名队友被劫持，你们可以选择继续向终点进发，也可以选择营救，不做硬性要求。"

然后他看向陈东升说："你的队员也没想到会有这一环节，突如其来的变数会打乱他们的节奏和思路，这时候是否救援，队员该怎么选，真不敢保证。都知道你们巅峰特战队厉害，那是因为在有标准、无利益、统一协调指挥的前提下，现在情形不一样了，大家都是竞争对手。"

陈东升并没有躲避李国防的目光，不知道他是对队员有足够的信心，还是想用眼神向李国防发泄心中的不满。

他们把眼神从对方脸上移开，扫视大屏幕，那些红色小点，是每个队员身上的激光生命信标传感器，他们三三两两，或者单独作战，或者十个八个形成一簇，但当听到李国防的通报之后，可以清晰地看到他们在向一个中心点聚集。

李国防再次看向陈东升的时候，已经换了一种神情，是信服。

但陈东升并没有因此而兴奋。

李国防说："你相信队员，可也知道任伟林的实力，这劫持背后，一定暗藏炸点。一方一切都靠各组长、小队长来判明情况，临时决定行动方案，而另一方是坚固的堡垒，有系统的指挥，怎么看都实力悬殊。"

陈东升坐在暗处，手捏着腮帮子，看着那些移动红点，仿佛看到他们正走向深渊，一脸愁苦。

任伟林在蓝军"中军帐"却是另外一番景象，他左手端着咖啡，右手夹着香烟，躺在吊床上，听着激昂交响乐，要不是怕咖啡洒了，烟灰掉了，他得欢快地打起拍子。

助手道："一切不出所料，巅峰队员正向伏击点靠拢，我们已万事俱备，只等大鱼上钩。"

任伟林道："通知孙小队长，耳朵支棱起来，眼珠子瞪起来，出了问题，拿他是问。"

助手道："放心吧，大队长，孙小队长已经立下军令状，保证万无一失,否则就地卸臂章领章。"

任伟林呷了一口咖啡道:"魔鬼周?这才第二天,周不了了!"

河边,篝火渐熄,孙小队长倒背着手,围着王战等五名人质走了一圈,对负责看守的几名队员道:"眼睛都不要眨,三步以内,给我盯死咯!"

队员齐答:"明白!"

孙小队长盯着王战问:"哥们儿,困不困?"

王战说:"越到晚上越精神。"

孙小队长本来准备到猛士车里睡一觉,听王战这么说很不放心,朝其中几名看守使了一个眼色。

几名看守果然很敬业,蹲在人质身边,纹丝不动。

王战忍不住问看守甲:"兄弟,累不累?我跑得了吗?都说特战队员厉害,特战队员也是血肉之躯,身上长不出翅膀来。"

看守甲看起来是个新队员,有些紧张,不会逗闷子,佯装要用枪托教训王战,呵斥道:"少废话,老实待着!"

王战道:"别这么呆板,特战队员都是很活跃的,铁骨柔肠、多才多艺,你明显修炼得还不够。你看哪个老兵有你这么紧张,军事素质要提高,砸挂、调侃、自黑,提升人格魅力,都很关键,放松放松,咱们聊聊。"

看守甲看了看看守乙,看守乙坐着,神情很自然,没有否认王战的说法,王战察言观色道:"你看看,老同志就是不一样,既把任务完成好，又保持一个愉悦的心情，别搞得苦大仇深的，好像我们欠你钱似的，现在咱们虽然地位有差异，但魔鬼周一结束，大家都是战友，说不定还能成为好朋友。"

看守甲有些被王战说到心坎里了，学着看守乙的样子，也坐在了地上。

另外两个看守，腿也蹲麻了，眼睛也盯糊了，纷纷换了舒服的姿势。

王战趁热打铁："这就对了嘛，别听那些当官的瞎咧咧，都说官兵一致，'官兵'这个称谓本身就带着不一致，为什么他能到车里睡觉，你们就得在这跟着我们喂蚊子，他知道累你们不知道累？他有人格你们没有？说好的党员先锋模范作用呢？说好的吃苦在前，享受在后呢？说好的向我看齐、跟我来、跟我上呢？狗屁，忽悠炮灰呢。"

老兵看守貌似心不在焉，其实心里跟明镜似的，打断王战道："别玩这些心理战术了，消停会儿吧，省点儿口水。"

王战回道："别啊，不累，明天可以回家吃香的喝辣的了，多交几个朋友。我不陪你们，你们多无聊啊。"

老兵看守打着哈欠道："还挺看得清形势。"

王战嘴巴跟上了发条似的，跟看守们讲起了故事，看守们的笑声惊动了孙小队长。

孙小队长喊道："塞住他的嘴！"

看守们听令而行，于是，王战的嘴上多了一条三角巾。

王战企图用能言善辩的本领分散看守们注意力的计划落空了，他只好向张铭使眼色。

张铭心领神会，开始作痛苦状："班长，我要上厕所！"

老兵看守说："拉裤子里！"

张铭道："兄弟，这就不地道了，人性在哪里？我拉在这里，我受得了，你们不一定下得了鼻子。"

赵科恰到好处地插话道："懒驴上磨屎尿多，你这肠胃就不是特战队员的肠胃，今天拉了几泡了？自己说。"

张铭也神补刀，一串振聋发聩的长屁，说来就来，污染了附近的好大一片空气。

老兵看守一听，也意识到问题的严重性，毕竟还要再在这待一阵子，可不能让这家伙破坏了环境，又破坏了心情，立刻盼咐看守甲："前方十米，给他脱咯，让他拉！"

由于怕被巅峰队员的无人机侦察到，孙小队长已经命令将车灯及手电关闭，所以现场的能见度有限，十米，刚好是肉眼能够看到轮廓的长度。

张铭被看守甲扶出去，这时候王战"唔唔唔"地要发言，老兵看守道："你不会也闹肚子吧，少来。"

看守没有给王战机会，王战的表情很丰富，给了老兵看守一个荡气回肠的白眼后，便倒在地上，佯装睡觉。

老兵看守道："都这模样了，还耍脾气，就你话多，别人我早让他去了。"

王战重新坐起来又给了他一个白眼，让他觉得自己还是个孩子。

其实王战哪里是睡觉，他蹭蹭歪歪把脑袋放在了赵科的屁股后面，赵科默契地拽掉了他嘴里的三角巾，于是王战得以顺利用牙齿啃赵科手上的绳子。既不能幅度太大，也不能啃出声音，王战边啃边想，吃饭不能吧唧嘴这个好习惯原来是为这一刻而练的，看来好教养能救命是真理。

绳子的质量岂是一般的好，但性命攸关，哪还顾得上这些，拼了命也要咬，直到咬得满嘴是血。

老兵看守似乎发现王战这小子有些异样，站起来往赵科身边走来，赵科连忙将三角巾塞回王战嘴里。

老兵看守踢了王战一脚，王战逼真地回应了一声呼噜，成功打消了老兵看守的疑虑。人一走，王战继续重复刚才的动作。

这时候，老兵看守又朝张铭的方向问："你是要拉脱肛吗？再给你一分钟。"

张铭回道："三十秒就够了，在擦屁股了。"

李国防和陈东升观察着大屏幕上的生命信标，这些信标再有半个小时会完全聚拢在一起，形成一块大的信标图，那将意味着他们进入了埋伏圈。李国防眉头紧锁，陈东升心已经提到了嗓子眼儿，但他们什么都不能做，他们不能通报险情，不能泄露机密，毕竟这场魔鬼周中的大插曲是李国防一手策划的。

劫持现场,老兵看守再询问张铭情况的时候,这厢已经出现转机。

看守帮张铭提裤子的瞬间,他瞅准时机,一记顶膝,正中看守的下巴,把看守KO了,现在他正用看守的"95式"匕首割绳子,远远看上去还真像在擦屁股。

老兵看守毕竟还是经验丰富,看到跟着张铭过去的看守似乎已经躺下了,立刻拉枪机上膛,朝张铭处跑去,不过,这时王战也把赵科的绳子咬开了,王战伸出腿,绊倒了老兵看守,赵科甩开绳子,上位压制老兵看守,另外两名看守近距离甩不开自动步枪,直接抽出匕首向赵科的激光生命信标传感器袭来。

张铭三步并作两步,紧跑两步"砰砰"两枪,两名看守宣告终结。

孙小队长倏地从车后座上弹起来,大喊一声:"拦住他们。"

不远处准备换班轮岗的另外几名蓝军也抓起枪,朝这边赶来,尽管只有二三十米的距离,但在伸手不见五指的夜晚,感觉那么的漫长。这么短短几秒,局势急转直下,尽管孙小队长边喊边向黑影快速识别射击,显然已是强弩之末。

赵科已经下了老兵看守的枪,把他拽起来,挡了孙小队长的子弹,然后"唰唰唰"几下,挑开了王战和另外两名巅峰队员的绳索,他们各自抄起了看守手中的枪。有名看守的激光生命信标传感器报警,他不愿意把枪就此丢掉,死死抓着。无人机警报响起,提醒他:"犯规动作!"他这才恋恋不舍地松开了手。

"分头跑!154高地集结!"赵科命令道。

五人朝着三个方向一路狂奔。

孙小队长发现夜间识别射击,确实难度系数太大,先缩短距离再说,正巧驾驶员已经将车开到近前。他钻进车里,命令道:"追他,撞他!"

猛士车朝着王战逃离的方向轰鸣而来,眼看越来越近。孙小队长想着其他四个都跑了,只要拿下这家伙,也不算输,于是在驾驶室里一边指挥车辆左拐右拐,一边举起了弓弩,小弓箭从王战身边飞过,"啪"的一下,有一支击中了王战的小腿,王战一个趔趄摔倒在地。

"刹车!刹车!"孙小队长大喊。

"呲"的一声,汽车在满是沙石的河床岸边滑出去好几米,可见刹车之急。

"完了,不能撞死啊,肯定是撞到了!"孙小队长边惊呼边打开车门,下车寻找王战。

王战并没有被撞到,而是钻到了车底。在孙小队长下车往车前跑的刹那,他已经从右侧滚了出来,拔出腿上的弓箭,稳准狠地插进了孙小队长的激光生命信标传感器里。孙小队长当时就瘫软在地,欲哭无泪。驾驶员还没反应过来,王战已跳进车里,指住了他的脑门道:"缴枪不杀!"

然后，王战驾驶着猛士汽车消失在浓浓夜色里，留下孙小队长和驾驶员呆若木鸡。

半响，孙小队长向蓝军指挥部报告："人质脱逃！"

任伟林从吊床上直接滚到了地上，咖啡洒了一身，看着集成式指挥台上已经汇拢在一起的信标，骂道："王八蛋！"

他抓起电台，通知已经形成埋伏圈的蓝军队员抽出部分人员迅速对人质实施围追堵截，因为一旦人质一方找到电台或者通信装置，巅峰队员立即就会得到消息，分散开去，猛虎马上归山，金蝉即刻脱壳，他的布局会功亏一篑。

王战驾车开出去一段距离，立刻打开车载电台，调整信道，刚有信号进来之时，车载电台突然黑屏，原来是蓝军通信小组准确屏蔽了这部车载电台，为的就是阻止王战给大部队发出信息，让他们继续蒙在鼓里，向埋伏圈进发。

怎么办？怎么办？不能因此连累大部队，必须快速通知他们，不然一定中了蓝军的诡计。王战的大脑飞速运转。

大部队在哪儿？埋伏圈在哪儿？一切都没有头绪。赵科、张铭肯定在去往154高地的路上，众人拾柴火焰高，先和他们集合再说。

王战捣毁了汽车上的定位系统，驾车朝154高地进发。路上，他很幸运地遇到并捎上了赵科和张铭，但没有发现另外两名"人质"队友的踪迹。

埋伏圈在哪儿？三个人一时想不出所以然来。茫然时刻，任何一次风吹草动，都有可能让人灵机一动。

张铭还在为逃出生天激动不已，在后座上分享着刚才惊心动魄的心得体会。

赵科心有余悸地道："不是看守不入流，是几位大神太勇猛。"

张铭附和道："那位小队长回去该怎么交代！"

一句话点醒了王战，他突然想起来，刚才走得急，并没有触发驾驶员的激光生命信标传感器，这意味着驾驶员还没有被淘汰。

王战脱口而出："驾驶员！"连忙调转车头，朝刚刚拼死也要离开的地方狂奔而去。

张铭一头雾水："好不容易跑出来，为什么还要再回去？"

王战道："他们没有车，跑不了多远，驾驶员还没有被淘汰，我们只有找到他，才知道蓝军的埋伏圈在哪里，他是突破口。"

张铭一拍大腿："人家是带着脑子出来的。"

车沿原路返回，没有发现驾驶员的踪迹，王战让两位队友一起下车寻找。

张铭又不明白了："多好的交通工具，为什么要舍弃？"

王战道："傻不傻，亏你还是大学生士兵，这荒山野岭，凌晨时分，车声远远就能听见，驾驶员随便往哪儿一猫就石沉大海，我们还怎么可能找到他？我有直觉他们一定就在附近，下车！"

张铭又要拍大腿，王战已经冲了出去。

三人呈搜索队形前进，果不其然，远远地就看见几个蓝军。

张铭正要往前跑，被赵科拉住："别轻举妄动，万一是荷枪实弹的蓝军，我们就要吃亏了。"

王战观察了一会儿，嘴里数着数："一、二、三、四，没错了，这就是刚才被我们淘汰的几个人，垂头丧气，不是战术队形，而是队列行进，他们的方向又是淘汰人员集中营。正好少一个，驾驶员没有淘汰，一定跟他们兵分两路，去寻找大部队了。"

说着王战转换了方位，继续搜索，很快发现了另外一个蓝军装扮的人，上前摁倒在地一看，正是驾驶员。

王战立即搜出他的通信装备，发现竟然也被蓝军指挥部切断，不由骂道："这老狐狸。"

驾驶员带着哭腔说："你们真是阴魂不散，怎么又回来了！我还以为我是幸运之星，侥幸漏网，没想到紧赶慢赶，还是栽在你们手里。"

王战说："大部队在哪儿？"

驾驶员特别有骨气地道："红蓝对抗也是敌我较量，和实战没有本质的区别，在我眼里你们是敌人，我不会出卖自己的队伍。要杀要剐，放马过来！"

王战道："嘴还挺硬，说不说，不说，少不了拳脚伺候，踢裆挖眼砸后脑，不死也得半残，兄弟。"

驾驶员意志坚强地道："那也比回去被戳脊梁骨要强得多。"

王战道:"好,我成全你,兄弟们把胳膊给他卸了。"

张铭搓着手就要卸他的肩关节,驾驶员竟然面无惧色,大义凛然。

王战制止道:"停吧,我敬他是条汉子,随他去吧,我不信所有蓝军都和他一样,走,换目标。"

张铭道:"就这么放他走?!"

王战摆摆手:"让他走吧,一个驾驶员也翻腾不出什么浪花来。"

王战等三人快速消失在视线中,驾驶员回过神来,朝王战喊:"你以为成功羞辱了我吗?我也是战士,你们现在看不起我,将来我站在获胜方的队伍里,让你们高攀不起!"

驾驶员立即收拾好心情,他要赶快回大部队报告王战等人的位置,说不定还能立上一功。虽然没有车,但此刻他像脚踩风火轮,一刻也不敢耽误,他要赶在王战找到通信器材前,通报大部队,让蓝军将其捕获。

第八章
我以为魔鬼周是灰色的,岂知它还带着恶毒残忍

林间静谧,万物呼吸。

王战急中生智,只是给驾驶员放了个烟雾弹,其实他们隐藏了起来,等驾驶员上路,悄悄尾随其后。

不久驾驶员接近了蓝军一个联络点营帐,王战已经能看到营帐掩映在大树的繁茂枝叶中,有微弱的光透射出来。他快走两步,跟了上去,在驾驶员毫无防备的情况下,痛快"割喉"。

驾驶员想骂人,王战说:"战场就是这般无情。"

驾驶员说:"你当时还不如弄死我,让我和孙小队长一块走。"

王战说:"很多时候想死比想活要难。"

驾驶员哀怨地看着王战,王战无暇和他说抱歉,朝联络点岗哨摸去。

三人合力将联络点哨兵放倒,哨兵机警,挣扎了几下,惊动了营帐中的蓝军。紧急集合的哨声划破夜空,但哨位和营帐还隔着一段距离,王战拿走了哨兵的通信装备,甩给张铭,张铭一边跑一边

摆弄着设备,信道很快连接。

枪声嘈杂,张铭只能对着设备大声呼喊:"被劫持巅峰队员已逃脱,不要中了敌人埋伏!"

现场的声音传入所有正往蓝军埋伏圈奔跑的巅峰队员耳朵里,他们立即调头往相反的方向奔逃。

有的队员已经踩在包围圈边缘,蓝军没有行动是因为打算把人都放进来再围剿,岂料局势急转直下,蓝军只能有多少啃多少,率先进入包围圈的队员成了群起而攻之的对象,"牺牲"得十分悲壮。

蓝军指挥中心内,任伟林眼睛里的血丝格外醒目,他用比张铭明显大得多的分贝朝对讲机呼喊:"还等什么,全速出击!他们就在你们身边!"

导调中心大屏幕上密密麻麻的红点如同被惊扰了的鱼苗一般迅速扩散开来,而蓝军的信标也如饿虎扑食、飞鹰啄鱼,放弃既定方案,三五成群向着他们的目标发起冲锋。

一边疯狂追击,一边拼命逃离,有的队员还是落入了虎口,一夜的奔波,到头来不仅扑了个空,还送了命,他们躺在草丛中,望着激光生命信标传感器闪烁的彩色光芒,默然微笑,闭上眼,感觉是那么轻松。他们头顶着逐渐消失的星空,伴着就要到来的黎明,眼下虽还有黑暗,但就算是"牺牲",心里也有一丝透亮,毕竟等到回想起来,或者此去经年,再相见,聊起来也会是豪言壮语，毕竟为别人拼命，不是谁想做就可以去做的。

本就势单力薄的小组队形被冲散了，本就形单影只的身影被捕俘了，这一仗，虽然因为王战等人的自救互救，把握了先机，但还是有一些队友因此而彻底告别赛场，无怨又带着一丝不甘，登上孟冰的急救车。

孟冰看着一个个灰头土脸的队员躺在担架上被抬上来，都会打听一句："有没有看到王战？"换来的是队员们的无视。

战地黄花分外香，可是当下，他们连看一眼孟冰的想法都没有，管你是什么院花、系花、豆花……孟冰不知道，失败就是这种氛围，不管是不是虽败犹荣。

王战、张铭和赵科这时候在森林中奔跑，因为他们，任伟林的计划毁于一旦，所以蓝军把满腔愤慨都算在他们头上，追打起来尤其卖力。

王战的耳边有子弹呼啸，有蓝军咆哮，还有两位好战友的粗重喘息，他从来没有想过，作为一个特战队员也有这么狼狈的时刻，在他的印象里，特战队员连摔倒都会划出一道优美的弧线，即使被追击，那也犹如"飞毛腿""草上飞"，变幻莫测，见首不见尾，潇洒成一道闪电，断然不会像现在，面目狰狞、双腿灌铅，大汗与鼻涕齐飞，军装共泥巴一色，从出其不意的犄角旮旯猛然蹿出来，像穷途末路的野狗，真无法和威猛的特战队员产生联系。

可这一切正在上演，野狗般的王战还管它什么骨头不骨头，有的蓝军门户大开，暴露在他面前，他也懒得捡漏，只管逃出这片山间密林。眼看追击的蓝军已渐行渐远，总算摆脱了这些牛皮糖，他们才在一块稍显空旷能落脚的地上躺下，你枕着我的大腿，我抱着你的背囊，大口呼吸。

好一会儿他们睁开眼才发现，在这片丛林里，他们越钻越远、越钻越深，这里的树木遮天蔽日，密不透风，刚刚还热得冒火的三人，此时却被这天然冰窖冷却了。

"咕噜噜"的声音打破了这里的宁静。

王战好奇地问道："什么鸟？"

张铭尴尬地指指自己的肚子。

王战正要嘲笑，却发现自己的肚子也不争气地响起来，有过之而无不及。

赵科有气无力地道："这才两天，已经头晕眼花了。"

张铭道："临出发前发的那点压缩饼干、自热饭，还不够塞牙缝的。这么下去，蓝军抓不到我们，我们自己便就义了，就义一般前面带个英勇，我们就算了。"

王战道："胡来，特战队员在物产丰富的大森林里活活饿死，传出去丢不丢人？"

张铭道："是有点儿不光彩。"

赵科道："那还愣着干吗，赶紧起来找吃的。"

于是，三人开启了荒野生存模式。

王战把一条虫子艰难地放进嘴里，为了避免尝到味，生吞了下去，并骄傲地说："我才是站在食物链顶端的男人。"

接着赵科和王战专心致志地搂草打兔子，像黄鼠狼偷鸡，架势很不文雅，张铭及时制止了他们的无用功，充分发挥一个学霸的主观能动性，用匕首在地上画起了方程式，一边嘴里念念有词，根据空间、时间、地形、温湿度等因素测算兔子应该会出没的角度和方位。

张铭指着一棵长得奇形怪状的枯树胸有成竹地道："我没算错的话，这就是兔子的老巢，说不定还能巧遇兔子王，我们不仅有的吃，还有的带，这一路上都不愁了。"

王战保留意见，赵科将信将疑，他虽听不懂，但觉得张铭好厉害的样子，这是赵科的习惯，看不懂的电影他都认为是好电影。一个人对于学霸的尊敬程度，来源于他吃了多少没文化的亏。显然赵科对此更感同身受，如果当年不是只有初中文化，错失提干机会，齐伟抑或是郎宇早应该是他的部下，所以现在他对张铭心存期待。

在王战和赵科的注视下，知识分子张铭勇敢地走近枯树，扒拉开草丛，一个不小的洞口赫然出现在大家眼前，他看了看两人，赵科脸上露出佩服的表情。张铭以一个高调的姿势，从腰里掏出强光手电往里照，很不幸，肉眼所及，空空如也。但里面别有洞天，七拐八绕，张铭并不气馁，把头探了进去，今天要找不到兔子，他在赵科心目中的地位能不能保持得住是个未知数。王战感觉现在的张铭像个气功大师,运气一上午,发功一分钟,这功能不能发出来,关系到在信徒面前的威严。

张铭撅着屁股,大半个身子都钻进了洞里,良久,他果然不负所望,发出了第一声尖叫,从尖叫的力度和百转千回的广度来看,他有不小的发现,紧接着他发出了第二声尖叫,这一声中,又带着知识分子的深度和温度,让赵科搓着手,折服不已。

赵科和王战对视了一眼:"你看看,知识就是力量,知识诞生奇迹。"

当第三声尖叫响起的时候,王战和赵科明显感觉到张铭有些做作了,即使有重大发现,也不应该如此高调,况且又是在逃亡的路上,这么叫容易把蓝军或者一些猛禽之类的招来。

张铭怀抱肉乎乎的大兔子喜笑颜开地向二人炫耀的场景成了泡影,当看到张铭从洞里抽出身子,脸上飘舞着一根花斑大蛇时,王战和赵科才恍然记起他尖叫中蕴含着的恐惧和凄惨。

"蛇、蛇、蛇、蛇……"张铭惊呼着,手里的匕首胡乱挥舞,却不知道从何下手,毕竟被咬的部位是脸,不能贸然动刀,尽管这个脸,因为判断失误已然没有之前那么名贵。

赵科眼疾手快,一把掐住了花斑蛇的七寸,右手挥刀,蛇被沿着脑袋齐根斩断,咬在张铭脸上的蛇头后续乏力,也缓缓脱落。

张铭坐在地上,还没有从惊吓中走出来,估计有了心理阴影。

他还有心情为自己找补:"总之还是有收获的,蛇洞、兔子洞都是洞。"王战来不及笑话他,不顾他愿不愿意,凑上去为他搽好了专治蛇咬蜂蜇的药膏。

张铭一言不发，再也找不到当初学霸的风采，他在反思，有些公式是不是在一切条件下都适用，在这个神秘的森林里，任何一位农夫猎手都比他那套理论来得实际。

王战虽然帮张铭清理了伤口，但土办法并不能将蛇毒清理彻底，很快，张铭的脸和眼皮都肿了起来，脑袋猛一看像长歪了的倭瓜，眼睛只剩下一条缝，嘴唇上像粘了两根哈尔滨红肠。

突然，王战做了个噤声的动作，然后他轻声道："猛士的声音，距离我们还有两百米。"

"隐蔽！"赵科一声令下，三人迅速消失，只留下晃动的树叶，在向驶来的车辆敬礼。

车子在三人刚刚"战斗"的地方停下，一名少校从车上下来，锃亮的作战靴说明他和王战等人之间的地位差别。他戴着一副特战眼镜，迷彩服一尘不染，他围着刚才三人坐过的地方，转了几圈，用脚踢了踢树叶。

王战隐蔽之前已经把痕迹清理干净，他想，这人不可能发现什么蛛丝马迹。但这人摘下墨镜喊了一嗓子："出来吧，别藏了！"

王战发现这个人竟是郎宇，不由暗想，他怎么来了，他来干什么，是敌人还是友人，要不要出去，他怎么知道我们就在附近？

郎宇大着嗓门道："别藏了，出来吧，导调中心派我来接你们到第二宿营地吃饭。"

郎宇知道大家一定不相信有天上掉馅饼的好事，补充道："别以为我是发什么善心，这是魔鬼周的一个课目，快速就餐。既然是快速就餐，先要有餐，我知道你们已经山穷水尽，餐自然要导调中心来提供。我没带武器，我是有诚意的。"

想到郎宇一贯不讲理的处事风格，王战不为所动。赵科和张铭也很默契，都藏在暗处，看郎宇还能耍出什么花样。

郎宇发现没有任何动静，从兜里掏出信号追踪器，看到三人的信标在附近，无奈地说道："我知道你们不相信我，但我是代表导调中心来的，要不要李国防支队长亲自跟你们对话？你们没有时间了，我走了，你们很难走出这个迷宫，可别后悔。"

还是没动静。

郎宇叹气道："混得就是这么差，好心也被当成驴肝肺。"

郎宇转身要上车，王战从他的身后倏地跳出来，用匕首指着他道："别动！"张铭和赵科也团团围了上来。

郎宇道："我们是战友，我不是蓝军，我是导调中心导调员。"

王战愤愤地道："导调员？你还好意思说你是导调员，我们被重重包围的时候，你导了吗？队伍被诱骗进埋伏圈的时候，你调了吗？我们弹尽粮绝、山穷水尽的时候你怎么不导调，现在你来导调了？！"

郎宇道："我也只是导调中心的一枚棋子，你要怪，应该去问李支队长。"

赵科按下了王战的匕首道："我在导调中心干过，我知道他们是控制不了我们了，单靠蓝军根本无法把我们引到继续被虐的轨道上，这时候导调员就发挥作用了，名义上是引导我们，实际上是更好地操纵我们。"

王战咽了一口口水。

张铭颤巍巍地问："你真是带我们去吃饭？"

郎宇缓缓地转过身道："那还有假？吃饭就是吃饭，吃大餐，天上飞的、地上跑的、水里游的。吃饱了才有力气接着和蓝军干啊！"

张铭问道："真的？"

赵科说："确实有快速就餐这个课目。"

张铭迫不及待地道："这个课目设置得好，这个课目设置得妙，让即将到来的大餐洗礼我吧，还快速，我是极速！"

张铭的眼睛已经饿出了重影，他似乎在郎宇身上闻到了饭菜香气，他从来没觉得郎宇如今天一般可爱，郎宇因为太阳暴晒发红发紫的脸也不再让人不寒而栗，倒像是煮熟的龙虾般惹人喜欢。

王战和赵科还没有发表意见，张铭已灵巧地爬到后座，规规矩矩地坐好了，只待发车。

郎宇道："你俩别犹豫了，抓紧上来，再晚大餐就被抢光了。我平时是对你们很苛刻，但那完全是为了让你们更强大，关乎胜负成败的时候，我什么时候打过马虎眼？"

大家一想，他说得也没错。

赵科抱歉地说："这两天，我们残存的信任已被蓝军折磨殆尽，别说是你，就算陈大队长出现我们也要三思而后行。"

郎宇道："理解！"

郎宇发动了汽车，带着三个满怀憧憬的特战队员向第二宿营地飞驰。

在颠簸的车厢里，张铭忍不住问郎宇："大餐？这荒山野岭的能有什么大餐，馒头管够我就谢天谢地了。"

郎宇当即否认了张铭的判断："不不不，要求不要那么低，导调中心调动了武直直升机，大老远飞过来送一飞机馒头，不值当。"

张铭说："那到底有什么呢？让我猜一猜，老刘班长一定不会让我们失望，我最喜欢他做的糖醋里脊、拔丝苹果、洋葱爆肚、酱焖黄花鱼……"

王战流着口水制止了张铭继续报菜名，他说张铭的这种行径打乱了他的正常思维，无法集中精力勘查判断敌情。

车子距离第二宿营地还有几百米的时候，他们便嗅到了饭香，王战兴奋地从座位上站起来，幸好这是一辆敞篷车，不妨碍他这突如其来的举目远眺。

越来越近了，第二宿营地有男有女，人头攒动。大家伙儿手里拿着铁盘铁碗，围着不锈钢的餐架缓缓游动。老刘站在分餐车旁边，拎着一柄大勺，以一贯的形象示人，嘴里还吆喝着他那句熟悉的台词："吃多少打多少，不够再打喽！"

看到这番繁荣的景象以及一张张熟悉的面孔，三人不约而同地把枪甩到了背后，放弃了最后一丝警惕，在车还没停稳、连车门都没打开时，直接跳了下去，朝生命的源泉奔去。

张铭顾不得拿盘子，奔向主食区，除了汤面不能下手抓之外，包子、馒头、大米饭，无一不抓，无一不塞。

王战也不甘落后，吃着还不忘往挎包里装。由于装得太过匆忙，有馒头掉在地上，他弯腰去捡，这时一双明显八成新的女式作战靴映入他的眼帘，他沿着迷彩裤，目光一路搜寻到脸庞，看到孟冰正笑盈盈地看着他，手里端着一个精致的粉红色塑料饭盒。

孟冰道："这个是你们没来之前，我特意在老刘那搭配好的，营养特别均衡，给你。"

她没等王战说话，就把饭盒塞到王战手里，跑开了。

张铭一口馒头还在嘴里没咽下去，腮帮子鼓得像土拨鼠，一看这个情景，牙都要酸倒了，他把手里的馒头往蒸笼里一扔，蹭着王战的肩膀，蹲帐篷底下生气去了。这一蹭让王战一个趔趄，王战想把饭盒还给孟冰避嫌，但又觉得那样太不礼貌，一定会伤了姑娘的心，只好装进了已经鼓鼓囊囊的挎包里。他没有心思安慰张铭，小心眼是安慰不明白的。

孟冰回到急救车边，护士徐艳手里捧着一缸子的盖浇饭，边吃边起哄道："哟哟哟，我说为什么一停车就不见人影了，这是送饭去了，古有过桥米线助夫君金榜题名，今有爱心饭盒伴情郎勇夺第一。厉害了我的姐，我看好你们！"

徐艳抬头张望远处的王战，噘着嘴说："这就是你挂在嘴边的王战啊，也不怎么出众嘛，放在人堆里显不出来，怎么让我们大院花这么贴心贴意的？"

孟冰道："吃饭还堵不住你的嘴。有功之臣、特战精英，岂是你这个小势利眼能评头论足的。"

徐艳嚷嚷道："过了啊，过了啊，刚有个心上人就拆我的台，咱俩多长时间，你才跟他说过几句话，别到时候剃头挑子一头热，还得回归我的怀抱。"

孟冰不服气地说："别瞎说，什么一头热，我看到他那眼神了，火辣辣的。"说完这个热滚滚的词后，孟冰脸上飞起一块红晕。

徐艳说："天干物燥、缺水少药，他那是上火了，眼睛本来就红彤彤的。"

孟冰生气道："少贫嘴，吃你的。"

徐艳道："魔鬼周把人都搞错乱了，男的疯狂，女的也跟着使劲分泌雌性激素。"

孟冰没空搭理这个不靠谱的闺蜜，道："也不知道我给他的饭盒能让他撑多久，我只能帮到这了。"

突然，齐伟吹响了哨子，这次队员们没有像往常一样第一时间面朝值班员集合，而是纷纷奔向分餐区，把能装的都往挎包背囊里装，因为他们很清楚，过了这个村就没了这个店，吃完这一顿，下一顿还不知道在哪里，备足干粮，才是正道，连张铭也来不及再生王战、孟冰的气,加入争抢的行列。

大家吃饱了抹着嘴、腆着肚子、扶着挎包,身手稍显笨拙地陆续列队站好。齐伟面无表情,大家都知道齐伟是个大学生干部,面叽叽、软乎乎,在这个荷尔蒙炸裂的群体里,有些不是那么爷们儿,所以他们认定齐伟折腾不出什么浪花来。

齐伟果然没有令大家失望,说话也是慢悠悠的:"谁让你们吃了?我喊开饭了吗?"

队列里有人不屑地嘀咕:"吃饭不积极,思想有问题。"还有队员理直气壮地道:"熊死也比饿死强。"

齐伟没有像郎宇一样动不动便怒不可遏、暴跳如雷,他甚至还露出了一丝微笑,这笑里暗藏杀机,不过队员们无法察觉,尤其战场上,他们不相信"蔫巴萝卜辣死人"的俗语。

齐伟幽幽地道:"下一个课目,快速就餐。我没说开始,你们吃了,不计入成绩。"

大家摸着圆滚滚的肚子,不以为然,尤其是王战,觉得蹦一蹦,肚子里还能腾出空间来,溜缝也算一门技术。

"既然是魔鬼周的一个正式课目,我们要有一个正式的场地,这里显然不是考场环境,兄弟们跟我来,我们重新就一遍餐。"齐伟慢条斯理地道。

"重新就一遍餐"这样的词汇大家还是第一次听说,新颖、有创意、脱俗,巅峰特战队拥有绝对的自主知识产权,和"再吃点、下半场、接着整"有所不同,引起了大家浓厚的兴趣。

于是，队伍浩浩荡荡地跟在齐伟身后，向具备考核氛围的"就餐场地"进发。他们经过一片油菜花海，有少女站在那里，侧脸闭目感受着绽放的美好，风景、女孩、慢节奏，构成一幅美好的水彩画，让队员有了短暂的陶醉；淙淙的泉水从怪石嶙峋的山崖上淌下，汇成一道溪流，伸向远方，清风、水源，他们从优质的空气里沐浴到沁入心脾的湿润；他们经过一片农田，青苗排起了长队在颔首致意，农夫、水牛、倒映着彩云的净水，让这里的泥土更增添了芬芳。

王战情不自禁地唱起了歌谣。

张铭说："等魔鬼周结束了，一定要专程再来这里，那时候这里不是考核场，这里有山歌，有美丽的人儿，我一定再来，就躺在那块山石上，什么也不想，做五彩斑斓的梦。"

他这么想着，大家一路也都这么想，但当齐伟宣布到达目的地的时候，看到眼前的情景，听到齐伟波澜不惊的话，他们的内心波涛汹涌，他们的肠胃风起云涌，他们耳朵里响起好多不可描述的词语和短句，他们听到了梦破碎的声音，哗哗啦啦的。

齐伟说："兄弟们，快速就餐不难，因为刚才我已经看到了你们暴饮暴食的能力，几乎都在优秀以上，现在导调中心增加了难度，恶劣环境下快速就餐。眼前这个环境恶劣不恶劣，我不知道，但一定很天然。"

齐伟所说的"天然"名副其实，因为呈现在大家面前的是一个巨大的化粪池，现在它静静地趴卧在这里，慵懒地看着目瞪口呆的特战队员们。由于许久没有人惊扰，它似乎已被人们遗忘，干巴巴的皮肤上起了裂纹，只有一簇簇的苍蝇在和它亲密接触，贪婪地吮吸着它的精华，一丝丝有只可意会不可言传的味道从裂纹里传出，还好在人可承受的范围之内。它的"内芯"隐藏得很好，目前来看，它很友好，它很宁静，只要不去破坏它的伪装，一切都还好。

齐伟望着大家鼓鼓的挎包，心情很好地道："不错，不错，你们都准确评估了自己的胃口，并主动积极地准备了适量的食品，我很欣慰。现在请都拿出来吧，考核马上开始了。"

队员们心里那个恨啊，悄悄摸着刚刚装进挎包的吃食想要剁手，为什么当时要肆无忌惮，为什么要贪得无厌。

王战的手触碰到了孟冰给他的爱心便当，哭笑不得，他悄悄地对张铭道："这一开始就是个错误，这饭盒应该属于你。"

张铭像是在拒绝一颗拉开引信的手雷，立刻拒绝了王战的便当，说："你可别闹了，这时候知道错了？早干吗去了？"

刚刚拼命地往身上塞，这会儿叫苦不迭，恨不能扇自己几个大嘴巴子，队员们纷纷想办法要把那些干粮找个地方扔掉。有的队员敢想敢干，手脚麻利地把几个大白馒头扔进了草丛里，但自恃聪明从来都是魔鬼周赛场上的大忌，魔鬼教官居高临下，鹰隼般的眼睛，盯这几个人还是绰绰有余的，郎宇不仅让他从草丛里把馒头捡出来，而且当场把沾着各种"佐料"的馒头吃掉，这还不算，紧接着就下达了淘汰通知。

那队员当时就哭了，一边咀嚼着嘴里残余的馒头，一边含混不清地道："为什么？我没有被蓝军打死，没有被饿死，没有被累死，却还要被淘汰，这是什么狗屁课目，没有规则了吗？！"说这话时，他激动得嘴里的馒头渣子都喷出来了。

齐伟道："对，没有规则，规则是导调中心定的，可以改，可以随时定。"

淘汰队员涨红着脸，高声道："我要申诉，我要告你们！"

齐伟道："没问题，这是你的权利，不过要先把剩下的馒头吃完。"

淘汰队员梗着脖颈道："我要是不吃呢？"

齐伟道："这也是你的权利，但我相信你还有一个特战队员的基本素质。"

淘汰队员一时语塞，看了看手里的馒头，强压着怒火，一口一口地把馒头吃了个精光。

这就是部队的不同，你可以选择撂挑子，但是明天太阳照常升起，你还要面对这里的人和事，脑子里还得绷着活下去与冲上去这根弦，不可能傻到用接下来的整个军旅生涯做赌注，与一两个馒头相比，那真的很重很重。特战队员都是有脾气的，但这脾气分用在什么地方，有人说当两年兵会圆润很多，那都是被盘出来的。

有了前车之鉴，谁也不敢再扔哪怕一块馒头皮。

齐伟道："来来来，大大方方的，把你们的藏货都拿出来。"

王战手颤抖着伸进了挎包，道："齐伟也沦陷了，普天之下再没有一个肯为我们说话的人了。"

赵科道："这就对了，到了'锋刃'的赛场，不仅没人替你说话，说不定还有人给你使绊子。"

王战道："你怎么还替齐伟说话？"

赵科道："这是事实，总指望别人法外开恩，或者开方便之门，会很累。"

齐伟和郎宇没有给他们太多交流心得的时间，让他们围着化粪池一字排开，让他们手里掐着各自的食物。他们不忍心睁开眼，因为这是一个很滑稽的场面，在他们的印象中从来没有的场面。他们蹲过墙角、睡过草窝、吃过活鸡，在暴风雪中奔跑、在雾霾中挺立，在蚊虫肆虐、伸手不见五指的深夜，沿着一条条从未走过的山路，一直走下去，直到看见他们要寻找的目标，那些再苦也算是有追求，但现在这算什么？有谁会在油菜地、山崖中、稻田边唯独选择一处避之唯恐不及的化粪池，掏出干粮，而且要装出吃得很香的样子，这是有病吗？不，导调中心一直都是这样的行事风格，从来不以正常思维做决策，时而变态，时而疯狂。

齐伟和郎宇穿梭于队员中间，检查每一个人有没有耍小聪明、私藏了一块油饼或者昧下了一根大葱，在确定兜比脸干净以后，心满意足地掐着秒表道："别傻站着了，开动吧，最后三名就地淘汰。"

队员们来不及骂娘，已经进入情况，他们表情委屈，动作浮夸。

郎宇见王战眯着眼,喊道:"眼珠子给我瞪圆咯,有闭着眼吃饭的吗?!"

最可气的是他手上不知道什么时候多了一根长柄粪勺,在众目睽睽下,伸进化粪池里搅动起来。已经被灰尘覆盖、表层凝固的粪池,被他这么一祸祸,"新鲜"的"绿肥"立刻翻了出来,那一股令人作呕的味道扑鼻而来,爱热闹的苍蝇、蛆虫像是发现了新大陆群起而攻之,让刚还沉寂的粪池,瞬间恢复了生机和活力。

张铭一看这场面,当场就吐了,王战嗓子眼一紧,也有一口东西要冒出来,但不知道他采用了什么方式,硬是给憋了回去。

郎宇贱嗖嗖地道:"吃起来!香不香?爽不爽?"

王战喊道:"爽死了,真香!"随即端起孟冰送的爱心便当,轰一轰成群结队的苍蝇,用手往嘴里扒拉。他脸上十分倔强,心里却早已崩溃,已经不知道什么叫拒绝,只能麻木地依照指令,机械地做着每一步动作。

很多人吃过让自己终生难忘的大餐,珍稀罕见的、高端昂贵的,它们刺激着他们的味蕾,征服着他们的肠胃,潜伏进他们的灵魂深处,一次次泛起在他们的回忆里,让他们为之而振奋,或者成为他们吹牛的资本。王战认为这一顿饭,才够他吹一辈子,你吃你的飞禽走兽、山珍海味,我独自守着粪坑,伴着苍蝇,津津有味、回肠荡气,吃饭都吃出了英雄气概,怆然泪下。

"饭局"进入尾声,不管谁高兴不高兴,总有人黯然退场,他们头一次知道,吃饭也有输赢,吃的方式不对也会被教育,和谁吃、在哪吃、吃什么都很关键,他们第一次考虑,这样被淘汰之后,回到老战友中间应该怎么交代,勇敢地说出被淘汰的原因会不会很尴尬。

齐伟送别几个没有吃得很开心的队员,说:"有人恐高、有人怕水、有人惧烟、有人过敏,每个人所能承受的极限都不一样,很多人输总是输在不起眼的环节,我们不能输,我们要想到每一个细节,一次次地去挑战它们,因为我们是特战队员。这不怪你们,这是你们所控制不了的生理极限。下次可能会好一些,欢迎你们再来。"

淘汰队员是边哭边吐着走的,这是他们告慰自己的方式。

王战望着他们佝偻的背影,百味杂陈、摇头叹息。

孟冰接走了淘汰队员,远远地看见王战站在粪坑边,手里还拿着那只粉红的饭盒,那个饭盒在绿色的世界里格外显眼。

蓝军指挥中心,任伟林已经从失败的愤怒情绪中走出来,他布满血丝的眼睛中重新燃起猎杀的火焰。

他阴冷地对助手道:"157高地部署得怎么样了?"

助手自信地道:"这次确保万无一失,他们不会永远走运。"

任伟林道:"你的自负让我更不放心了,要不是导调中心临时增加了恶劣环境下就餐这个小插曲,我们哪里有喘息的机会排兵布阵。"

导调中心,李国防也对陈东升说了同样的话:"我们的作用是在快要控制不了局面的时候,用各种手段把队员再聚拢起来,供任伟林围猎。"

陈东升道:"这是狗屁的实战化。"

李国防道:"魔鬼周有多残酷,我们的手段就需要多卑劣。我不知道这个词用得是不是恰当,但我知道,我没做错。"

他继续盯着屏幕,不敢看陈东升,虽然于心不忍,嘴上依旧无情:"下达命令,目标157!"

第九章
我以为魔鬼周是黑暗的,岂知它还无限窥探人性

雨露滴落,又是一个热烈的清晨。

王战接到的命令是,就餐结束,向三点方向的157高地进发,那里是蓝军的又一个据点,摸清那里的敌情,向导调中心汇报详细数据。

狙击手刘海飞、侦察员赵世龙要求加入赵科的小组。

赵世龙对赵科道:"小队长,我们想跟你们一起,收留我们吧,这路还远,多一个人多一份力量。"

张铭持反对意见,因为这两个人水平属于中等偏下,搞不好还是累赘。

王战举手同意,他认为一个队伍中不可能都优秀,但团队作战重在配合,他有信心能和他们磨合好,而且接下来的任务更加艰巨,潜入157,只靠他们三条枪,显然有些不自量力。

两人之间出现分歧,张铭拉过王战道:"你什么意思,我们不是攻守同盟吗?为什么跟我唱反调?"

王战说:"对的,我自然全力支持;不对的,当然据理力争。"

张铭道:"机会稍纵即逝,我们再捎带两个平庸之辈,会被拖累的,运气不好,还会把机会拱手送给他们。"

王战道:"你狭隘了,即使最后我们整个小组都出线了,导调中心也会从小组中择优选择。"

张铭道:"上级怎么想,你怎么说得准,就像退伍,宣布命令之前,上级会提前跟你打招呼吗?"

王战道:"结果如何,到尾声时,你心里多少应该有点儿数啊。"

张铭道:"我不是自私,这是比赛,竞争白热化,谁也记不住第二名。"

王战道:"那我们呢?我们之间也会有第二名,是最直接的竞争对手。"

张铭像看陌生人一样看着王战:"竞争对手,我一直没捅破这层窗户纸,你这么快就露出本来面目了。"

王战道:"我就事论事。"

赵科听得有些不耐烦,着急前往157,再在这个问题上耽搁下去,不战而败,他果断听取了王战的建议,结束了他们第一次小争执。

有争论很正常,不影响共同目标,五个人打点行囊,朝三点钟方向出发了。张铭一路不高兴,噘着嘴无声对抗王战。

距离157高地越来越近,蓝军的观察哨里三层、外三层,要打入守备森严的核心部位谈何容易,他们的行进速度很慢。但再难也要往前,这一关过不了,一切等于零。

前面是一片茂密的桦树林,为他们的侦察行动提供了天然屏障,但王战不建议去那里。他机警地观察了一下桦树林周边道:"不觉得很奇怪吗?别的地方都严防死守,这里看不到蛛丝马迹,不符合常理。"

张铭道:"你太高估他们了,这个地方虽然隐蔽起来方便,但往上走也难,他们知道这里不是薄弱环节,才不浪费兵力的。"

王战道:"任伟林是什么人,蓝军那么多人,他会这么节俭?"

赵科道:"王战说得有道理。"

"老班长,几个意思?我怎么感觉你一直在帮王战说话。"张铭的情绪说来就来。

赵科怎么好意思说出他对张铭的不信任是从逮兔子事件开始的,只能顾左右而言他:"你想多了,留个心眼总是好的,再想想别的位置。"

"还想?再想天都黑了,还摸什么敌情,还汇总什么数据?这地方到处是陷阱。"信任是相互的,质疑有时候也是相互的,你怼我,我为什么要顺着你。这是张铭的逻辑。

"我是小队长,这是你们选的,关键时候总要有一个人说了算。"赵科有些不悦了。

"那举手表决,同意去桦树林的举手。"张铭举起了手,但无人响应。

"好好好，反正是临时组织，我退出，大家没有意见吧？！"面子很重要，坚决不能丢，张铭的做法也很爷们儿。

"这个需要举手表决吗？"憨憨的赵世龙举起了手，表示他同意张铭退出的想法，以表达对张铭当时拒绝他和刘海飞加入的不满。刘海飞也想举手，加上张铭自己，已经基本符合少数服从多数的条件。张铭本意是希望有人立刻出来阻止他的逞强，没想到等来个直愣愣的赵世龙，还有"犯罪未遂"的刘海飞，肺都气炸了。他想退出这小组是对的，世上原来还有这么憨的人，这有仇必报而且说报就报的性格着实令人讨厌。

王战连忙把赵世龙和刘海飞的手摁下来，表达了对两位新人的不满："胡来，好不容易攒起来的局，哪能这就散了。张铭，你可不能意气用事，我真觉得桦树林有问题。"

张铭被架上去下不来了，说道："说出去的话，泼出去的水，说走不走算什么男人！你们不去我自己去，离开谁，地球都照转。落单的队员不止我一个，一人吃饱全家不饿，没什么好怕的。自己走，大方地走。"

赵科拽住张铭的手，张铭去意已决，奋力挣开，朝桦树林奔去。

赵科摇头叹息。

赵世龙道："我们怎么办？换方向吧。"

"不用，他冲动，我们也跟着犯浑？据我观察，那里面八成有问题。"王战训斥着赵世龙,眼睛却没有离开张铭去的方向。

几分钟过去了,桦树林里没有任何动静,赵科开始持怀疑态度:"张铭是不是已经找到突破点,爬上去了。"

王战道:"不可能,找到了,他一定会回来通知我们。"

刘海飞问:"你怎么知道他会回来,他怎么知道我们没走?"

"我就知道。"王战被刘海飞问住了,他不能说什么第六感之类虚无缥缈的话,所以他只能用确定坚信的口吻来坚守阵地,坚守他和张铭之间的微妙情感,这是一种相处的境界。

四人紧盯着桦树林的一草一木,看的时间长了好像那些枝枝杈杈都是蓝军。

蓝军瞭望哨上的人用高倍望远镜扫视着每一个角落,王战能看到他们机枪手的位置以及狙击手可能隐藏的方向,那里宛如铜墙铁壁,他们像虎视眈眈的猎人,而自己只是一头待宰的羔羊。

张铭的情况更糟,他可能已经被放在案板上,刀尖闪过的寒光随时都能刺痛他的眼睛。

没有风雨,这闷热密闭的丛林一动不动,一切仿佛静止了。

突然,桦树林里有搏斗声传来,一些树木剧烈地摇晃起来。

王战喊一声:"上!"四人动如脱兔,四条影子一晃也没入静谧的丛林。

桦树林里果然有斥候在等待,张铭出现在他们视线里的时候,他们并没有激动，斥候甲道："就一个？那有什么意思。"

斥候乙挑衅地道："听说巅峰特战队的搏击水平出神入化，要不要试一试？"

"用他们最擅长的招数制服他们，这对他们的心理是致命的，反正就他一个人，我好好陪他玩玩。"斥候甲毫无压力，他认为即使自己处于劣势，张铭也是煮熟的鸭子。

事情也正如他所想，当他在张铭面前没挨过一个组合，败相惨烈时，其他斥候自然不能看着他输得体无完肤，一拥而上，单挑变群殴。

都是二十多岁的"精神小伙"，谁也不比谁多个胳膊，目前这个状况，张铭哪里招架得住，很快被团团围住，摁在地上踩住脸。小船般的作战靴把张铭锥子般的帅脸全覆盖了。

张铭肠子都悔青了，后悔不该意气用事。他想骂人，想反抗，但无济于事。

斥候甲的眼眶被张铭打得充血，肿起来影响了视线，他捂着伤处，摇摇晃晃地走过来，对已无反抗能力的张铭连踹了好几脚，引来同伴的鄙视。这就像小时候打架，本以为是王者，一个组合之后秒变青铜，被虐之后怂成狗，帮手一来，瞬间又昂扬了，这种行为被人不齿，更别提在以单兵素质论英雄的特种作战部队了。

张铭被斥候甲踹到了腰，疼得直吸气，但傲骨没变："有本事松开我，我让你两条腿。"

斥候甲破罐子破摔了，哪里还在乎张铭这种激将法，又踹了他两脚说:"我本事是没你大,只会狗仗人势,你能怎么着吧!"

斥候甲还想继续发泄,斥候乙实在看不下去,拉开了他,道:"别打了,你现在踢死他有用吗?什么水平已经一目了然,咱输要输得起。"斥候甲这才住了手。

斥候乙拍着张铭的脸道:"知道为什么不当场结果了你吗?你用处太大了,同伙一定在附近吧,快交代,不然我们要用刑了。"

张铭笑道:"有本事来啊。"

斥候乙道:"还挺有种,上有政策下有对策,你以为我们会犯规吗?怎么会那么傻,有的是办法,不出五分钟保准让你求我说。"

斥候乙所谓的规则内变通了的刑罚实则是喷高新型催泪瓦斯,这装备在允许范畴,算不上犯规。

这些招数大家测验过,谁也不可能不用防毒面具撑过三分钟。张铭的记录是一分三十秒,再多一秒都会晕死,他知道那种求死不能的感觉,所以他听斥候乙这么说,腿肚子已经在转筋,但他不断地告诫自己,即使休克也不能供出王战,虽然他根本不知道王战等人还在原地看着他。

张铭被套进垃圾袋里,斥候乙把瓦斯扔进去,扎紧袋口,有烟刺刺地从缝隙里冒出来。有那么一瞬,袋中痛不欲生的张铭在想,不行就撂了吧,反正那个小组里的人他现在很不喜欢,让他们来陪葬,一点儿也不亏。但他随即感到羞耻,要不是手脚被束缚,一定打自己两巴掌。怎么可以有这样的想法?现在这么"死",应该还能被人称道,如果那样换来苟活,以后在人前抬不起头;不光如此,也会让蓝军笑掉大牙,看似一个招供的细节,可以间接地导致整场魔鬼周的失败,一颗老鼠屎坏了一锅粥不过如此。张铭在生理到达极限的时刻,头脑是迷糊的,但就算还剩一丝意识,他仍会坚守这条底线,魔鬼周是形式,胜负是局面,战友才是意义,他不会弄混淆,他清楚得很。

闭气也没用,那恼人的气体火辣辣的无孔不入,张铭像是被放在炭火上烧烤的羔羊,身上发出"刺刺"的声音,撒上点孜然,完全可以上桌了。他几近窒息,他看到了死神的影子。虽然蓝军有底线,对人的耐受力相当了解,但张铭知道魔鬼周训练是有死亡概率的,如果蓝军稍微疏忽,或者反应迟滞那么一些,自己很有可能命丧于此,而这顶多算个训练事故,没有人能够记住太久。这样的死,很单薄。他预估过很多种死法,断然不是死在垃圾袋里。想到此,张铭想哭,但他连哭的时间也没有,连看一眼近水和远山、草木和蓝天的机会也没有。

当从垃圾袋中被掏出来时,他不相信自己还活着,他以为眼前脸上身上花里胡哨的王战等人是幻象。

狙击手刘海飞拿着那杆高精狙如入无人之境,他垫后瞄准,打一枪翻滚一下,枪在他的怀里像是一件贴身的衣裳,与他紧密相连。

刘海飞每击必中,狙杀一个蓝军后,脸上的迷彩油因为肌肉的收缩，变换着形状，像是在适应着突变的环境，与之融为一体。

王战和赵世龙已经在刘海飞的掩护下，冲进了蓝军人群，近距离和他们展开搏斗。赵科没有下去帮忙，他相信两个突击队员的实力，反其道而行之，枪口对准了上游蓝军进入这个区域的唯一通道。

很快那条通道上，叠罗汉般倒下一个又一个蓝军，赵科想与人击掌，发现都在各司其职，无暇庆贺他这边的意外收获，于是意犹未尽地边打边喊："这下当场死这儿也值了，为后面的兄弟减轻负担。"

再看王战和赵世龙的拳脚配合匕首，玩出了一个新境界。

蓝军也是见过世面的，也参加过不少大大小小的演习活动，但像是今天这样真的玩命还尚属新鲜。

最先倒霉的是刚才暴打张铭的斥候甲，王战一招"架格弹踢"，正中其裆部，斥候甲痛苦倒地翻滚，哀伤的眼神似是在诉说着无尽的凄凉，他也许已经开始在地上思考人生意义，以及"出来混，迟早要还"这个千古命题，他无疑属于"早还"的那一批，因为刚才猛踹张铭的快感还没有消散，就迎来了王战给予他的致命痛楚。

王战和赵世龙珠联璧合，加上远处刘海飞的精度射击，蓝军七八个人伤的伤，退的退，竟然一时拿这两个闯入者没有任何办法。远的掏不了枪，出枪必被射，近的近不了身，沾衣十八跌，苦不堪言。

王战抵挡住又一轮的袭击，瞅准时机，将绳索套在张铭身上，死命狂奔。张铭什么也看不见，什么忙也帮不上，他在王战的带动下，摸索着暂且逃出险境。

但他糟糕的身体状况得到缓解，肿成灯泡的眼睛稍微能睁开的时候，他认为还不如不睁开，因为目前的境遇比死在垃圾袋里好不了多少。

视线所及，蓝军大兵压境，目测有十几个战斗小组从157高地上奔涌而来。

赵科已经抵挡得很吃力，刘海飞掉转枪口支援，当然面对凶猛的蓝军，也只是杯水车薪，等蓝军阵型形成，和增援力量形成良性互动，空中有直升机、水中有冲锋舟、陆上有装甲防暴车，纵使再来王战他们这样的两个小队，也只能望洋兴叹了。

王战骄傲地看了一眼死里逃生的张铭，他觉得再不好好看看，一会儿被包了饺子，刚费尽气力救出来的人，还得再次便宜蓝军。

张铭说："你想得到什么回应？我不想给你优于我的机会，尽管你舍弃一切救了我。这只是意外，战场瞬息万变，将来谁救谁还说不定，没什么好感激的。"

王战问道："还跑吗？再跑啊？单打独斗你不行，还是咱们哥们儿在一起有作为。"

张铭嗤之以鼻道："你说什么呢？有本事你别来啊，你也知道穿过这片白桦林就是一片新天地，这是你的必经之路而已。"

王战被噎得哑口无言，朝桦树林瞥一眼道："趁蓝军没有将所有火力瞄准这里，我们尽快从这里爬上157。"

没想到张铭再次给王战来了个措手不及："我不同意，撤退吧，伺机再行动。"

"伺机？他们兵强马壮，一朝被蛇咬，防守只会越来越严密，说不定一会儿任伟林亲临战场，我们再也没机会了。"王战被张铭撤退的言论惊出一身冷汗。

"弦绷得太紧会断，我们已经连续作战，冲锋能力已经很弱了，能不能放过彼此，大家都喘口气。"张铭情绪明显上来了，他认为这是团队作战的弊端，磨合不好的时候，步步都是坑，处处都是雷，句句都多余。

"我们喘口气只能恢复体力，他们喘口气会织起一张密不透风的大网，动动脑子！"王战据理力争。

赵科和刘海飞的阻击效果明显，蓝军各小队不敢贸然前进，都躲在暗处静观其变。这似乎给了他们喘息的机会，实则他们已经濒临绝境。

刘海飞说："枪管烧红了，虎口震麻了，如果这时蓝军选择突击，我们必然会一泻千里。"

赵科也后怕，说："蓝军完全是这场魔鬼周的客串，既然是客，不必接受这里的家法，而且人多势众，选几个炮灰，赢取最后的胜利，大家估计也没什么意见，所以他们完全可以只管冲锋陷阵，不管伤亡概率。但是，人就怕入戏，谁都有个人英雄主义，即便要退出，死相也不能太难看。他们拼了命保全自己，在该出手的时候，选择了保存实力，他们没有意识到我们这群鸟，是加装了尾翼的鸟，是喷气式的，和以前的鸟不同。他们只认为我们虽是好鸟，都长着一对好翅膀，但飞错了方向，直接进笼子里，殊不知，笼子门不及时关上，很有可能赔了小米还落下几泡鸟屎。"

赵科发现方才密集的火力渐歇，才留意到后方王战、张铭两人再一次起了争执，从场面上看，两人显然已经进入一个误区，认为对方说的一定都是错的。

赵世龙说："他俩这矛盾越来越大了？"

赵科说："人与人之间的磨合往往就是这么邪乎，说你好哪里都好，好上加好；但凡有点儿隔阂，哪儿都别扭，间隙会越来越大。王战和张铭就是，前期你侬我侬，浓情蜜意，好多坎，只要推一把就能一跃而过，自从矛盾第一次凸显，那些都成了浮云，这世间的理总有对应的论点来反驳，这战场上的路线也总有对应的方向可以走。"

这厢王战说："应该进攻侧翼突围，冲上内部空虚的157，不然桦树林的蓝军越聚越多，海陆空协同，我们将彻底玩完，只有冲上157才是最好的出路。"

张铭反驳说："应该撤退，就凭我们这几条枪，和数倍于自己的蓝军硬碰硬，必然会有损伤，且占且退之后，拼尽全力逃离桦树林才是正道,毕竟我们的任务是侦察,现在蓝军几乎倾巢出动,我们对人数、火力配置已经知道了大概,完胜还徘徊在外围的巅峰队友。即便这样回去交差,也稳操胜券。"

王战叹息道:"你这是自我安慰,我们现在的定位不能是只优于队友,而是把尽可能精确的数据传回导调中心。"

张铭道:"小命都快保不住了,要那些数据还有什么用?"

王战差点儿喊出来:"这要是实战,精确数据一定能帮导调中心的大忙。"

张铭很现实,说得也在理:"可这是竞赛,我们帮导调中心,导调中心没办法再帮死去的我们。"

赵科"啪嗒"扔过来一块石头,砸在两人面前,压低声音吼道:"人都这样了,你们还有心情争?"

两人循声望去,只见赵世龙捂着左腿,表情痛苦,腿上扎着一支箭,鲜血正汩汩流出。

"该死的弓弩手!"王战爬向赵世龙,张铭也紧随其后。

王战准备翻三角巾为赵世龙包扎伤口,但箭不能拔出,这个工作必须交给随队医生。

赵科对赵世龙说:"兄弟,你这个状况必须要上急救车了。"

赵世龙脸上的汗珠奔流:"只要给我时间,我自己会把它拔出来,然后照样健步如飞。"

张铭道:"不单单是这个问题……"

王战连忙打断张铭的话,悄悄对张铭说:"我知道你想说什么，你一定是怕队伍中有伤员会影响我们的机动性。"

张铭不再言语。

赵世龙似乎也意识到了这个问题，说："如果……"

赵科扶着赵世龙的肩膀道："没有如果，你愿意留下来，我们就并肩到底。"

赵世龙不知是疼痛，还是激动，眼里噙满了泪水。

赵科拉着张铭制作了简易担架，把赵世龙抬了上去。

关键时刻要有一个主心骨，王战符合这个角色，但资历明显不够，这时候赵科要果断。赵科选择了王战的方案，侧翼突围，而不是撤退。

张铭虽然硬着头皮跟了上去，但他把这笔账算在了王战头上，痛恨这猪一样的队友。

刘海飞继续精准狙击，赵科眼观六路，王战和赵科抬着赵世龙向157高地"S"形路线进发。

陆续有新的队员进入这片区域，蓝军的精力被分散，给了这个小组突围的机会。张铭不认为这是王战的意见多宝贵，而认为这是所有人的幸运。

在青翠树木掩映的山坡高处，赵世龙躺在颠簸的担架上，看着王战紧咬着牙关，听着张铭沉重的喘息，脸上露出满足的神情，随即他双手稳稳地扶住箭柄，倏地用力，箭头与骨肉分离，鲜血喷涌而出，溅在王战脸上。

看到箭头上还有新鲜的肌肉组织，升腾着炙热的气体，那是他身体的一部分，赵世龙没有回避，他的喉咙里发出一声深入骨髓的低吼，让王战和张铭的脚步戛然而止。

"你疯了？会感染的！"张铭回头看了一眼道。

赵世龙从担架上跳下来单脚着地，从挎包里摸索着什么。

王战扔下担架，拽出自己的挎包，拿出一瓶药水和一包三角巾，他清楚赵世龙需要什么，说道："别找了，我来！"然后俯下身为赵世龙作简易处理。

张铭连连摇头："还有好几天，你挺不下去的！"

"就让我挺到挺不住为止……行吗？兄弟！"赵世龙乞求一般。

张铭背转过身去，脸部一鼓一鼓，看得出他也在为赵世龙使劲。

拔掉了碍事的箭，虽然一瘸一拐，但好歹可以直立行走，释放出四只手、两个人。

赵世龙说："这些年做的漂亮事有很多，这事算一个。"身体的疼远远小于心里疼，在特定的环境里，这种疼痛会愈发促使人做出在平时看似出格的决定。

王战明白他的意思，道："疼你就哭出来！"

赵世龙嘿嘿一笑说："不疼，我是农民的孩子，我爸在工地上被钢筋刺穿了胸膛，从始至终都没掉一滴眼泪。战场是难过，生活何尝不是，他很伟大，我也不能怂！"

他娓娓道来,像是讲别人的故事,脸上笑意盎然。

王战听得泪水涟涟,道:"爱讲感人的故事是个坏习惯。"

五人小组到达157高地的时候,正如王战所料,除了一顶军用帐篷,四个蓝军之外,再无其他防守,他们很轻松地拿下了蓝军看守,送他们下山。他们还发现帐篷里竟然藏着一部远程武器终端,张铭对其实施了破坏,切断了信号源,让其成为一堆废塑料。

五人向山下望去,那里已经开了锅,沸腾起来,蓝军人马悉数汇聚,王战在望远镜里,还发现了任伟林的面孔,不过稍纵即逝。

一直沉默的刘海飞抱着狙击枪道:"他不敢多露脸一秒。"

赵科说想起来有些后怕,晚一分钟突围,再也别想站着离开这里。

张铭认为赵科是含沙射影,很不以为然地说:"不要小富即安,希望大家以后总能这么正确。"

赵科悄悄对王战说:"情侣之间的考验只需要一场旅行,战友之间的考验需要一场战斗,以前没发现张铭这么斤斤计较,现在我想要批评一下他的小肚鸡肠,却发现几句话太过苍白。要改变一个人的性格难于上青天,该摔的跟头一次都不能少,让他在战斗中去醒悟,这也许是魔鬼周设置的另一层意义。"

王战深表认同,转身向导调中心汇报数据。

李国防的声音从嵌入式耳麦中传来："先别急着汇报,任务还没有结束。"

尽管一头雾水,但来不及细问,通话已然中止,五人相互协助穿好翼装,飞行翻越157。他们像雄鹰,展开翅膀翱翔,而他们的身下,可不像他们这般神清气爽,五颜六色的硝烟升腾起来,直追行走的云彩,枪声、号令声冲向云霄,清晰入耳,让还在为刚才惊心动魄的战斗后怕的他们肝颤不已。

他们调整着降落方向,避开地面向他们射击的蓝军,努力控制着与队友之间的距离,好几次王战感觉到耳边肆虐的风会把他的翼装撕裂,然后撕裂他的肌肉,他的眼前是飞速后退的美景,但那绿油油的田野,那看似柔软的草垛、摇曳的树冠、白水、黄土与红叶,随时都有可能化为陷阱,龇着满嘴的獠牙,等待他们自投罗网。

王战戴着防风眼镜,但镜片似乎也承受不了这么大的风阻,贴在眼球上,他头皮一阵阵发麻。他不恐高、不晕车,现在也不再晕火、晕浓烟,曾几何时,他以为已经百毒不侵、百炼成钢,没有什么能够击溃他的内心,现在他发现,结论下得有点儿早。翼装飞行他练习过很多次,但每次都在特定区域,这次是完全陌生的环境,完全不同的风力,还有抓狂的蓝军,他们可不管翼装上破个洞是要死人的,还拼了命地打枪。

王战在想,天上不比地下,这要是摔死,连个全尸都没有,他甚至有那么一小会儿觉得张铭的固执没什么不对,至少在地上被蓝军围剿,也会相对优雅,现在一旦被击落,可不是输的问题。但随即他转变了这可笑的思想,特战队员可以是陆上猛虎、水中蛟龙、空中神鹰,但这个"鹰"的定义,实则还不够准确,还要依托飞行器以及过多的设备,未来特战队员完全可以是超级战士,超级战士不用过多的依附,单兵上天。

王战耳边响起陈东升的声音:"我们不尝试谁来尝试?特种作战的进步是特战队员的流血牺牲蹚出来的,摔也能摔出意义,摔也能摔出创新和改良,要一直骄傲下去!"

王战扭头看张铭,张铭的情况一定也比他好不到哪去,裤裆有没有湿不得而知。

幸运至极,他们降落在一片农田里,农民刚浇了地,全是松垮的泥巴,他们相继掉下来,溅起泥雾,如同不讲究的主妇把没洗的土豆直接扔进锅里。

王战从泥泞中爬起来,抹一把满是泥浆的脸,看着队友们都蠕动着,虽然动作不雅,但他放下心来,露出雪白的牙齿,和涂了锅灰般的脸形成对比。

"还愣着干什么?这里太空旷,赶快上去隐蔽!"赵科在王战身后喊道。

所有人立刻响应,深一脚浅一脚地往田间地头奔去,无奈泥巴又深又黏,他们的脚底像有强力胶作祟,走起来特别吃力。好不容易来到马路上,又七拐八绕进入不远处的小树林,这才停下来,有的抱树狂喘,有的弯腰呕吐。

稍微缓解以后,他们想贪婪地吮吸一下这清新的氧气,不抬头则罢,一抬头就看到了两尊避之唯恐不及的大神。

齐伟和郎宇。两人阴魂不散地站在他们面前,笑吟吟地注视着他们。

五人刚还神采奕奕,一刹那脸上又蒙上了一层阴影,像是有什么庞然大物遮挡了天空的阳光,阻碍了光合作用。

王战一屁股坐在地上,带着哭腔说:"二位爷,爷二位,能不能给条活路,空调房里待着凉快不好吗?"

张铭咧着嘴、摊开双手道:"你们这是什么路子,红蓝对抗,蓝军玩不利索了,导调中心就出手相助,帮着他们一块祸害我们。"

从不抱怨的赵科也说:"行行好吧,咱们可是一家人。"

郎宇抱臂微笑,虽然笑得难看,但至少他在笑。这种情况很不多见,他不笑还好,一笑让队员们心里更没底。

赵科斜着眼看郎宇,说:"我们这感情很微妙,像极了爱情,一个从来不懂浪漫的人突然腻腻歪歪起来,不是要提分手,就是有奸情,你这笑得让我不寒而栗。"

郎宇动情地道:"别紧张,我不是屠夫、刽子手,我是魔鬼周的使者,我为胜利代言!"

"你少来。"王战最受不了郎宇这种彪形大汉咬文嚼字、卖弄风骚,事出反常必有妖。

果然,不动声色的齐伟从纸筒里抽出一张巨大的图纸,上面密密麻麻画着各种图形、符号、字母、说不清楚国别的文字。

齐伟不急不躁地道:"你们已经汇报了157高地的情况,但导调中心认为,难度有些低了,特意增加了点儿难度,接下来这个课目叫快速记忆,看到这张图了吗?"

"看到了。"大家战战兢兢地回道,搞不清这俩瘟神又要出什么幺蛾子。

"看到了就好。"齐伟迅速把图纸卷起来放回纸筒。

"全体都有,间隔两米,向右看齐!"一通小碎步之后,齐伟整好了队,确保大家不能通视,才道,"把你们刚才看到的图纸原样画下来。"

郎宇给每人都发了纸笔,盘腿坐在地上,直勾勾地盯着他们。

"原样画下来?看了不到十秒,你让我们原样画下来?"张铭问道。

齐伟点点头,认真的样子挺萌。

"你疯了?"张铭又气又急。

"抓紧吧,还有十分钟时间。"齐伟低头看看手表,保持了他一贯的温文尔雅。

"快速记忆"是特战队员必备的技能之一,要求队员的眼睛像扫描仪一样,脑子像计算机一样,嘴巴像复印机一样,要把所看见的事物尽可能描述清楚,哪怕只是不经意地瞥了一眼。

王战刚想反驳,看到郎宇的笑容硬生生地憋了回去。

以前快速记忆这个课目是单独训练的,有专门的场地、专门的时间、专门的人员配合，现在倒好，突如其来，而且是在人头晕眼花、神志不清醒的时候猝然袭来。

　　王战感觉除了图纸上那个硕大的猪头历历在目，什么也记不起来。他认为导调中心这是在羞辱自己笨得像猪，很好，他们做到了，王战只记住了猪头。

第十章
我以为魔鬼周是孤独的，
却发现存亡时刻战友生死不离

群山磅礴，有人跨踏其间。

刘海飞是狙击手，观察能力细致入微，"唰唰唰"画起来，但剩下的人寥寥几笔之后就大眼瞪小眼了。

王战和齐伟对视后说："你哪怕多给看十秒，也不枉咱们上下级一场。"

齐伟不躲不闪，眼神里透着官方，鼻孔中冒着官气："这是魔鬼周极限训练场，仅次于'锋刃'国际特种兵比武的高规格实兵实装演练，谁都别想钻空子，现在我给你行方便，成绩里掺水分，是害了你……"

王战不想看他一眼，看一眼多一分愁苦。

还是张铭比较实际，在确信再也想不起什么来之后问："你就明说吧，这个课目挂了，会有什么后果，会不会被淘汰？没有被敌人打成马蜂窝，要是死在你这个莫名其妙的课目上，我可要申诉的。"

"扣时间而已。"郎宇干脆地道。

"扣多少？"张铭问。

"少一个要素扣十分钟。"郎宇回道。

"什么？那么多要素，岂不是要扣掉我半天？"张铭把纸笔往地上一扔，从地上弹起来。

郎宇看了看他空空如也的"试卷"道："有可能是多半天或者一天。"

"什么狗屁课目，什么狗屁导调中心，你让陈大队长出来给我对质！"张铭怒了。

郎宇哼哼两声道："可以对质，等你退出了，想怎么对质就怎么对质。"

张铭一听"退出"二字，像是被触到了麻筋儿，浑身哆嗦了一下。

导调中心里，陈东升说："退出，这个词何其沉重，这个词和梦想有关，存在于一次次蓦然醒来的睡梦里，多年饮冰，难凉热血，就是因为不愿意和这个词产生交集；朝斯夕斯，念兹在兹，那些所盼望的、所期待的、所艳羡的，一旦有这个词产生，一切终将化为泡影，再难迎来高光。"

张铭尴尬地左右看了看，虽然所有人都向他投来赞许的目光，但无人站起来声援他，顿时矮了三分，怯生生地又坐了回去。

"还有问题吗？有问题的起立。"郎宇道。

王战噌地站起来。

张铭赞许地说："关键时刻还是兄弟有血性，在某些问题上有可取之处，不仅逢敌亮剑，逢领导也不怕，面对压迫，敢于反抗，你做得不错，不愧兄弟一场！"他刚要为之鼓掌，为之欢呼，岂料王战站起来径直走向齐伟，双手把"试卷"奉上，朗声说："交卷！"话语中好像还挺欢快，而且后退两步向齐伟和郎宇敬了礼。

张铭心中有一千头不可言说的动物奔驰而过，咬牙切齿，不能自持。

众人纷纷交卷，刘海飞得到了惊人的满分，而其他人的成绩，皆惨不忍睹。

齐伟现场打分："刘海飞加时四个小时，其余的各扣两个小时！"

两尊"瘟神"正欲扬长而去，刘海飞发话了："我把这四个小时分给我的四个队友，这样他们每人只扣一个小时。"

齐伟和郎宇停下脚步，像打量怪物一样打量刘海飞。

郎宇戳着刘海飞的脑门道："你很厉害吗？你很优秀吗？你知道这四个小时意味着什么吗？意味着在接下来的几天里，别人要马不停蹄，你可以走走歇歇，你说不要就不要了？"

"不要了！"刘海飞惜字如金。

王战道:"兄弟,你的好意我们心领了,这是你的荣誉,应该由你享有。"

赵科和赵世龙也附和。

"没有队友见证,就算再给我七天,那又有什么意义?"刘海飞道。

"你可刚加入我们,我们还没为你做贡献,倒是你为小组付出好多。"王战说。

"情不能用长短来衡量,哪怕我们刚刚趴在一个战壕里,也像集束炸弹一样捆在了一起。"刘海飞这笔账算得比谁都高级。

张铭说:"既然兄弟一片心意,我们也需要及时止损,恭敬不如从命吧。"

齐伟插话道:"你们是一个整体,延时或者扣时确实可以统筹分配,这是你们自己的事儿。下一个课目,林地追逃,祝你们好运。"

送走了两尊"瘟神",王战拍了拍刘海飞的肩膀道:"谢谢的话不说了,咱们之间说也说不完,只有相濡以沫,巅峰出击。"

导调中心下达"林地追逃"指令,三名蓝军间谍窃取导调中心机要件向蓝军大本营逃窜,要求队员们在内容破译之前,将机要件夺回。

赵科在高倍望远镜里发现了间谍的身影,他们显然是蓝军精英,单从几个攀岩动作便能看出都是顶尖好手。

"能不能打到？他们翻过这座山，距离大本营只有一步之遥，那时候我们再想拿回机要件，将难上加难。"赵科问刘海飞。

刘海飞从狙击瞄准镜中观察到他们的情况，望着灵巧如同长臂猿的间谍，发出一声叹息："已经出了高精狙的有效射程，无能为力。"

"追！"赵科一声令下，五人脚下生风，在林地间如同嗅到肉香的猎豹。

跑着跑着，赵世龙受伤的腿坚持不住了，伤口发炎令他高烧不退，他咬紧牙关，但已抵挡不了生理自然反应，在越过一条深沟时，眼前一黑，掉了下去，再也爬不上来了。

王战递给他一只手："抓住，上来！"

赵世龙看王战的手有重影，伸了好几次也没能找准王战手的正确方位，王战努力去够，终于够到赵世龙的手，发现再怎么用力，也无济于事，赵世龙已虚弱到使不出一丝力气，还止不住地咳喘，感染已经到达肺部。大家都过来帮忙，想救他抓紧上来，这时的赵世龙却不再伸手，他倚靠在沟底，向着深沟上方巴掌大点的阳光微笑。这里空气流动性差，热气发散不出来，他感觉躺在了冰床上，牙齿在打战。他的眼皮已经很沉重，一眨一眨间，却似乎有五彩斑斓的光芒抚慰着他的眼球，他感觉很舒服。

战友们围拢过来，一滴滴的热汗滴在他脸上，他感觉到一丝丝温暖，他想一直这样温暖下去，但他不能，他用尽最后的力气说："再不走，任务将失败，一步跟不上，你们会被无休止地扣时间,直到一秒钟也剩不下,永远到不了终点。"

"把手给我,背,我们也要把你背到宿营地,别睡,睡在沟里多不舒坦,我们要睡床,睡空调房,最好把你女朋友叫来,搂着女朋友睡那多体面!"王战试图唤起赵世龙的信心。

但赵世龙摇摇头,喊道:"快走,你们赢了才是我最大的体面,快走!"

"你是为小组受的伤,我们不能扔下你不管。"赵科准备跳下深沟托举他上来。

赵世龙"唰"的一下从腿袋里抽出了"95"式匕首,强忍眩晕道:"不受伤我也拿不了第一,能和最优秀的特战队员并肩战斗,我万分荣幸!快走,后会有期。"

王战一个"别"字还没说出口,赵世龙已经割破了激光生命信标传感器传输系统,属于他的那丝红光消失在导调中心的信号接受仪上,换作一个暗淡了的头像,刺痛着陈东升。

李国防道:"直升机,救援!"

直升机的螺旋桨将林地中的灌木丛吹得东倒西歪,深沟旁的杂草摇摇晃晃,赵世龙坐在沟底,望着穹顶之上飞速变换着形状奔跑的白云,举起握紧拳头的右手,用微弱的声音一声声呼喊着"巅峰出击"的口号,尽管连这蚊虫般的鸣响,也被淹没在直升机轰鸣的引擎中,但他的表情里除了疲惫、疼痛,更多的是幸福。他明确地知道已然远离这片战场,再无破格可能,但他在遥祝他的兄弟,带着他的梦想到达终点。

王战边跑边拭去最后一滴眼泪,愤怒占据了他的心,他不恨诡计多端的蓝军,他不恨不留情面的导调中心,他只恨时间太短和战士的生来即苦。当他马上可以向暴露在自己射程中的间谍开枪时,却发现间谍的最后一个脚后跟也消失在山脊,他跨过了山脊,却也进入了蓝军大本营的射程中。

蓝军的工事里,数架班用机枪对准了间谍身后的他们,可他们无所畏惧地追逐,大有即使倒下也要撕开间谍胸膛的气势。

蓝军开火了,也不管会不会伤到己方间谍,三个间谍骂着娘、弓着腰、神色慌张地各自寻找掩体,以防被友军的子弹击中,王战他们困难重重,间谍也寸步难行。

间谍头目向大本营喊话:"别打了,让我们过去!"

任伟林恨得牙根发痒:"这里是大本营,你们把巅峰队员给我招来了,机密件固然重要,被人抄了老家就玩儿完了。"

间谍头目关了对讲机对手下说:"稍不留神把任老大惹毛了,现在我们是四面楚歌,红军那回不去,蓝军也不要咱,想抛个媚眼也找不到对象,自求多福吧。"

和对面友军强大的火力相比,往巅峰队员的方向撤退倒成了间谍们保命的最好办法。

"他们四个人,我们三个人,也不悬殊,怕他们作甚,和他们拼了,说不定一石二鸟,两全其美,既送来了机密件,还解决了巅峰队员。"间谍头目很乐观。可是他刚要掉头,王战眼疾手快一枪打掉了他的头盔,吓得他以一个屁股冲天的姿势,精准示范了钻头不顾腚的动作要领。他保持着这个动作,再也不提后撤那档子事了。

双方斗智斗勇半晌,火力渐歇,蓝军摸不准王战等人的具体方位,出动了无人机侦察,王战等人伪装好,不敢再轻举妄动,尽管间谍在他们的视线当中,局面暂且陷入僵持。

大本营内长长的会商桌前,一杯漂浮着枸杞的饮品,呼呼冒着热气,任伟林依然优哉游哉地叼着香烟,没有点燃,不时拿出来在鼻子上嗅一嗅,放在嘴上舔一舔,好似已经进入了戒烟的关键阶段,这个阶段很难挨,但任伟林没有表现得很焦虑,他说:"巅峰特战队最精锐的几个小伙子,就在我的军中帐外不远的地方虎视眈眈,但我相信他们不会傻到攻上来自投罗网,他们的目标是间谍手中的机密件而已。而且我也断定,他们不会通知队友一起来掀我的老巢,大家现在各有各的任务,谁也不会绕道来咬这块硬石头。"

另一头,王战的说法印证了任伟林的猜测:"蓝军指挥长的指挥中心捉摸不定,有时可能在飞机上,有时可以在海底,甚至可以没有实体,我们为了一个随时可能消失的目标,耗时耗力,显然不是明智之举。"

任伟林十分清楚王战现在的处境,他对助手说:"时间就是生命,他们在这里多停留一分钟,供最后冲锋的时间就会捉襟见肘一些,甚至提前用完,提前出局,他们必须尽快突破我们的火力封锁,夺回间谍手中的情报,从目前的局势来看,无论从装备上,还是从人员数量上,他们很难有什么突破或者转机。"

任伟林的房间里很安静,节奏也很慢,他像一个假日里在喝下午茶的普通人,慵懒惬意。

正如任伟林所料,潜伏在林地中的王战等人如热锅上的蚂蚁,一双双焦躁的眼睛随着天空中呼啸盘旋的蓝军无人机左右摇摆。

"这样下去我们会被耗死在这里。"王战说。

"冲上去干吧,打死也比闷死强。"张铭道。

赵科指指头顶嗡嗡作响的无人机,示意两人不要再废话,随时会暴露。

突然,无人机打了一个漂亮的旋子,离开这片区域,在间谍可能停留的地方空中悬停。

"坏了,无人机侦察我们为辅,主要目的是带走间谍手中的机密件。"王战紧盯无人机走向。

无人机果然在缓缓下降,刘海飞突然直起身子,一枪狙中无人机机身,无人机冒着烟摔进草丛。

蓝军反应迅捷,刚刚刘海飞射击的地方很快狼烟滚滚,七零八落,但作为一个优秀的狙击手,在子弹飞出去的刹那,刘海飞已经换了狙击点。

"干得漂亮!"王战忍不住喝彩。

但随即王战发现事情没有这么简单,密密麻麻的无人机从蓝军大本营里朝间谍隐藏的方位飞来，目标明确，誓要带走间谍身上的机密件。而间谍也早已收到指令，跃跃欲试。

这么多的无人机，即使再来三个刘海飞也打不掉。眼看他们的计谋就要得逞了，张铭和王战协助刘海飞射击，也只能暂缓燃眉之急。

"怎么办？子弹不够了。"王战摁下卡榫，装上最后一个弹夹。

张铭和刘海飞一样，面临弹尽窘境，即使弹无虚发，甚至一枪两中，面对铺天盖地的无人机，他们也回天乏术。

这时候，赵科命令道："兄弟们，这么打下去，没有意义，停吧。"

"停下，他们就成功了。"张铭疑惑道。

"不，他们成功不了，我们距离间谍只有一步之遥，你们扑上去，拿下他。"赵科目光笃定。

"什么？一露头就死，来不及的。"王战也弄不清赵科葫芦里卖的什么药。

"我死，你们扑，我站出来吸引走他的狙击手。"赵科从容不迫地道。

"你疯了，我们过了这道坎，就是一片坦途，咱们一起来的，要一起走。"王战额头上青筋凸显。

"我不入地狱谁入地狱，魔鬼周，让我去见魔鬼。"赵科说这话的时候还趴在地上，头上有子弹嗖嗖飞过，但不影响他的威风凛凛。

"胡来，要去也是我去，牺牲掉一个经验最丰富的老兵是小组最大的损失。"王战道。

赵科道："兄弟，我再拼命也参加不了'锋刃'比武了，你们还年轻，路还长呢，我圆满了，该走了。"

"圆满吗？这是你最后一次参加魔鬼周极限训练了，你不能这么轻易放弃，即使参加不了'锋刃'，你也要重视最终的评分啊，在没有入选'锋刃'比武的人员里还有一个三等功的名额，这个三等功，转业到地方时有多大的用处你比谁都清楚。"王战了解赵科需要什么。

"那不重要，如果我是一个保护不了自己队员的光杆小队长，即使到了地方，想起来也丢人。不说了，让我为你们拼最后一次。谁都别拦我，你们也拦不住我。终点见！"赵科怒吼一声，"孙子们，爷爷来了！"

赵科跳出掩体，把一杆班用机枪运用到极致，一梭子打到底，边打边跑，边打边滚，他甚至越过间谍，继续向前奔跑，吓得间谍魂飞魄散，摸不清这疯子一般的家伙到底什么套路。

是的，此刻，他是个人肉盾牌，他是一副钢筋铁骨的人形凶器，天时地利人和好似也都在眷顾他，让蓝军的枪林弹雨没那么轻易触发他的激光生命信标传感器，好像天地间只有这么一位钢铁战士，遏制了所有人的进攻。

王战和张铭没有挽留住这个一心赴死的老兵，只能紧随其后，靠着他的掩护稳准狠地扑倒间谍，展开殊死较量，尽管间谍是千挑万选的，但面对这意想不到的攻击，还是多了一些迟疑，丧失了先机，终究被制服。

当王战从间谍头目的怀里搜出机密件，转头再看赵科时，他已被烟雾笼罩，无数的模拟弹在他周身炸裂，这如果是实弹，他肯定连片骨头渣子都剩不下，但现在他还完好地站在那里，只是卸下了所有的武装，只留下一件最厉害的武器，微笑。

赵科脸上，是单调的乌漆墨黑的颜色，在王战等人看来却绚烂无比，好似一面迎风招展的旗帜，在夕阳和微风里光耀生辉。

"走啊，还愣着干吗，蓝军冲出来了。"张铭把王战的脖子掰回来，让他尊重现实，而王战却纹丝未动，再转头过来，已是泪满双腮。

帐篷中的任伟林，把整根烟捏得稀碎，从桌子上抄起枪，亲自带队追了出来。他没有想到，山一程水一程，赛程马上就要过半了，巅峰队员拼了老命争来的机会，竟然还有人就此放弃，只为了亦友亦竞争对手的兄弟。千算万算，他也没算出来，他要活捉他们，绑在树上好好瞻仰一下到底什么人有这么大的魔力。

乌泱泱的蓝军冲锋而来，张铭拽着王战走，王战却挣脱开他的手，跑向赵科，赵科被王战扛上肩膀，他痛骂这个不识时务的家伙，为什么还不快跑，背他到底要干什么，他已是个"死人"。

王战道："我没犯规，背牺牲队友一起走，合情合理。"

"你以为我会感谢你吗？我现在觉得你是个傻叉，放我下来！"赵科嘴上不饶人，心里挺欣慰。

三人扛着"死去"的赵科，你推我搡，相互扶持着跑出刚才的林地，发动一辆停放在路边的汽车，一路疾驰，和追来的蓝军上演一场汽车追逐大戏。

王战娴熟的驾驶技术也展现得淋漓尽致，一辆小车在他的操纵下，左冲右突，上蹿下跳，灵活得像只穿山甲。

再看车后，一水的猛士车，扬起滚滚尘土，任伟林站在敞篷车里，手里举着手枪像是在挥舞一根马鞭，他一边催促驾驶员快点儿，一边瞅准机会向王战的车射击。但显然他的驾驶员技术略逊一筹，估计是经常为领导开车，城市道路驾轻就熟，越野就跟不上了，越落越远，慢慢只能看到人家的尾灯了。任伟林不信邪，他觉得这么多车不会追不上那一辆，殊不知他一定要站在最前面，后面即使有驾驶技术十分过硬的驾驶员也不敢强行超越，怕抢了任伟林镜头，这导致所有车辆都跟在他后面吃灰。

王战驾驶的汽车里，赵科像个老妇人一样絮叨个不停，王战听得出来，他这是想尽快把想说的话说完，因为接下来他没有机会再陪伴他们。他的语调很急切，这对于一个一向很稳的老兵来说很不多见。

大家很默契地不插嘴，尽管有时候他发出的"噪音"，或多或少地影响了观察员和驾驶员之间的沟通，但他们放任他如此，他们看到了这个故作洒脱的老兵，越到退场越流露出的浓浓眷恋和不舍。

"你们将来可能会走上领导岗位，记住，一定要对战士好一点，该管管，该骂骂，这个时机要拿捏准。让他们上阵拼杀之前，一定要想一想，假如他是你的兄弟，你还会不会做出那样的判断，发出那样的命令。面对竞争、面对牺牲，首先你们胸膛里要有浩然正气和视死如归的勇气。如果你们心里有太多的小九九，一言一行就不能铿锵，少说话多行动。如今，战士们头脑越来越聪明，一唬二骗三蒙，忽悠人打头阵的时代也早已过去，那样只会自掘坟墓。"赵科给三个年轻人上了一堂知兵爱兵教育课、战斗精神教育课，效果不知如何，三人好似没听见，不时回头看看任伟林的车。但赵科意犹未尽，将话题引到王战和张铭身上，临"咽气"前，他最放心不下的就是这两个夺冠大热门之间，小疙瘩会不会越结越大，小摩擦会不会燃起烈火。

张铭钻出窗户，探出身子，朝身后任伟林乘坐的车开枪，王战向左一个急转弯差点儿把他甩出去，赵科坐在他身边，却一动未动，眼睁睁地看着他挣扎，看着他的双脚到处胡乱地寻找可以钩住的物体，幸好，王战又一个右转弯，惯性把他甩回车里。惊魂未定的张铭向赵科吼道："你为什么不帮我？我差点儿头朝下掉下去摔死！"

赵科耸耸肩，指了指胸前已经熄灭的生命信标道："我已是过去时，你们都应该当我不存在！"

"嘻，太死板了，就算是具遗骸，也可以给我挂一下脚嘛！"

张铭此言一出,车里的空气瞬间凝固,有的人直来直去算干脆,有的人直来直去算硬伤,张铭无疑是后者。

"脑残吗!"王战骂道。

"我怎么了我,不能说实话吗?"张铭毫不示弱。

"让人心寒了。"王战边拧方向盘边摇头。

"至于吗,别上纲上线。"张铭回道。

"我看你思想问题很严重,还高才生,书是白念了。"王战火气十足。

"过分了啊,你这是人身攻击。"张铭坐在后排,说这话的时候快要爬到副驾驶座位上了。

幸好赵科没把张铭的话往心里去,眼看两人再次掐起来,连忙即时教育:"都闭嘴,我还担心你们往后的配合,看来不用往后,当场出丑。你们再这样下去,谁也走不到最后,我把话撂在这,不信走着瞧。"

"走不到就走不到,受这个鸟气。"张铭嘀咕道。

赵科想要拉拉张铭的袖子,到底还是把手缩了回来,道:"我豁出了自己,为的是看你们打嘴仗?看你们一拍两散,鸡飞蛋打?战友的生命就是这么拿来浪费的?让我死得值一些好吗?!"

尽管车辆还在追逐,山路坎坷颠簸,节奏异常紧张,但车厢里瞬间陷入死寂,和车外隆隆的枪声格格不入。

虽然王战的驾驶技术出神入化，但架不住大自然的鬼斧神工，车子好几次差点儿侧翻，都因王战的控制化险为夷。在一处三岔路上，王战惯性地向左转向，车也向最左的山路飞驰而去。路两边的草木丛生，成功地阻碍了后面人的视线，任伟林的车队认为他们还在往前狂奔，继续追了出去。

看他们慢慢消失在视线里，赵科要求离开。

"我要带着你。"王战固执地道。

"你能带我到终点？魔鬼周还没过半，前面的路会更艰险，看到你们这么纠结，我更别扭。要分要合，随你们便，我现在再说一句话都是多余，我走！"赵科提高了嗓门。

车子戛然而止，赵科"嘭"的一声关上车门，往地上一蹲，从背心里掏出一颗信号弹，拉开了引信。

唰！红色的烟雾升上高空。

这发信号弹，是赵科的终点，他去意已决。

王战、张铭、刘海飞纷纷下车送别赵科。

"精诚团结，巅峰出击！"赵科最后嘱咐道。

"一定不让你失望，一定！"王战有些哽咽，对自己的表现有些后悔。

"……就这么走了？"张铭也想豪言壮语，临到开口，却说了一句不痛不痒的、硬找话题的话，越想感怀越意识到语言的苍白，这是人的共性。

"走了！一会儿导调中心的人就会找到这里，别跟他们照面，没好处。"赵科还在手把手地教。

队员们一步三回头地向前走,赵科在向他们挥手:"精诚团结,巅峰出击!"

三人嘴里也随着赵科的节奏默念着他们的口号,直到声震云霄。

他们没走远,隐蔽在距离赵科不远的灌木丛后,看着孟冰从急救车上下来,要扶赵科,但赵科拒绝了,然后他独自坐进车里。门还没关上的时候,三人看到他依旧挺胸抬头,任凭孟冰把血压计、听诊器往他身上使,好像一尊雕塑定格在那里,给目送他离开的人留下最后坚硬刚强的印象。但在王战等人眼里,他越这样,那个急救车离开的路口越寂寥。

孟冰临走的时候还朝三人隐蔽的地方张望,虽然魔鬼周进入第三天,但一些情况她掌握得比蓝军还详细,谁跟谁搭伙,谁跟谁铁杆儿,她门儿清。看见了赵科,她知道王战一定就在附近,所以她朝这边张望的时候,眼神里带着希望,希望看到王战,又希望全程都不要看到他,很矛盾。她这一矛盾,让张铭也很矛盾,张铭忍不住想跳起来向孟冰打招呼,被王战一把摁进土里。

"他这一走,可真走了。这是他最后一次机会,要么转业,要么和炊事班老刘一样,告别战场,告别步枪,再无缘魔鬼周,再无缘一线战场。"王战将话题拉回赵科身上。

"我知道我做得不好,我对不起他。"张铭目视载着心上人和老班长的车一路远去,开始反思总结。一边桀骜不驯一边用心良苦的人，总是在磨难打击之后率先醒悟，让人看到他飞速的进步。

"别多想，只要我们沿着他的路好好走下去，就没有对不起。"王战说。

张铭和王战伸出的手紧紧握在一起，刘海飞眼里只有狙击枪，似乎大脑永远不在线，从来不掺和他们的家长里短。

"林地追逃"结束，他们成功截获机密件，摆脱蓝军追击，任务完成得十分圆满。

导调中心，李国防拍着大腿对陈东升道："这几个队员刷新了我对你们的认知。"

"他们的状态一直都是最强的，用不着你去刷。"陈东升坐在角落里黑着脸。

"话里带刺儿啊，不过没关系，我习惯了。"李国防朗声笑道。

"你别哭丧着脸了，我不是周扒皮只会剥削，他们也不是杨白劳一辈子都在还债，任务完成得立竿见影，奖励也得跟上，给我联系他们，我要犒劳犒劳他们。"李国防显得十分慷慨。

陈东升跷起二郎腿不再看李国防，拿出手机看着任伟林的照片，好似在给他相面，其实是不想接茬儿，因为他太知道李国防的套路了，说是奖励，不一定有多寒碜，别人寒碜人让人恶心，他寒碜人不仅让人不能拒绝，还得笑着接受，这是李国防的本事。

"兄弟们，辛苦了。"王战打开对讲机的外音，李国防打着很制式的招呼。

"首长好！"三人齐答。

"表现出人意料，我很欣慰。"李国防夸赞道。

"谢谢首长关心！"又是没有新意的客套。

"有没有困难？"李国防问。

"没有困难！"王战答道。

"这才是真正的特战队员，有勇有谋有精气神，我欣赏。"李国防和王战进入寒暄阶段。

张铭在拽王战的衣角，意思是，什么时候了，还玩套路，该说点儿真格的了。

王战瞪了张铭一眼，意思也很明显，提要求有讲究，急不来。

见王战等人没有继续附和，李国防道："特殊情况也要特殊对待，导调中心只针对你们加码了，提升了难度，为公平起见，你们可以向我提要求，机不可失，时不再来。"

听起来，李国防一碗水端平，不让老实人吃亏，三人一致认为李国防终于良心发现，是个说理的好领导，跟着这样的领导干，有奔头。

张铭激动不已，面部表情带着感恩，甚至快要流下幸福的眼泪。

"抓紧时间，我这里还有一堆要务处理，说出来，没有条件创造条件也要满足你们。"李国防催促道。

在李国防的鼓励下，张铭搓着手，跺着脚，抢先一步，满脸堆笑地提出了要求："请求支队长给我们一块免死金牌。"

三人认为这个要求一点也不过分，导调中心区别于其他参训队员，为他们单独设立的情境和难度，给他们造成极大的麻烦，要不是单兵素质过硬，他们怕是死了好几回了，要求一块"免死金牌"有理有据。

三人龇着牙盯着对讲机，像是"免死金牌"马上就能从扬声器里蹦出来。他们认为李国防说出来的话泼出去的水，他从来没有把话说得这么满过，这么大领导好不容易坚挺一回，不能出尔反尔，即使感觉他们的要求稍微有些不恰当，咬咬牙也会默许的，点个头的事儿，走个过场而已。

但他们还是低估了李国防，对讲机那头，李国防没有拒绝，说道："免死金牌？哈哈，魔鬼周不是武侠电影，哪来的免死金牌。"

"我我我……我不是这个意思……"张铭的笑瞬间被拍死在腮帮子上，有种欲笑还哭的纠结，他紧张地解释道。

"我知道你不是这个意思，你的意思是不是像玩电子游戏，超级玛丽或者魂斗罗什么的，打死了，闪两下，还能满血复活？！"李国防很认真地替张铭分析这个问题。

角落里的陈东升把手机一把摔在桌子上，脊背狠狠地挤压了椅背，换了一个仰面朝天的姿势躺着，有一口积攒许久的气从腹腔里发出来，冲击着天花板。他虽然早就知道李国防眨巴一下眼睛，多一个心眼,出一个套路,但还不知道他跟小队员们卖弄起来也如此起劲。

陈东升自言自语道:"这会儿,你又化身为一个奸商,属实多变。"

"不是……我们只是……只是想……"张铭能言善辩,很少结巴,却发现在李国防面前很难将舌头拎直。

"战场上哪有什么免死金牌,无稽之谈。好队员同时也有个性,这个我理解,但你们能提出这样的要求,还是出乎我的意料。"李国防教训道。

张铭连忙捂住话筒,焦急地看着王战道:"怎么办,怎么办?"

王战也第一次领教李国防式的说一套做一套,一时也摸不着头脑,他一度认为这个要求提得确实有些大了,兴许缩小一些还有戏。

"说点儿我力所能及的,别满嘴跑火车。"李国防道。

王战一听有缓儿,放下心来,再次恢复刚才的轻松,指指对讲机跟张铭说:"要免死金牌确实难为人家,把我们被扣掉的时间争取回来,也算一大收获。"

张铭使劲点点头,他认为李国防说得没毛病,免死金牌不提也罢,说道:"那能不能把我们之前被扣掉的时间补回来?毕竟有的课目设置太限制我们的发挥了。"

王战说:"这个要求肯定不过分,和免死金牌比起来,降了好几个档次,对于一个共和国上校军官、导调中心说一不二的总指挥来说，满足我们这个小小的要求，应该不在话下。"

岂料，李国防竟有一毛不拔的气质，语重心长地教育道："兄弟们，我说的是奖励，不是打自己脸，我设置的课目，我让扣的时间，费尽周折我再给你们补回来，有意思吗？笑人不？"

"没……没什么意思。"张铭懊恼地回道。

"对，提意见要有建设性，提要求要有实操性，你们提的这些让我下不来台，我能去落实吗？"刚还迫不及待想要爱抚他们的李国防，突然一百八十度转弯，显得不耐烦了。

"那我们要求调配两名突击队员，满足小组建制需要，这是资源整合的好事，应该没什么难度吧。"张铭说道，三人这下胸有成竹，心满意足，认为好事不过三，李国防也该兑现诺言了。

岂料他们还是高估了李国防。

"行了吧，我看你们这几天缺吃缺喝缺睡眠，还不停地战斗，头脑有些迷糊了，让你们提要求也提不出个所以然，越提越不着调，还资源整合，队员们现在各有各的算盘，各有各的路线，你们自行整合我管不着，我强行给你安插过来两个，跟你们沾了光倒也罢，万一因为你们太优秀，目标太明显，承受了不该承受的，到时候怪起我来，就不合适了。领导难当，要换位思考。"李国防循循善诱，苦口婆心，奉劝三位放弃提要求。

至此，王战已经看出来了，李国防并没有真想奖励他们，只是拿他们逗闷子，王战气已经生上了，盯着还毕恭毕敬的张铭，哑然失笑。

"要啥啥没有，提啥啥不行，我算是看出来了，他没憋什么好屁。有这工夫我们应该已经快到第三宿营地休整了。"王战对刘海飞说，刘海飞在专心地对狙击枪进行分解结合，动作快如闪电，完全忽略两人与李国防的对话，他的眼里只有枪，只有敌人，至于身边人之间的鸡零狗碎，他充耳不闻、视而不见。

王战好奇地问："关系到我们的切身利益，你怎么也不争取？"

"我爹说过，聪明人都是给笨人扛活的，我是那个笨人。"刘海飞憨憨地道。王战觉得他爹说得很有道理，所以任凭张铭和李国防你来我往，好不热闹，他自顾自地用树枝在地上画起了素描。

第十一章
我以为凤凰涅槃指日可待，却发现煎熬才是常态

"还有什么困难？说点儿实际的。"在王战听来，李国防这句话的意思已经很明显。

张铭锲而不舍地道："我们需要补给，弹药耗尽。"

"呃，这是个合理的要求，这还靠谱，这个必须满足。"李国防频频点头。

结果，很快有三个弹夹，空投了下来。

张铭望着头顶上呼啸而过的直升机，再看看手里干巴巴的三个弹夹，瞠目结舌，被颠覆了三观："够不够油钱？"

王战从张铭手里取走一个弹夹，装在步枪上，哭笑不得地道："蚊子也是肉。知足吧，他不从我们身上再搜刮点儿东西我就谢天谢地了。"

张铭盯着手里可怜的弹夹木然地道："这就是堂堂导调中心干的事儿？"

"规则是他们定的，解释权都在他们手里。"王战早已放弃

期待。

接下来,魔鬼周还有四天,但他们每人只剩下这三十发子弹。还有两百多公里的路,人员已损失过半,小组只剩下三个人。怎么分析都没有什么未来,看不到任何希望。可他们别无选择,只有前进。

在阴暗潮湿的丛林里,已经看不清本来面目的他们,迫切需要看到光明,找到出路。他们疲惫不堪、垂头丧气地走着,情绪低落到极点。

夜幕再次降临,一轮明月透过茂盛的枝叶,将光亮投放在坑坑洼洼的路面上,像是沉睡的斑点狗。

夜视仪中,所有的景象更加昏沉,让眼睛迅速疲劳,他们想摘下夜视仪,缓解一下,只能停下来。

可一停下来,他们的肚子又此起彼伏地叫起来。

"刚才应该拿这玩意跟李国防换点儿吃的。"张铭端详着弹夹,像个等待被接济的流浪汉,有气无力地说。

"再忍忍,忍忍……"王战捂着肚子,使劲吞了一口唾沫,四处张望了一圈,一无所获,他决定用减少动作的方式减少消耗,等待黎明的到来。

王战靠在一棵美人蕉下闭目养神,忽然听到潺潺的流水声。

顺着声音,拨开草丛,一条河沟豁然出现在眼前,王战激动不已,想到天无绝人之路,有河就有鱼。

"忍无可忍，无须再忍。"王战兴奋地说着，一边开始宽衣解带，把装备和迷彩服一一脱下摆在岸边，只留下一根弓弩，插鱼神器。

下水前，王战还向一脸茫然的张铭和刘海飞，摆了一个游泳运动员专属的潇洒造型，压低身姿，跃进河里，开展严肃紧张的插鱼活动。可惜他身体还没稳住，一排子弹打在水面上，溅起巨大水花，惊得汗毛倒竖，一个猛子扎出十几米远，许久才露头。刚一露头，又是一排子弹袭来，王战连忙靠在岸边的杂草中，再也不敢露面，被蚊子叮了个七荤八素，在张铭和刘海飞七手八脚的拖拽中，才勉强上岸。

"瞧瞧这帮孙子有多损，我不脱光、不下水，他们也不开枪。"王战气喘吁吁，十分后悔这番折腾，本来所剩不多的热量也被消耗得差不多了，浑身瑟瑟发抖。

三人挤在一起相互取暖，准备挨过这个最黑暗的时刻后，摸索着向第三宿营地进发。

这时郎宇惨绝人寰的声音又从耳麦中传来，他好像二十四小时不睡觉，直勾勾地盯着他们，总是在他们将要绝望的时候，再给他们致命一击，在他们跌落深坑的时候，再踩上一脚。

"马上将有一辆蓝军猛士指挥车从159高地通过，车里有蓝军指挥组成员，你们的任务是扼守现地，在指挥车到来之后，对他们实施精确打击，不得放跑一个。"郎宇说道。

"丧心病狂，神经病！"张铭对着对讲机喊道，不过他根本没有按下接发键,他只是想舒服舒服,发泄发泄,却发现喊完后,几近崩溃的心情没有得到丝毫缓解。

王战道:"说得好,坑人没底线!"

刘海飞没有言语,但在鄙视郎宇这个魔鬼的问题上表示高度赞同。

三人沉寂了片刻,王战打破了宁静道:"恨归恨,骂归骂,任务来了,还是要执行!命苦不说苦,当好二百五,命贱不喊贱,不玩就滚蛋!"

"玩,好好玩。只要玩不死,就往死里玩。"张铭一边气呼呼地说,一边开始遥望159高地。

"他们经过之前,一定会有无人机和热成像仪先行侦察,我们不能在制高点观察和潜听,要在半山腰。"刘海飞提出了自己的意见。

行家里手的话要听,于是他们各自找了一块潜伏起来相对不难受的小地块儿安顿好,等待猛士指挥车的到来。

王战和张铭把高倍白光瞄准镜安在"95"式自动步枪上,虽不能和刘海飞的高精狙击步枪相提并论,但也拓展了视野,他们分别监视着各自的方向,眼睛也不敢眨,生怕错过任何一丝情况,延误了战机。王战趴在草丛里,像一尊用料并不考究、看不清纹路的石雕,模样惨淡,他的眼睛时而出现幻象,总感觉那辆猛士已经映入眼帘,或者漫山遍野都是猛士。他现在的身份不再是突击队员,一刹那便变成了狙击手,狙击手在特战群体中很神秘,以静制动的高冷范儿注定不落俗套，但个中辛酸只有亲身经历者清楚，除了要面对屎尿屁的困扰，还有自然环境的考验。

时间一分一秒地流逝，从日出三竿到夕阳西下，他们都没有发现无人机的影子，更别提蓝军队员、猛士指挥车的踪迹。

王战在想，郎宇这孙子靠谱吗？要在这耽搁多少时间？若没有这一通等待，三人小组至少能离终点再近四十公里。

张铭说："早就领教过导调中心的'阴险狡诈、奸狠毒滑'，也许蓝军根本不会从这里经过，他们只是在耗我们，我们为什么还傻乎乎地躲在这里，我现在就要起来活动活动，现在就要找吃的，还要吃热的，我要活下去。"

王战嚼了一口旁边的草叶，张铭一把把地吃着树叶。

可蓝军的指挥车在哪里，会出现吗？瞄准具里明明空无一物。

远处相对方向的张铭透过草缝观察着王战，张铭动作幅度很小地指了指肩头的对讲系统，王战立即做出关掉的手势。张铭认为，不能再无休止地等下去，还是联系一下郎宇，确认一下是不是情况有变。王战拒绝了，指了指天空，意思是万一这时候无人机、热成像来了，你正好在发射信号，这么漫长的等待就前功尽弃了。而且郎宇虽然够孙子，但导调中心从未胡乱下过命令。张铭打消了念头，重新恢复原来的身位。

王战意识到，赵科的走，抑制了他们之前剑拔弩张的关系和一肚子的无名之火，也让他们真正从内心审视生死战友的意义，他们不再冲动。

一滴水,从高空落下,打散在王战的凯夫拉头盔上,分作一圈圈细小的水雾,溅到他凹凸不平的脸上,不知是飞鸟的尿液,还是秋雨的急先锋。天空之上,云卷云舒,分外美丽,在别人眼里是快进的精彩影像,在特战队员这边却是三十二倍的延迟,那一帧一帧磨人心门的速度,仿若一动已是一个世纪,张铭那一声若隐若现的叹息,都化作悬崖里头的回响,深不可测,触不可及。

继续等的后果是,持续激战,水米未打牙,他们越来越虚弱,如果这时蓝军和他们展开正面交锋,王战没有任何信心挺过一个回合。

有闪电划过,天空好像被划开了一个巨大的口子,雷声从远处滚滚而来,留下绵延不尽的哀伤,又滚滚而去,根本不看一眼这无垠的旷野和渺小悲催的时空见证者。如果它来自起点,要去终点,王战想让它带走自己的渴望,可是雨来了,簌簌地浸润着这炙热的土地,像是刚刚雷鸣的回馈,不仅什么也带不走,还要给他们制造麻烦。

王战趴卧的地方很快汇成一方窄窄的水洼,即便它这么小,依然可以令濒临虚脱的王战雪上加霜。他感觉浑身发冷,嘴唇也在瑟瑟发抖,不由自主地上下牙打战。本来没有了阳光,景象已然暗淡,现在加上细雨,视线越来越模糊,他甩了甩头,让头盔上的水不至于形成一个水帘,继续保持着一成不变的姿势。

又是一次闪电,王战透过瞄准具看到花白的天地中间,有一抹黑色的圆点,他瞬间打了一个激灵,既紧张又窃喜,肾上腺素加速分泌，这是战斗的预兆，他们来了！

只有躲过他们的搜索，才能给予出其不意的一击，他们必须在无人机侦测之时保持沉默，必须像一根枯草一样没有迹象，没有热量，没有一切，和这大地一起，隐没在风雨中。

三人屏住了呼吸，只能听到风雨的旋律和怦怦的心跳。

一条红花绿底的大蛇，吐着信子爬上了王战的脚踝，顺着腿，一路爬到了王战的脖颈，那特别异常的凉飕飕的感觉，让王战顷刻间毛孔倒立。他看到了大蛇的肌理，看到了大蛇瘆人的眼神，也读懂了它高度的戒备，王战争取不和它对视，因为他空无一物的肠胃在蠕动，蠕动的频率和面前的大蛇保持着高度的一致，大蛇的腥臭和王战从肚子里涌到嗓子眼的东西，也出奇相像。不对视，也不能闭眼，王战要一只眼睛看着瞄准镜里盘旋的无人机，还要睁开另一只眼，用余光扫着那条大蛇会不会突然来个强吻，他精神不分裂，视角却异常分裂。幸好，大蛇觉得这个"物件"的温度比自己还要冰冷，味道实在也不敢恭维，可能根本不具有攻击性，于是绕过王战，像遛弯儿大爷一样优哉游哉地远去了。

张铭和刘海飞那一侧也不好过，虽然没有大蛇，蚂蚁、马蜂没有停止过对这群外来物种的审视，对于占领了它们家园的特战队员十分不友好。刘海飞的眉心被马蜂蜇了，肿起一个鸡蛋大小的包，继而波及眼皮，眼皮肿起来阻碍了视线，只给他留下一条面积很小的窄缝供使用，即便这么不人道，刘海飞也不能反抗。而张铭裸露在外的皮肤也已经遭殃，遍布肿包。

当毒蛇、马蜂离开的时候,无人机越来越近,他们能看到机体上有小红点在闪烁,那是摄像机在工作,他们也看到一个炒勺一样浑圆的镂空架,缓缓打开,那是在探测热量。无人机在王战的头顶忽上忽下,忽左忽右,让王战的心情也跟着跌宕起伏,像坐过山车。突然,无人机好像发现了王战一般俯冲下来,王战能听到它发出的嗡嗡声,旋翼带出的风,已经吹凉了他的屁股。他早做好了战斗准备,确定好了突击路线,如果被发现了,就第一时间冲下去,在那辆猛士车必经的山间小道上,做一颗"人肉炸弹"。

幸运的是,在此处流连忘返的无人机终究没有发现他们,恋恋不舍地向前飞走了,这预示着指挥车马上要紧随其后,进入狙击范围。

可蓝军指挥车并没有如期出现在他们面前,因为任伟林亲自坐在指挥车里,停在距离高地不远处的树林中,他利用特殊途径得到的侦察情报显示,巅峰队员就在这片区域,但无人机侦察不到他们的确切位置,侦察到了可以确认雷在哪儿,侦察不到便处处是雷,所以他不能轻举妄动。

任伟林看了看表,距离这个课目结束的最后期限还有两个小时,他把头靠在椅背上,舒服地闭目养神。

助手明显耐不住性子道:"时间越来越近了,再不通过就超时了!"

任伟林眼皮不抬:"无人机不要撤回来,保持侦察,是人就得喘气,我耗也要耗死他们!"

助手望了望车窗外恶劣的天气，点点头道："也确实，他们已经潜伏快十个小时了，铁打的汉子也扛不住。"

任伟林睁开眼睛，目露凶光道："他们不是魔鬼，我们是！"

助手的小心脏跟随车内电子表的数字不断跳动，一分钟、五分钟、十分钟……一个小时又过去了，助手频频观察任伟林，任伟林面无表情，好像是来睡懒觉的。

助手絮叨着："难道他们已经放弃了？如果他们还在，我们的侦察器材终端里为什么没有他们的蛛丝马迹？这个小组是赵科带队的，现在赵科都被淘汰了，按道理他们早就一盘散沙，各自为政了，但目前这个情形很不符合逻辑，很不科学啊？"

草窝里的王战此时脑袋已经一上一下，他认为敌人再不来，自己就要葬身于此。但当刘海飞问他还好不好的时候，他说，他只担心自己过高的体温会被热成像仪发现。都快支撑不住的人了，还在自责发烧的问题……

张铭眼皮也快要抬不起来了，他使劲甩了甩头，想让自己更清醒一些，却发现脑子里像灌进了一壶糨糊。

时间已到临界点，蓝军指挥车里，任伟林明显已不复之前的淡定，他从椅背上起来，紧盯着面前的液晶屏，多架无人机传回的画面不停地闪烁切换，让人更加心焦，他最后一次看了看表。

"加速通过峡谷夹道，要快！"任伟林一声命令，一直站在车体四周警戒的两名蓝军士兵打开车门钻进车里。助手早已迫不及待，油门踩到了底，猛士车像离弦的箭，朝夹道冲去。车内士兵各据守一侧，枪口四处搜寻可能出现的目标，高度戒备。

那个等待已久的目标终于出现在王战等人的视线里，它飞驰而来，让快要僵硬的队员们瞬间热血奔涌，好像通了电一般，眼睛里喷射出猛烈的火焰。

刘海飞脑子高速运转，手上动作也加快了起来，他打开激光测距仪，没有观察手，自我报着数据："目标12点钟，风速10，距离800，目标确认……"温湿度、方位坐标却极速发生着变化，刘海飞发现，在这样的条件下击中猛士车车体简单，但击中驾驶员，无疑是天方夜谭。

狙击枪响后，几秒钟内不能结束战斗，暴露后的他将插翅难逃。稍一迟疑，刘海飞错过了最佳时机。

快要脱水的王战，快要休克的王战，把深扎进泥土的脸狠狠拔了出来，朝另外两人喊道："张铭轮胎，我油箱，刘海飞摧毁敌人火力掩护！"随即瞄准猛士车的油箱率先开火。

他们只有三十发子弹，所以他们要打击车辆的要害，张铭一枪击中了猛士车的轮胎，刘海飞一枪击中了车体一侧的蓝军队员，这些动作几乎同步，敌人还没来得及反应，猛士车和车内一名人员的激光生命信标传感器均被触发。

与此同时，任伟林的助手反应也很迅捷，按下一个按钮，大片的蓝军无人机从四面八方聚拢起来，像乌云遮住了很大一块天空，无人机上携带的爆震弹像下饺子般悉数掉落在王战等人所在的阵地上，响声震彻山谷，火光照亮天际，烟云四处升腾。

王战在浓烟中连续翻滚，不断寻找安全之所，但这旷野中仿佛没有哪里是可以落脚的，刚逃过一处炸点，又落入一道火圈。

无人机载重有限，趁着第一轮轰炸结束的间隙，王战瞄准汽车的油箱，疯狂射击。距离太远，他也不知道能不能打中。

张铭道："省着点儿子弹！"

"这是最省弹药的方式。"王战不打人打车。

猛士车歪歪斜斜地冲着山坡下的一块大石头径直撞了上去，任伟林见过大场面，临危不乱，准备组织剩下的人员发起反攻突围，同时大喊："不要恋战，只要穿过夹道就赢了。"

任伟林用"92"式手枪向山上射击，并打开车门，寻找机会采取且战且退的方式通过此地带。

胜利就在前方，因为他已经看到十米外夹道口投射过来的光亮。就在这时，李国防的声音从耳麦中传来："别费劲了，任大队长，你们输了。"

"什么？我没有被击中。"任伟林唯恐李国防听不到，扯着嗓门喊。

"实战中特战队员配备燃烧弹，你的车已经起火爆炸了。"李国防耳膜被任伟林震得生疼，把脸与听筒拉开一段距离。

任伟林下令停止战斗，走下车来到油箱前，确实看到几处明显的弹痕，他愤愤地朝汽车踢了好几脚，汽车摇摇晃晃，好似要散架一般。这还不算，他嘴里骂骂咧咧，不知道是在骂自己，还是在骂下属。然后他找到刚才和汽车亲密"接吻"的大石头，一屁股坐下来,他在想到底是他低估了巅峰队员,还是高估了自己。他目光稍微有些涣散,因为仿佛看到陈东升隔着屏幕在捂嘴偷笑。

任伟林是个自尊心很强的人,优秀的组织者都十分有自尊,所以在这个最不合时宜的关键时刻,王战三人从山坡上冲了下来,用尽了最后一丝力气,他们如同将死的野人,丝毫没有胜利者的姿态。尤其是王战,双膝一软差点儿跪地,虽然他坚持住了,刘海飞的眼睛里布满了血丝,不像是来收拾战场、检查胜利果实的,倒像是马上要屈打成招的俘虏。他们三人的迷彩服干了湿、湿了干,加上汗渍和泥土,已经硬得像鞋底一样,凝结成歪歪斜斜的固体,穿在身上没了之前的形状和规则,看起来十分别扭。

任伟林嘴上的烟,只吸了一口,却有一截很长的烟灰,在微风中摇摇欲坠。

他看着眼前这三个以胜利者之名站在他面前审视自己的小子,已经没有半点儿风采。他的怒火随风而逝,和终于没有坚持住的烟灰一道,飘落一地。

任伟林站起身来,掸了掸王战身上已经不可能掸掉的斑点。这轻轻的一掸已是王战无法承受之重,好像要失去平衡,被任伟林搀住。他问王战道:"你们是怎么躲过热成像的?"

王战看着任伟林的军衔,摇晃着身体,举起右臂向其敬礼道:"中校同志,这个课目已经结束,您可以退出战场。"

任伟林并不理会王战的请求道:"卧姿隐蔽十几个小时是特战队员的基本功,这个我知道,视频里面看不到你们,但你们是怎么躲过热成像的?"

"已经很久很久没有热量摄入,我们……我们的体表温度已经不达标,所以……"王战多说一句话都喘得厉害。

任伟林听了王战的回答,半晌没有动静,过了一会儿,他想要拍拍王战的肩膀,想了想还是把手放下了,对三位士兵敬礼。

任伟林一脸的纠结,作为军人,他是叹服的,但作为蓝军,王战三人是敌人,他不能给他们颁奖,也不能为他们鼓掌。

"中校同志,你们可以离开了,我们要上路了。"王战有气无力地回道,嘴上的死皮像迎风招展的旗帜,此起彼伏。现在,他只想让对手走开,他想下一秒就躺在这崎岖的山路上,他不想在对手面前倒下,尽管他的腿在瑟瑟发抖。

任伟林似乎意犹未尽,对下属道:"把后备箱里的水和食物拿来。"

两名蓝军队员向猛士车跑去,打开后备箱,后备箱里存货着实不少,有压缩饼干、自热饭,还有牛肉罐头和维生素饮料……他们毫无保留地将这些东西一股脑地摆在三人面前。

三人像是已经注入了能量一般,只看一眼,就要复活。

张铭啪地跪在地上,手里抓得满满当当,眼睛放着光道:"面包有了,牛奶也有了,什么都有了。"

刘海飞没有这么夸张,但也不停地吞咽着口水,他们太需要补充能量了。

张铭率先拿了一包单兵自热干粮,颤抖着双手撕开包装,把水倒进石灰包中，一股热气腾腾地冒了出来。

王战何尝不想狼吞虎咽、风卷残云一番，但他在张铭眼里总是恰到好处地煞风景。他制止了已蹲在地上的刘海飞，刘海飞已经伸出手，就要拿到一份绿壳黄盖的一公斤装的牛肉罐头。

王战硬撑着表示遗憾道："谢谢你们的好意，实战中车已经起火，这些东西也就不复存在，我们不能要。"

一句话惊了四座，张铭的自热饭已经飘出了咖喱鸡的香味，他正准备掀掉盖子开吃，这时候让他停下，就像入了洞房新娘跑了一样让人难以接受，他几乎要发疯，咆哮着："你是不是烧糊涂了，蓝军都没有意见，你冒什么傻气？就你懂实战，就你懂规则？"

王战依然做着"放下"的手势，张铭激烈反抗："你想渴死饿死，不要带上兄弟们。这是缴获的物资，应当归我们，他们的武器、弹药、车辆都应该归我们。"

王战摆摆手道："不，什么都没有了，汽车已经化为乌有了。"

张铭带着哭腔反驳道："这是魔鬼周，不是实战，这是训练。不要道德绑架好吗？"

"训练是为实战，吃了这些名义上已经没有的东西，是弄虚作假，是触碰底线。"王战也饿，不想吃是假的，没有人面对欲望可以表现得神圣，但他脑子里瞬间浮现出赵科、赵世龙，还有陈东升的面孔。

王战也分析不了任伟林的眼神,是真心的馈赠,还是看笑话,如果因为这么一件看似芝麻大点儿的事丢了巅峰特战队的脸,一定得不偿失,绝对悔不当初。

张铭当然没有想到这一点,他脑子活,认为人先要解决生存的问题,再解决分歧的问题,这甚至涉及哲学,和道德无关。

任伟林一直静静地听着,他也奉劝王战道:"打打擦边球,也不是不可以。"

"擦边球对蓝军不公平,对自己是冒险。"王战回道。

任伟林转而看向张铭,目光充满期待。

张铭抬起头,看着大家都在盯着他,包括摇摆不定的刘海飞。他使劲嗅了嗅咖喱鸡饭的芳香,然后一脚将它踢出好远,走到路边坐下来,伴着即将到来的夜幕,收起所有触角。

任伟林向王战竖起了大拇指,之后带着人员消失在来时的路口。坐在车里,任伟林一言不发,有那么一瞬间,他心生怜悯,转念一想,强者不需要怜悯,尤其是他的怜悯,所以他只剩下心疼,因为他有和他们类似的经历,当过勇士才更懂勇士。他预感,这一组人马可能会坚持到最后。

导调中心,陈东升从椅子上站起来,终于不再沮丧,兴奋地对李国防道:"连任伟林都被淘汰了,我的队员确实好样的。"

李国防淡淡地看了他一眼道:"这个课目蓝军指挥长没有淘汰,巅峰队员有。"

陈东升瞠目结舌:"为什么?"

李国防道:"解释权归导调中心所有,但你见导调中心解释过吗?从来没有。"

陈东升后退两步又一屁股坐回原处,如同任伟林向王战竖大拇指一样,向李国防竖起大拇指:"高,属实是高。"嘴上这么说,心里却已经把李国防掌嘴了好几个回合。

李国防略带歉意地道:"任伟林经此一战,更了解这几个小子了,你把他淘汰了,让助手接盘,那还有什么好玩的。魔鬼周,需要魔鬼,不能按正常的思路来要求我。"

陈东升双臂抱在胸前,一副拒李国防于千里之外的姿态,其实是不知道该跟他说什么,接他的茬儿永远要注意会不会自取其辱。

战斗再次结束,夕阳落幕,周围安静极了,蛐蛐、青蛙的叫声映衬着他们内心的一地荒凉、满腔落寞。

三人像是离家出走的孩子,看不到方向,看不到灯火,没有终点,世界一片混沌。

战士生来为战斗,有战斗的时候上满发条,突然停下来,不是轻松,而是焦虑。

张铭躺倒在路边,气呼呼地谁也不想搭理,尤其是王战。

王战知道到嘴的热饭洒了有多残忍,张铭嘴上不说,心里别扭。

他主动向张铭示好，搭讪道："嘿……"

张铭翻了个身把屁股对准王战道："滚！"

王战在张铭处没有得到认可，去看望刘海飞。

从来不表态的刘海飞也给了王战一个后脑勺。

王战可怜兮兮地坐下，他十分清楚目前自己的处境，说什么都没用，如果不把两人的嘴堵上，他这个坏人要一直当下去，得不到好脸儿。

"你们休息会儿，我去去就来。"王战决定去觅食，他代表三人放弃了牛肉罐头、咖喱鸡饭，所以他要弥补。

张铭和刘海飞不明所以，但张铭一动未动，刘海飞虽然貌似坚硬如铁，心肠却异常柔软，问道："这周围都是蓝军的暗哨，你去哪儿？"

"放心吧。"王战说完消失在夜色中。刘海飞看着王战佝偻得像老头子一样的背影，突然涌上一片心酸。

他推了推张铭的肩膀道："张班长，我们是不是太过分了，他是对的。"

张铭赖皮地道："我不知道他对不对，我只知道我饿不饿。"

刘海飞无言以对，他不知道一贯很儒雅、在突击队以斯文著称的张铭，何时变成这副模样，像公交上抢座、超市里抢货，不管是板蓝根还是奢侈品抢了准没错的大妈。

王战孤身一人出去很久都没有动静，让刘海飞忐忑不安，他又推了推张铭的肩膀："张班长，他不会出什么事吧？"

张铭虚弱地道:"能出什么事,说不定在哪个草窝睡觉呢。你也睡,睡着了就不饿了。"

刘海飞连续呼叫王战,却得不到任何回应。

"不行,得找他,我们是一个整体,少一个都不行。"刘海飞挣扎着爬起来,跟跟跄跄地朝王战去的方向走去。

张铭一看这情形,虽然嘴里嘟嘟囔囔的,脚下也歪歪斜斜地跟了过去,虽没有丢盔卸甲,但看上去就是吃了败仗的软柿子。

他们压低声音喊着王战的名字,挨个角落寻找,找着找着来到了一条水沟边。那水应该是死水,发出一股恶臭,有蛤蟆跳入水中,发出声响,让神经极其敏感的两人迅速卧倒,枪提了起来,才发现是一场虚惊,只好相视表示遗憾。

再往前走,刘海飞发现岸边趴着一个黑乎乎的东西,上前用脚杵了杵,发现软软的,应该是个人,凑近了看,没错,正是王战。他身上臭烘烘的,一摸黏黏糊糊,应该是淤泥。

刘海飞摇晃王战,王战没有任何反应,他摸了摸王战的颈动脉,发现脉搏极其微弱。

"糟了,晕过去了。"刘海飞对张铭说。

张铭跪了过来,两人紧急为王战做心肺复苏、人工呼吸。

折腾了很久,王战终于有了动静,嘴里长长地吐出一口气,缓缓睁开了眼睛。

张铭也顾不得之前的纠葛,关切地问:"你怎么回事?干吗了这是?"

王战没有回答,摸索着从弹袋里拽出一条二十多厘米的草鱼,双手紧握着生怕它再溜回臭水沟里般塞到张铭手里。

"你傻了?你发烧了,这水多凉,你还往里跳。"张铭责备道。

他捧着鱼,再使劲嗅嗅臭水沟道:"再说了,这种水质,这鱼能吃吗?"

刘海飞捅了张铭一下道:"别纠结水质的问题了,有鱼吃就不错了。"

刘海飞怜爱地看着张铭手里的鱼,脸都快凑到鱼嘴旁了,就像看见多年未见的女友一样着急。

两人一左一右把王战架离这里,在一个安全地带,刘海飞搭起帐篷,又搭了一个简易炉灶,生火烤鱼。

刘海飞用匕首将鱼割成三段,一人一段在面前摆好。

"开饭了,要不要饭前一支歌?"张铭咽着口水,还有心情开玩笑。

"有道理,这不是普通的鱼,这是王战冒着生命危险抓来的。"刘海飞的表情很严肃。

"啪"的一声,张铭笑着弹了一下刘海飞的头盔道:"你还当真了。"

"还有力气胡来,赶快吃吧,这天阴得厉害,估计还会有雨,一会儿我们还要搭帐篷。"王战说道。

那晚,他们吃了有史以来最美味的一顿烤鱼。

王战拿起自己的那一块,看了看,拿起匕首再次将其一分为二,把其中一块放进挎包。

"呵,还留点备用,真有你的。"张铭觉得王战抠出了水平。

张铭嚼着鱼,回想起入伍前的美好时光,想到了刚参军就分手的女朋友,想到了燕尾帽下面庞白皙俏丽的孟冰,想到了她温柔可人的动作;王战的烧已经退了,刘海飞沉沉睡去,嘴上还挂着一片鱼鳞……

已是魔鬼周第四天的下半夜,天果然又下起了雨,雨越下越大,狂风也随之而来,他们的帐篷被吹得东倒西歪。

一声惊雷,王战一下坐起来,撩开门帘查看外面的情况。

由于经常被深夜突袭,王战形成了条件反射,有时候即使没在训练演习和执行任务,也会从梦中惊醒,他觉得自己已经神经质了,不过他宁愿如此,也不愿在麻痹中被生擒活捉。

王战看了看熟睡中的张铭和刘海飞,钻出帐篷,细心地观察周边的情况,还好,他们搭建帐篷的位置还算隐蔽,背靠大山,面前也有遮挡,不会轻易被蓝军发现。他在确认情况正常之后,正准备返回帐篷继续休息,突然从帐篷后面的山体上掉下来一块不大的泥土,王战一开始没在意,再次往帐篷里钻的时候,又掉下来一块。他连忙靠近山体,抓起那块泥土端详了一会儿,又接近一些捏了捏山体上的土,他发现这里土质很松软,而且植被稀疏。

王战连忙冲进帐篷,叫醒张铭和刘海飞。

张铭正在梦里和孟冰花前月下，突然被打乱了节奏，气不打一处来，质问道："你又搞什么名堂？"

刘海飞坐起来揉了揉惺忪的眼睛，重新直挺挺地躺了下去，睡了还不到一个小时，正是香甜的时候，他没有理由不继续。

"快转移宿营帐篷，我怀疑会有山体滑坡。"王战的表情不容置疑。

两人一看王战不像是开玩笑，连忙动起来，找到空旷地带，安营扎寨后，已是三只落汤鸡。

重新躺回帐篷里，三人正准备再次入睡，突然一声轰然巨响，忙掀开门帘朝外看，刚刚他们待过的地方果然被倾泻而下的山体覆盖，那里已隆起一个大大的土丘。

三人皆倒吸一口凉气，张铭和刘海飞直勾勾地盯着王战，一言不发，也许是后怕，也许是暗叹王战原来是神一般的存在，总之他们这一次被彻底征服。

许久之后，刘海飞"哇"一声哭了出来，抱着王战道："魔鬼周可能不会死人，天灾可不管我们是不是在演练。"

看到一直十分内敛的兄弟宣泄自己的情绪，王战清楚地知道没有人不怕死，他是特战精英，但同时也是一个才成年不久的孩子。

很多人可能想不明白为什么王战料事如神，怎么做到未卜先知的，只有经历过挫败的战士才明白，未雨绸缪的效果可能不会得到验证，但活着就是最好的验证。

第十二章
我以为没人会察觉我在转变，
其实连时光都在为我呐喊

天还未亮，风带走雾，雾描新雨。

三人又在泥泞中跋涉，向着一百公里以外的终点线进发。

沿途没有遇到蓝军袭扰，虽又折腾了一夜，但好歹没有战斗。没有战斗的时刻是幸福的，不紧张是恢复体力的最好方式。

山区雨中的风光别有一番风味，这让他们心情稍感不错，但王战知道越是这个时候越要小心为好，他们继续保持着战术队形，不敢走大路，专挑犄角旮旯。

在一处拐角，他们看到有一名和他们穿着同样迷彩服的战士仰躺在地上。

"是我们的人，估计坚持不住了。"刘海飞说着就要上前救人。

王战一把拉住道："万一是敌人伪装的，可就麻烦了，先观察一下再说。"

刘海飞点点头，认可王战的说法："毕竟蓝军什么事都干得出来。"

前后左右打量了好一会儿，王战确信周边安全，决定自己前去侦察，要求张铭和刘海飞掩护，如果是蓝军伪装，开枪不在话下。

王战迈着战术步伐，小心翼翼地靠近他，由于此人和自己一样，满脸迷彩油和污泥汗水，很难辨认，只能凑近了看。

"林昊！"王战脱口而出。

一听真是队友林昊，张铭和刘海飞也立刻凑了过来。

还好，林昊没有晕厥，只是虚弱到不能动。

"水，快！"王战命令刘海飞把昨晚过滤过的雨水拿来给林昊灌了下去，林昊立刻有好转，但还是没太大起色。

"他是饿的，已经没有热量了。"张铭说道。

王战二话没说，打开挎包，把昨晚特意留下来的半块备用烤鱼片给林昊一片片喂下去。

这个举动让张铭再次羞愧道："我还以为他抠，原来他只对自己抠。"

经过好一会儿推拿按摩，林昊站了起来。

"让大家看笑话了。"林昊感激地道。

"什么话，之前我们比你好不到哪去，咱们谁也别说谁。"王战说。

"我们可以一起出发吗？看地图，前面应该有村庄，我们在那里补充给养，只要有给养，我还是一把好手。"林昊在推销着自己，"我也知道距离魔鬼周结束越来越近了，后面的竞争将更加激烈，你们接纳了我，无疑是给自己增添了压力，所以我没抱什么希望。"

"别这么说，当然可以，导调中心和蓝军就想看到我们各自为政，各怀鬼胎，我们偏偏不能让他得逞，即便拿不了名次，也不能让他们看我们的笑话。"王战说。他说这话的时候周身散发着光芒，那是一个有大局观的人才有的风采。

张铭没有表示反对，可能源于王战这几次的判断都给他们这支小队带来了好运气。

刘海飞更没有意见，因为林昊和他是同年兵。

林昊欣喜地和他们一同上路，朝着地图上标记的已并不远的村庄前进。

雨又淅淅沥沥地下起来，刘海飞和林昊还轻声唱起了歌。虽然他们不知道前方等待他们的还有什么折磨，但难得享受这片刻的美好。

走了两三公里，前方果然出现了一个村庄的轮廓，古朴的建筑群若隐若现，雪白的云雾在建筑上方层层缭绕。

大家兴奋不已，想到终于在魔鬼中间看到人烟，莫名激动。

王战说："军民团结如一家，试看天下谁能敌。我找老乡弄点儿吃的，你们应该没有意见吧？"

林昊说："我也是这么想的。"

张铭辩证地看待这个问题，尽管他也急不可耐："不是说不拿群众一针一线？"

王战说："买，我买。"

张铭说："靠谱，英雄难过包子关。"

于是，他们加快了脚步。

但人生不如意十之八九，快乐的时光总是短暂的。

接近村子的时候，他们发现有异常情况，哭声、喊叫声、机械时断时续的轰鸣声传来。再往前，他们发现村口停满了特种车辆，还有一些穿橘橙色救援服的消防员进进出出。

王战拉住一位老乡，问发生了什么情况，老乡红着眼眶告诉他们："连日降雨，十里八乡唯一的一所小学垮塌了，里面埋压了七八个留守学生，孩子们已经够苦了，还要遭受这样的灾祸。"

王战一听这话，立即就往事故中心跑。

张铭拦住他道："要干什么？"

王战说："救人！"

张铭说："专业救援队在现场，我们不是专业的，去了也帮不上多大忙，我们还有任务，我们的任务是魔鬼周极限训练，要分清楚。"

王战回道："训练是为什么，是为保卫人民群众生命财产安全，我们不能见死不救，现在是黄金救援时期，多出一点力就多一份希望，上吧！"

张铭说："专业的事要由专业的人来干，专业队伍已经进场，我们进去说不定会干扰救援,他们是黄金救援时期,我们是黄金冲刺阶段。"

张铭说的有些道理,但王战也有自己的看法,且态度十分坚决:"除非他们亲口告诉我不需要我,否则我一定要上。"

王战执意前往,刘海飞和林昊也跟了上去,因为撕心裂肺的哭声震颤着他们的心脏。他们把枪甩到背上,向事故现场飞奔。

张铭气得跺脚:"装什么洋蒜,你们连把铁锹都没有,凑什么热闹,作秀、抢镜,就你们党性好、觉悟高!"

一瞬间,张铭决定与这些分不清孰轻孰重的笨蛋决裂,他怒气冲冲地没有拐弯,继续朝前跑,他要到前面又一个村庄,不在这儿瞎耽误工夫。

张铭的脚步很急,他想尽快摆脱那些嘈杂的声音,不让这些声音扰乱了自己心绪。他愤愤地坚定着自己的决策:"目标要明确,方向要坚定。"

他跑得虎虎生风,可身后嘈杂的声音不仅没有减弱,好像更加清晰地撞击着他的心门。一个个悲伤的面孔在叩问着他的灵魂。

张铭突然停下了脚步,站在原地,思考了一会儿,使劲扇了自己一个耳光,掉头奔跑,跑的速度比之前逃离这里的速度还要快。没人给他做思想工作,也没人谴责他的行为,他却自己做通了自己的工作。至于原因,他也不清楚。

救援现场突然出现了三个脸上涂着迷彩油、一身脏兮兮、背着武器的人,大家着实吓了一跳,交头接耳地问:"谁通知的武警,他们来维持秩序了?"

王战向现场消防指挥员敬了礼说:"我们是参加魔鬼周的特战队员,路过这里,发现有情况,有什么任务随时指示,我们随时可以加入战斗。"

指挥员正愁人员力量不足,回了军礼,伴着机械的轰鸣大声说:"你们来得正好,谢谢你们的增援。"

王战道:"本来就是一家人,不要客气,赶快分配任务吧。"

指挥员看了看只有三个人,再看看巨大的坍塌现场,一时还没定下来该让他们去哪个区域,随口问了一句:"你们只有三个人?"

消防指挥员话音刚落,张铭远远地跑来了,指挥员马上改口:"不,四个人,四个人?"

王战一看张铭去而复返,大声说:"别看只有四个人,可以代表一支部队。"

消防指挥员道:"我不是那个意思,四个人也好,你们进入主楼塌方区,一人带上一把工兵铲,协助那里的消防员刨挖那名已经露出头的学生。"

王战回道:"明白!"

四人朝着分配的地点奔去,张铭没有解释回来的原因,也没有人去问,他们很默契地加入了救援的队伍,先是用工兵铲,接着只能靠手刨……

刨着刨着，王战发现参加救援的巅峰特战队员越来越多，甚至专门保障魔鬼周极限训练的救护车也派上了用场，孟冰在为已经被救出的学生检查身体。

不管他们的到来是不是受了自己小组的影响，总之王战露出疲惫的笑容。

王战一边刨挖着，一边呼喊着："兄弟们加把劲啊！"

孟冰在紧张地为获救者测量血压，间隙时偶尔抬头看看远处的王战，当王战不经意转头朝向她的时候，她见缝插针地向王战竖起大拇指。而王战正好和张铭一个方位，张铭以为孟冰的大拇指是给自己的，兴奋地挥手，然后甩开膀子干得更欢实了。

大雨不会因为屋塌而停歇，狂风不会因为树倒而静止，现场一片狼藉，让人心碎，但战士们也不会因为艰难而放弃，大型挖掘机械在持续轰鸣，王战等人扒开的泥土一寸又一寸，一方又一方。

还剩下最后一个被掩埋的学生了，所有人员设备都聚集到了一处，显得异常拥挤。

有的特战队员一看这个情形，悄然离开，重新踏上冲锋之路。

消防指挥员见王战还沉浸在救援里，说："如果你们还有别的任务，可以去执行了，剩下的交给我们。"

王战说："我历来是坚持到不能坚持为止。"

消防指挥员说道："那你可要做好思想准备，最后一个救援难度很大，不知道会持续到什么时候。"

王战说："我冲进来的时候已经做好了思想准备，哪怕被淘汰。"

消防指挥员拍了拍王战的肩膀，站到高处喊道："兄弟们，加把劲啊，为被埋压的学生争取时间，为帮了我们大忙的武警特战兄弟争取时间。"

现场救援人员嗷嗷叫起来，加快了手上的动作，可能是这感人肺腑的场面、这团结一心的精神感染了所有，最后一个受灾学生的救援顺利，没有遇到特别大的难点，很快被从废墟中托举出来，更让王战感到欣慰的是被埋压的学生都还活着，他们被陆续抬上救护车。现场群众眼含热泪，爆发出雷鸣般的掌声。

当掌声散去，消防队员都上了车，车辆警灯闪烁着开远，王战、张铭、林昊、刘海飞一屁股瘫坐在废墟前，他们的手指甲被掀掉了，脸上刚结的痂又被刮了，身上新伤加老伤已经没有囫囵地方，手脚因为用力过多过久颤抖不止，有雨水汗水顺着他们的枪支淌下来，砸在面前的水洼里。

有一个家长模样的中年女人，手里挎着篮子，一路小跑着赶来，嘴里还嚷嚷着："怎么都走了啊，我来晚了。"

看到王战他们还在，中年女人眼睛一亮，跑到他们面前把篮子递给王战，哽咽着说："孩子们，你们也还是孩子，一定饿坏了，这是我刚煮的，快吃。"

篮子里是满满当当的熟鸡蛋。

四人饥肠辘辘，别说这一篮子鸡蛋，就是再来一篮子也能吞下去。但这时候，他们谁也不伸手。

中年女人扑通一声跪下了,说道:"你们救了孩子的命,吃个鸡蛋算什么!"

四人同时去搀中年女人,中年女人说:"你们不吃,我就不起来。"

一看这情况,四人把手伸进篮子,皮都没剥干净,狼吞虎咽起来,吃相一模一样。

这么吃东西,中年女人还没见过,连忙说:"慢点儿,慢点儿。"

不一会儿一篮子鸡蛋已经见了底,中年女人立刻折返回家,准备为他们再弄些吃的,她边走边抹眼泪,告诉过往的乡亲说:"那些武警战士受罪了,饿成那样。"

听了这话,乡亲们的动作一致,连忙往家跑,抓起现成的吃食往特战队员所在的方向奔跑。

当密密麻麻的人群各自捧着能拿得出手的东西,再次挤满刚才王战他们蹲过的地方,却再也没有发现他们的身影,泥泞中只剩下一个孤零零的篮子。

中年女人端着一锅冒着腾腾热气的面条重新回到现场,扒拉开人群,才发现战士们已经离开。她走到自己的篮子前,看到一堆鸡蛋壳上面,放着一张一百元人民币,她捧起篮子,抱在怀里,眼泪夺眶而出。

队员们救援的视频也传回导调中心。

陈东升的眼神从屏幕上移开，眼圈红透，一直不愿意和李国防再交流的他重新站起来说："这是突发状况，这能不能算作一个临时课目，计入他们的成绩，不算时间？"

李国防盯着陈东升道："唔，这个建议提得好。"

陈东升在等待他接下来更有用的言论，却发现他并没有说下去的打算。

陈东升忍不住提醒道："单从目前所剩的课目来看，他们能不能到达终点都是未知数，又在这里耽误了时间，他们的担子太重了，别到时一个也到不了终点，难堪的可不只他们。"

李国防一手掐着下巴，一手塞在腋下，一副思考者的模样："唔唔唔，嗯嗯嗯。"

陈东升不想再给李国防思考的时间，队员是他一手调教出来的，他亲眼看着他们从小白到精英，从一无所有到羽翼丰满，从蹒跚学步到奔跑如飞，他平时可以对他们大呼小叫、吆五喝六，他可以指着鼻子骂他们个狗血淋头，他可以咬着牙折磨他们个七荤八素，但别人不行，谁动他的队员就像动他的孩子，他心疼到滴血。他紧紧盯着李国防，脸都要凑到李国防的嘴边了，期待他马上下令，刚才的突发事件不算时间，给队员更多回旋余地。

李国防感受到了他的迫切："你急什么，他们不光是你的兵，也是我的兵。"

陈东升嘴上说不急，但他太了解李国防了，李国防在打游击、玩空手道、耍嘴把式上是有先例的，是让很多人付出过代价的。当然他的这些套路都用在了练兵上,而不是为官上,所以尽管支队的训练成绩一直名列前茅,李国防的职位还是纹丝未动。

果不其然,李国防悠悠然地道:"这到底算不算一个临时课目,我说了不算,全武警部队都在搞魔鬼周,标准是统一的,不是我一个支队长说了算的。我得请示请示,还得研究研究。"

陈东升忍不住要骂人了:"支队长,这是战斗,战斗形势千变万化,标准可以统一,超标准是不是也要有说法?"

李国防再次以柔克刚,他总能拿捏好手下的脾气,在关键时刻平息事态,他缓缓地说:"别急,我话还没说完呢,我说不同意了吗?我只是说从长计议嘛。"

这次陈东升没有给他面子,回呛道:"少来这一套,您现在就给队员们个说法。"

李国防转过身看着陈东升的眼睛,眼神已经没有刚才的慈祥友善。因为陈东升的一声吆喝,让喧嚣的导调中心内瞬间万籁俱寂,大家都被陈东升的样子和语气震惊了,他这是给支队长下最后通牒,他这是当面顶撞。

遍寻整个导调中心,没有人敢这么跟李国防说话,除了他。

李国防是现场最高首长、是指挥官、是兄长,但不管他是什么角色,首先他是一个有七情六欲的人,面对下属咄咄逼人的质问,他再世故老到,也无法继续表现得和颜悦色,只是相较于别人,不自然中多带了一点从容。

李国防反问道:"面对突发情况,他们以大局为重,以群众的生命安全为重,而不是见死不救,他们的表现很可贵,为他们点赞,等他们回来,我还要给所有参与救援的队员嘉奖……"

"嘉奖?为了救援,他们可能放弃三等功,放弃参加国际特种兵比武的机会,是你一个嘉奖能够弥补的吗?"陈东升说。

"你要知道,所有的选择都是要付出代价的,即使这个选择无比正确,知道会付出代价,依然愿意做出牺牲,依然愿意为之付出努力,才能体现他们品质的高贵、素养的优良,所有人都会不假思索地做出的选择,那不可贵,那是基本道德的范畴。"李国防试图说服陈东升。

但陈东升此刻脑海里只有疲惫不堪的特战队员的脸,他唯一的念头就是为他们争取一点儿福利:"你说得有道理,但任务中实施救援,为什么不能成为一个新的课目,毕竟这是魔鬼周中额外的付出,于情于理,都不应该计入他们的总时间。"

"我们的训练数据,是和总队全程联网的,总队指挥中心的终端上只计算范围内的时间,不会管你到底还干了什么。所有支队都在搞魔鬼周,我们凭什么要求总队单独为我们修改标准?"李国防站的高度和陈东升不一样。

"凭什么?还不是你一句话的事儿,你不去解释,不愿意为队员们争取,怕总队领导给你下一个心慈手软的定义,这前怕狼后怕虎,受苦受累的是兄弟们。"陈东升的话带着火药味。

李国防怔了一下,他想不到在陈东升眼里,他是一个没有担当的军事主官,他不愿意降低标准的原因是他不愿意为兄弟们出头，他心里有些难受，他为陈东升的偏激感到遗憾。

李国防有些绷不住地道:"陈东升，你是一级主官，说话要负责任。"

陈东升没有言语，这是他想要的结果，他要李国防心灵受到触动，然后改变主意，他已经忍了这头魔鬼很久了，他不觉得自己的话有多过分。

李国防不再淡定，他避开陈东升的锋芒，一脸焦虑地来回踱步，大家认为他被陈东升做通了思想工作，正在琢磨应该如何向总队请示汇报。

半响，李国防停下脚步，抬起头看着陈东升道:"魔鬼周极限训练是武警部队的特色练兵方式，只有层层加码，没听说过谁打折扣，我们不能开这个先河，本季因为救援，我为他们开一次绿灯，下一季因为受伤我助他们一臂之力，那还叫魔鬼周吗？我宁愿当这个恶魔，也不愿意将来有人指着我的鼻子说，你们的魔鬼周名不符其实，我宁愿一个队员都没能到达终点，也不想让他们认为包括其他人在内的特战勇士这个称谓含有水分，很抱歉，我不能汲取你的意见。我知道这样做很没有人情味，但战场从来不讲人情，就是这么没道理。"

李国防说这话的时候，同时打开了对讲机，所有的参训队员都听到了他的话语，他们有的在奔跑，有的在攀爬，有的在匍匐，相同的是他们的脸上都没有表情，没有发半句牢骚，因为和救命的喜悦相比，这样的"坏消息"简直不足挂齿。

陈东升重新坐回座位上，他已无力反驳，也反驳不了，他认为自己对队员难得有一次怜悯之心，却来得有些不合时宜。

陈东升盯着李国防的背影，仿佛看到了每一次组织训练时的自己，在组织者这个位置上，比参训者更为艰难，一个是生理和心理的极限，一个是左与右、上与下、情与理的艰难抉择，每做一个决定，都是灵魂的拷问与博弈，都是一次煎熬、一次碰撞。

王战、张铭、林昊、刘海飞全副武装奔跑了一个多小时，脚好似已经不是自己的，人已经机械化。夜幕降临，天上星辰已在忽闪眼睛注视着他们。

王战看了看智能手环加密通联系统，看看地图上的方位，发现今天虽然一直很忙碌，但好像并没有距离终点近了多少，懊恼地叹了一口气："这山路，怎么越走越长。"

他下令让小组停下来："我们现在已经陷入了一个死循环，越累越跑，越跑越累，体能一直处于透支状态，我们需要安营扎寨，好好休息。"

大家表示赞同，火速扎好帐篷，休养生息。

刚安顿好，准备钻进帐篷，哨兵林昊远远地看到一辆救护车飞驰而来，王战连忙让大家隐蔽，他唯恐这也是蓝军伪装的，他们彻底被蓝军搞成了神经衰弱。

救护车在他们的帐篷前停了下来，孟冰从车里钻出来。她撩开帐篷看了看，发现里面并没有人，感到很奇怪："这明显是刚搭好的，人呢?"

孟冰喊道:"有没有人,我们是卫勤保障人员,例行巡诊。"

张铭刚要动,被王战一把拉住:"别动,怎么知道她是不是也被劫持了,车里是敌是友看清楚再说。"

王战仔细观察着车内的情况,发现除了一名驾驶员,一名医生,从神色形态来看应该不是蓝军。

孟冰喊了好几声,发现还是没动静,准备上车离开。

张铭一看孟冰要走,无法再矜持,他翘着头,准备立刻出现在孟冰面前,他朝思暮想的孟冰好不容易来了,不能不打个照面就消失。

王战确认车里车外都安全以后说了一句:"没问题,现身吧。"

一听这话,张铭兴奋异常,连忙在草丛里喊道:"别走,有人、有人、有人。"

孟冰听到有回应,连忙示意驾驶员停下刚刚发动好的汽车。

张铭激动得肌肉飞颤,一步三跳地从隐蔽地点朝孟冰的方向飞快跑去,跑到半路想到浑身脏兮兮,满脸油污,形象不够帅气,立即停下来,好好整理了一下着装,清理了一下脸上多余的杂质,捏走头发上的一根小草,感觉良好的时候,才控制住节奏,拿捏着身段,故作潇洒地第一个来到孟冰身边。

孟冰脸上露出一丝欣喜,说道:"是你!太好了!"

张铭满脸堆笑,一脸褶子,说:"这是很希望见到我的节奏,看来对我还是念念不忘的。"

他直勾勾地盯着孟冰,孟冰头上戴着迷彩帽,露出齐耳的短发,身着雪白的护士服,露出橄榄绿的军裤裤脚,脚上一双黑色武警胶鞋,虽然也沾染了泥巴,但在张铭看来依然一尘不染,那黄金比例的高挑身材,那排列得恰到好处的五官,那水汪汪的荡漾着涟漪的大眼睛,令张铭陶醉不已。

孟冰问:"没见过女的?"

张铭说:"还真是,我感觉我很久很久没见过女的了。"

孟冰说:"瞎说,巅峰特战队有女子队,怎么很少看到女性呢?"

张铭说:"这个问题我都不屑回答,在我眼里,刘楠之类的那等同于亲哥们儿,举手投足比纯爷们还纯,一个个大汉般,训练场上还时常和我们叫板,明里暗里和我们较劲,她们从不会示弱,想要个笑脸都难,更别提发发嗲、撒撒娇了,她们怎么也让人心疼不起来。而你就不一样了,光从吹弹可破的皮肤上就可以判断,和刘楠她们几乎不是一个物种,一声轻声细语的问候瞬间便浸透了骨髓,酥麻了心窝窝。"

孟冰说:"太肉麻了!"

张铭感到心跳在加速,呼吸急促,喉结蠕动,他有些眩晕,有些飘飘忽忽、欲飞天际的错觉。但孟冰一句话让张铭马上从云彩上跌回地面,摔得七荤八素。

孟冰兴高采烈地说:"别贫了,看到你,就能看到王战,他在哪儿?"

张铭啐了一口唾沫说:"不知道!"

王战带着林昊和刘海飞从不远处的山坡上下来,亲切地和孟冰打了招呼,孟冰一看到王战眼神更温柔似水了,她掏出血压仪,要第一个为王战检查身体。

王战伸出手,孟冰看到了他满手的口子和血痂,一边抹着眼泪一边从急救箱里取出绷带和消毒水,忙着为王战包扎。

王战宽慰孟冰:"这点儿小伤不算什么,你是学医的,应该见多了。"

张铭看了看自己同样惨不忍睹的双手,勇敢地伸出来亮给孟冰看:"我比他还严重。"

孟冰注意力都在王战身上,看都没看说道:"你先别急,一个一个来。"

张铭像泄气的皮球,林昊和刘海飞看出了端倪,咧着嘴偷笑。

张铭扒拉开两人说:"有啥可笑的?"

他找个空地蹲下来,看着孟冰和王战,越看越心酸,越看眼神越不对。

孟冰对王战说:"接下来还有很长一段路,要照顾好自己,哪里不舒服及时呼叫我,我随时都在。"

"别的队友更需要你,我不能占用太多医疗资源。"王战道。

"听这话,好像不是很欢迎我。"孟冰带着娇嗔的语气。

"说实话，你这车一出现，我就紧张，因为这是淘汰人员的专属。我不愿意看见它，它注定与我无缘。"王战看着那辆带走了一个又一个队友的急救车说道。

"也不愿意看见我吗？"孟冰问。

"唔，这个……"

"咳咳，还没好吗？大家都等着呢，现场不是只有他一个病号。"张铭忍不住抗议。

"你这人怎么急吼吼的，催什么催！"孟冰泼辣的一面展现出来。

林昊捅捅刘海飞道："看见没有，人家本来就是一套程序两个标准，这张班长还真上赶着找骂。"

刘海飞依旧除了他的狙击枪什么都不关心，他才懒得观察这微妙关系，所以对于林昊的"八卦"，他选择不听、不看、不信、不发表评论。

林昊自讨没趣，专心看着这一出好戏，自言自语："为什么队伍里一旦乱入一个女人，所有约定俗成的东西，都会发生改变。"

张铭被孟冰嫌弃了一通，本应面红耳赤，但他并没有，反而激起了更浓厚的兴趣。他对林昊说："你还年轻你不懂，这女孩真不一样，时而可爱、时而性感、时而温润、时而尖锐，这才是一个真正的女人、丰富的女人，我除了爱慕，还是爱慕。"

林昊听得鸡皮疙瘩撒了一地。

王战也发现孟冰在他身上浪费的时间有些多了，说："谢谢战友，我这没什么大碍了，你给他们检查检查吧。"

孟冰恋恋不舍地离开王战，临走还不忘嘘寒问暖一番，张铭急忙从原地站起来，咧着嘴等待孟冰过来，岂料孟冰绕过他径直走向刘海飞。

张铭说："有个先来后到没有，论兵龄，我也应该排在前面。"

孟冰不屑地嘟囔道："这人怎么这样，是不是男人，差那么几分钟吗？"

将刘海飞检查完毕，接着检查林昊。

张铭最先来，排上了最后一个号，心里憋屈。终于轮到了，张铭重新抖擞了一遍精神，认真地坐在孟冰对面，他想把最昂扬的一面带给孟冰，但孟冰很明显，连眼神都不愿意和他接触。

张铭认为，接触一次就要有一次的效果，对于爱情，一定要刻意，顺其自然的话，什么热豆腐冷豆腐，都吃不上的。

"血压正常，心跳有些快，注意休息。"孟冰动作迅速，还没等张铭准备好台词，已经结束收工了。

"等……等等……不对啊。"

"哪里不对？"

"哪里都不对，你跟他们聊得火热，怎么到我这就剩一句了啊？"张铭百思不得其解。

"没什么大毛病，还有什么好说的？我头一次见愿意跟医务人员多聊几句的。"孟冰又好气又好笑。

"没错,我愿意跟你多聊两句,我……我看见你,心情愉快。"张铭壮着胆子表白。

"我不愉快!我还有下一个阵地要巡诊,真没空闲聊。"孟冰收拾妥当准备走。

张铭一看再不动点儿真格的,孟冰就真走了,他一咬牙道:"你是不是喜欢王战?"

"跟你有关系吗?"孟冰柳眉倒竖。

"别这么生硬嘛,大家都是战友,你关心我,我关心你,多么其乐融融。"张铭道。

"你还想说什么?抓紧点儿。"孟冰有些不耐烦了。

"人家王战喜欢的是刘楠,做梦喊的都是刘楠的名字。"张铭凑到孟冰耳朵边上,压低声音道。

"刘楠?"孟冰显然对这个话题感兴趣。

张铭极力渲染着气氛道:"我再给你介绍一遍,巅峰特战队女子队队长,勇士勋章获得者,女子特战技能比武纪录保持者,女汉子、纯爷们、真英雄。当年王战进特战队,这个刘楠将他斩落马下,同时也让王战拜倒在她的特战靴下,他们是不打不相识,一打定终身,人家的感情在战火中绽放,在战场上盛开,是革命的友谊,我劝你还是离远一点儿,你这弱不禁风的身子骨,经不起折腾,我不愿意看到你受任何伤害。"

"喔,这样啊。"一丝愁云浮上孟冰额头,被张铭敏锐地捕捉到。

"嗯,可不嘛。"张铭坚定地点点头,心满意足,似乎做成了一件功在当代、利在千秋的伟业,骄傲不已。

"王战喜欢刘楠,刘楠喜不喜欢王战呢?"孟冰看到一丝转机。

"唔……喜欢。这次魔鬼周,王战拿了名次,那更喜欢了。他们属于志同道合、惺惺相惜,霸王花配英雄草,感情必然会越来越如胶似漆。"张铭认为这是善意的谎言,为了幸福可以适当添油加醋,所以说起谎来眼睛都不眨一下。

孟冰看了看不远处并没有关注他们谈话的王战,有些相信张铭的话,女孩对待爱情更敏感,她知道如果喜欢一个人,举手投足都会释放出信号,但目前她没有接收到任何来自王战的信号,倒是张铭的信号很泛滥,像出故障的红绿灯,影响着她的行车节奏。但孟冰不死心,她也是敢爱敢恨的人,除非她亲耳听到王战告诉她,他喜欢的是刘楠。

孟冰扔下张铭,准备当面质问王战,张铭连忙拉住说:"这种事情没有对质的,大家都是成年人,况且你是个女孩,倒贴本来就不讨喜。所有的问题,不一定非要一个答案,有时候答案也不是问出来的。不问,还有希望。"

张铭知道孟冰不再一意孤行,努力已经效果初显,趁热打铁道:"没什么好遗憾的,王战和刘楠之所以般配,那是他们追求一样,精神世界契合,都愿意在战场上实现自我价值,好勇斗狠,追求刺激。眼缘固然重要，共同语言同样重要，你我都是大学生，有文化，有眼界……将来……"

孟冰没有心情等张铭说下去："行了，我该走了。"

孟冰看了看王战，王战站起来，向孟冰敬礼。

孟冰走向王战说："我走了。"

王战道："山陡坡急，注意安全。"

"还有什么话要对我说吗？"孟冰希望听到一些非官方的语言，来印证张铭所说的不完全有理。

王战道："感谢您对一线队员的关心，你们这支水平过硬的卫勤队伍为我们减少了伤病，是我们坚强的后盾，向你们致敬。"

孟冰没有得到想要的答案，欲言又止后，转身上了救护车，全程无视张铭，留下张铭意犹未尽地目送她绝尘而去。他没有因为孟冰的不礼貌而气馁，他认为王战和孟冰之间的距离，如同魔鬼周起点与终点的距离。只要这种状况一直保持下去，自己何必太担心。

第十三章
我知道胜利还很遥远,但能做的只有坚信眼前

长满怪石的田园包围着前路,阳光穿过稻草人的肩膀,光怪陆离。

林昊拍了拍张铭,嬉皮笑脸地道:"张班长,这女孩不错,你眼光挺好。"

张铭说:"那还用你说!"

林昊面带坏笑地问:"车都没影了,还看呢?"

张铭回道:"那是爱情,那是思念的味道。"

"噗,人家好像对你不感冒。"林昊忍不住喷出来。

张铭回过神来道:"去去去,哪都有你,睡觉去。"

林昊说:"我是哨兵,还不能睡。"

"睡你的,这班哨,我来站。"张铭现在血液还在加速,毫无困意。

林昊正巴不得听张铭这么说,捧着臭脚道:"我看你们有戏,就您这谈吐,这人格魅力,博得芳心指日可待。"

"嗯，小伙子，有前途，好好休息。"张铭被拍得舒坦，精神头更足了。

林昊打着哈欠幸福地睡觉去了。

张铭站在帐篷外，想到白天与孟冰的相遇，使劲梳理着两人之间有限的谈话内容，生怕漏掉任何一个环节，他迫切需要寻找到孟冰传递给他的关于情感方面的蛛丝马迹，遗憾的是一无所获，但他不死心，他在想，魔鬼周，七天就可以有一个胜败的结果，但情感可不是。

天气很好，天上繁星点点，大地一边沉睡一边复苏，万物一边蛰伏一边疯长。

山里的空气沁人心脾，他使劲嗅了一口，自言自语道："成大事者，岂在一朝一夕。"

"又感慨上了？"王战突然出现在张铭身后，张铭竟没有一丝察觉，吓了一大跳，意识到自己这哨兵当得显然不够格。

张铭抱歉地回道："对不起，有点儿走神。"

"还是小心为好，麻痹心理害死人，蓝军无处不在。"王战说。

"时间有限，你不抓紧睡觉，起来干吗？"张铭问。

"困得很，睡不着。"王战道。

"越到后期压力越大，比到最后比的是心态，素质技能在心态面前都是浮云。"张铭说。

"你这不是挺明白的，那你为什么替了林昊？"王战问道。

"我不是因为魔鬼周,我是因为……"张铭羞于说出孟冰的名字,因为在这件事上,他被王战给予无形的一击,还没战斗,已然一败涂地。

"因为孟冰吧,认准了就去追求,你俩般配,文化程度高,长相好,虽然这个时间段说这些不太合时宜,但转移一下注意力,聊点儿风花雪月,缓解一下紧张心情也是好的嘛。"王战鼓励道。

"你真这么认为?"张铭问道。

张铭很惭愧,白天他和孟冰聊王战,话里话外都是贬低,但王战对他却是抬举,素质水平高下立现。

"当然,几年了,我能不了解你?"王战说。

"我踏实了,你赶快睡吧。时间宝贵,可别浪费。"张铭劝道。

"我也不是因为魔鬼周,今天看到孟冰,刘楠突然在脑子里挥之不去。"王战说。

都是荷尔蒙爆棚的小伙子,不聊女孩则罢,这一聊,情感的闸门被冲得稀碎。

让张铭想不到的是,在感情上历来像个榆木疙瘩的王战,今天这么坦诚。

张铭说:"你的坦诚让我始料未及,这也是我今天以来听到的最好的消息,预示着刘楠在你心目中坚不可摧的地位,我的努力方向无疑是正确的。"

"挥之不去就不要再挥了,保持住。"张铭紧紧握住王战的手,好像生怕王战改变主意似的。

"不过刘楠硬得像块石头,我一点儿招法都没有。"王战的焦虑一点也不比张铭少。

"我帮你啊,感情这事,就怕旁人煽风点火,只要有好事者频频在她耳朵边絮叨,假的也成了真的,这事我有经验。"别看张铭对孟冰束手无策,在王战这里却像个老教授。

"那样好吗?刻意不成,顺其自然吧。"王战说。

"别别别,咱俩今天定个君子协议,互相补台互相帮助,促成彼此好事。将来咱们两对办个集体婚礼,想想就刺激。"张铭满眼憧憬。

"我还没想那么远,不过听你这么说,画面挺美。"王战被张铭带了节奏,陷入了回忆,刘楠的一颦一笑清晰可见,他们经历的每一个瞬间交织在一起,伴着战友沉睡的鼾声,回荡在王战的心灵深处。

尽管他们满身伤痛,却丝毫不影响血液奔涌,尽管他们极度疲劳,手脚还在发颤,但他们的美梦很甜,姑且认为这是爱的力量。

想的时间一长,刘楠好像真的站在王战面前。她依旧一副高冷模样,眼神里闪着寒光,像出鞘利剑,只看一眼就让敌人矮三分,这是一个常年接受训练的特战队员自带的本人难以察觉的气质,这种气质在对手看来难以对付,在喜欢的人看来却是千金不换之法宝。

刘楠站在那里,突然嘴角上扬,露出一个王战梦里出现过很多次的笑容,飒爽不已,齐整的牙齿在黑夜里闪着洁白的光芒,和那皎洁的月亮一样,温润友善,照耀着王战的心房,抚慰着他火辣辣的伤口。

刘楠伸出一只手,那只手虽然也粗糙,还带着厚厚的老茧,每根指头上都缠着创口贴,冰冷却有力量,像一截凹凸不平的萌生了新芽的老树表皮,但王战仍然能感受到它的炙热和细嫩,这份炙热和细嫩是由经络与皮肤深处散发而来的,是爱的人才有的。

白天的时候孟冰在给他包扎,也有过短暂的这种感触,但稍纵即逝,因为王战知道那不属于自己,不属于自己的,再热烈也瞬间冷却,属于自己的,再细微也会被无限放大。

刘楠站在那里,全副武装,荷枪实弹,像冲锋前的战士,只露出骄傲的脸。她曾经无情地击败他,用恶毒的语言羞辱过他,现在想起来仍历历在目,让他尴尬不已,但那也是他想要靠近她的原因之一。

刘楠的微笑戛然而止,重新恢复惯常的模样,仿佛在说,起来吧,跟我来,追我呀,连我你都追不到,你还能追什么?

在刘楠的鼓舞下,王战一步一步接近她,刘楠却又后退着,边退边说,别睡了,醒醒吧,你的勇士勋章呢?你的承诺呢?你连魔鬼周都征服不了,还想要征服什么?

王战怎能允许刘楠越退越远,他追得异常辛苦,比之前魔鬼周最后几公里的冲刺还要昏天黑地。刘楠是他捕捉不到的影子,除非刘楠主动接近他，她好似又希望给他这个机会。

刘楠突然伸开双臂，似是要给王战一个拥抱，却临时改变了主意，轻轻地在他的脸上捏了一把，调皮中带着暧昧。

那个触感无比真实，因为真有人捏了他的脸，这人并不是刘楠，是张铭，睡梦中，王战把张铭当成了刘楠，抱住张铭，抚摸着张铭的手，把张铭弄得汗毛倒竖。

张铭把手从王战的手里抽出来："醒醒，鹊桥相会呢？上外面犯病去！"

王战擦擦口水，才发现哪有什么刘楠，哪有什么细嫩的手，四处空空如也，只有张铭嫌弃的大脸。

王战说："干吗叫醒我？"

"丢不丢人，臊不臊得慌？"张铭指指天空，皓月稀星早已不见踪影。

"啊？我这睡了多久，你都没合眼？"王战摸着被捏得生疼的脸问道。

"你呼噜打得跟火车鸣笛一样，还吧唧嘴，不掐你，你能醒得了？"张铭埋怨道。

"你抓紧睡，我来站。"王战一边愧疚，一边回味刚刚温馨的梦。

"还睡啥，天都亮了。"张铭很少做出这"牺牲我一个，幸福千万家"的大义凛然的好事，今天破天荒了，应该是孟冰挖掘出了他的潜能。

张铭说完，拍拍屁股上的土，进帐篷叫醒林昊和刘海飞，几人三下五除二收起了帐篷，在那片他们碾压过的光秃秃的地面上撒上树叶，好像从来没有在这里出现过。

特战队员的必备素质便是来无影去无踪，不在宿营的地方留下任何痕迹，带走所有的物品，甚至包括余温。

要继续出发了，王战觉得很有必要在这个美丽清晨，借着一夜休整所带来的愉悦心情，再一次做动员讲话，让大家铆足精神，一鼓作气，向终点进发。

王战笔直地站在队伍前说："这两天的相处，加深了感情，让我们更坚定了同生共死的信念。竞赛有输赢，战友兄弟间没有隔阂，让我们肩并肩手挽手，发起新一轮的冲锋，路很远情很长，忘掉我们是竞争的关系，记住我们这一路相伴的缘分，它必将镌刻在我们的特战之路上，镌刻在我们的友谊之树上。大家有没有信心？"

回答"有"的声音稀稀拉拉。

张铭说："大家心里都跟明镜似的，是战斗就有胜负，是魔鬼周就有淘汰，到最后，只有一个人能步入世界特种兵比武的最高殿堂，没有人不渴望拿到这个机会，只是大家心照不宣，不想说破而已，因为说出来一定会影响感情，不说出来还保持着一份朦胧的美感。"

王战无可奈何，招呼大家出发。

张铭收起昨夜痴情郎的模样，恢复了一贯属于他的形象，拽住王战说:"别看我在孟冰面前缩手缩脚,关键时刻我一定像猛虎下山。"

王战回道:"你放心,只要你有这个实力,谁都挡不住你,关键时刻,发挥你的全部,不管咱俩谁先到达,希望我们都能报以最衷心的祝福,加油。"

"憋了这么久,终于说出真心话了,难为你了,为了团队,装得很累吧。"张铭道。

王战以苦笑回应。

一路上,虽然蓝军从来没有放弃发挥他们的聪明才智,给特战队员设置了层层障碍,雷区、卡点、陷阱、沼泽、滩涂不断给王战等人造成新麻烦,但已经第五天了,蓝军队员也进入了疲惫期,攻击没有那么密集了,火力没有那么犀利了,况且王战等人似乎已经适应了这不断的打击。

这是导调中心最不愿意看到的情景,他们像某些人格扭曲、心理阴暗、看不得别人好的家伙,别人活得畅快,他们便浑身难受,虽然他们是为了锤炼队员,即便带点儿私心,也只是为了凸显个人水平的高超,并不反面,还很正面,但在此时备受煎熬的特战队员看来,他们早已坏透了气,岂止拥有人性之恶。

而被特战队员咬牙切齿,想要大卸八块的代表人物就是李国防,此刻李国防的烟灰缸已经塞不进最后一根烟头。

李国防使劲揉搓着太阳穴,像是在捻一块可以胡的麻将。

"小组、团队、八十公里、二十人、蓝军损失惨重……没有一个信息对我有利,只剩下两天了,还有这么多特战队员,真是窝囊。"李国防脸上有些挂不住了,因为他似是而非的眼神,早已偷瞄到角落里陈东升眉头上的大疙瘩悄悄地有舒展的迹象。他不用看现场的态势,只需要看陈东升的状况,就能大约估摸出战场情况,陈东升的脸是巅峰特战队的晴雨表,李国防深有感触。

李国防不再偷瞄陈东升的时候,就是又一个阴谋酝酿而成的时候,他把手从太阳穴上移开,朝通信参谋使了一个眼色,通信参谋立刻心领神会,用加密通联设备接通任伟林。

任伟林正焦头烂额,急得满嘴燎泡。李国防的电话一打来,他拿听筒的手有些迟疑,那是在做被疾风骤雨暴虐的准备。

幸好李国防声音稳定,给了他一组代码,那是侵入特战队员无线电的密码,并交代他侵入后,马上实施"离间策反"计划。任伟林如获至宝,像获得了重生,挂了电话,兴奋之情溢于言表,指挥手下立即落实指示。

有了密码,蓝军不费吹灰之力侵入了特战队员的无线电台,实现了点对点传输。

王战等人的嵌入式耳麦响起任伟林沙哑的声音:"我是任伟林,不要说话,听我说,都说战场没有捷径,现在有个大馅饼要砸在你头上,就看你接不接得住。我充分相信你是合格的特战队员,忠诚是你的第一素质,但现在要认清形势,我们还有两个加强连的兵力对你们围追堵截,但你们只剩下不到二十人,如果继续下去，你们只会被拖死，没有人通过终点。这对李国防不会有任何损失，因为这次魔鬼周之后，有没有人通过，他都会调走或者转业，一个要走的干部还会在意你们的输赢？现在我给你一个机会，必要时候配合我们，我保证蓝军的子弹会绕着你走。去往'锋刃'的大门就这么悄悄地向你敞开了，惊不惊喜，意不意外？好好考虑一下，愿不愿意都不要走漏风声，因为你们之间总会有人同意合作，不要让自己太被动……"

四人都听得清清楚楚，他们停下脚步相互对望，这的确是个巨大的诱惑，任伟林说得似乎也挺合理，如果答应和他合作，会少走很多弯路。但好在巅峰特战队员的入队第一课就是防间保密教育，他们是经过多次考验的战士，怎么会被任伟林一席话就拿下呢？

四人争先恐后竹筒倒豆子，将信息汇总起来，没有任何隐瞒。

"什么年代了，还用这种低级的手段？"林昊嘲笑道。

"他能侵入我们的电台，说明他们的手段并不低级，估计麻烦还在后头，我们不能掉以轻心。"王战叮嘱道，并伸出双手道，"谁也不能离间我们，我们是铁打的战斗堡垒，千万不能在这个时候有什么矛盾，记住了。"八只手紧紧地握在一起，又喊了一遍口号："巅峰出击，勇士必胜！"

任伟林发现没有一人把他的话当回事，挫败感浓重。

李国防发现再不出马，单靠这后劲不足的任伟林估计很难有大的逆转，他迫不及待地抓过话筒，对全体队员道："蓝军所言非虚,你们中间确实有间谍,尽快找出来,否则后果不堪设想。"

蓝军的话可以不信,但这是导调中心最高首长李国防的声音,这个声音无法造假,因为无数次出现在巅峰特战队员的耳朵里,他的每一个指令、每一个口号都是特战队员用鲜血汗水来践行的,他们一次次的出击都与这个人的话语有关。它曾是特战队员的号角,是特战队员的航标,比指北针都要精确,它指引着特战队员用身体和智慧铸造成有血有肉的现实,它曾存在于特战队员的骨髓里、胸膛里、眼眸里、准星里,它曾渗透于特战队员的梦境里、每天的生活制度里、情感里、时光里,好多次听到这样一声指令,特战队员腾空而起、飞檐走壁、神出鬼没,除了陈东升,这是最激荡他们脑海的熟悉声音,万万不会不真实,所以有的队员乱了阵脚。

王战稳住大家道:"这不可能,我们中间不可能有间谍,这是心理战术,是策反。"

张铭还是担忧,并且一点也不回避:"不是没有可能,我知道我一定顶得住诱惑,但不保证每个人都可以。"

"现在我们谁都不能信,搞不好他们串通起来一起来对付我们。"林昊道。

"说得好,信天信地不如信自己,按原定计划实施,出发。"王战命令小组继续前进。

可走了没几步,张铭又停了下来,说:"不能盲目前进,这个问题不解决,走得越远,死得越惨。"

王战有些生气地道:"如果有间谍,我们的位置现在已经暴露在蓝军的眼皮子底下,为什么他们还不袭击我们。"

张铭想想也有道理,满腹狐疑地跟在王战身后走着,王战刚才预想的事情很恰到好处地发生了,像是要来当场打王战的脸。

一架武装直升机从远处飞驰而来,方向正是王战等人所处的位置,连弯都不拐,径直飞来,很明显是冲他们来的。

蓝军瞄准王战等人的周边摁下发射按钮,机枪喷着火舌疯狂扫射,子弹哗哗地落在丛林里。但蓝军好像并不想真正淘汰他们,林昊跌倒在很显眼的位置,直升机却停止了射击,转而向奔跑中的王战开枪。

直升机驾驶员从上至下,清晰地看到四个人沿四个方向奔逃,嘴角露出一丝邪魅的笑。他不会射杀他们,那属于犯规,原因只有导调中心知道。

直升机没有恋战,打着旋子向远处飞了,他们的目的已然达到。

四人连滚带爬,重新聚首,你看我我看你,惊得说不出话来。

许久后,张铭道:"果然有间谍,敌人甚至连我们说什么话都能听得到,不然王战话音还没落,直升机就掐着点儿来了,精确得不可思议……"

"也许是巧合。"王战还在努力维护团结。

"别自欺欺人了行吗?"张铭道。

"那怎么办,不走了?到此为止呗?"林昊对于张铭不加收敛的疑神疑鬼感到很不舒服。

"谁说不走,关键现在寸步难行,找着间谍再走也不迟。"张铭道。

"怎么找?你说谁是?我是不是?王战是不是?刘海飞是不是?我看最像间谍的就是你。"林昊怒不可遏。

"怎么说话呢?"张铭脾气也不小,说着已拉开架势,被王战薅住了衣服。

"都别急,这个时候最需要冷静。"王战道。

"这次直升机扫射事件我们侥幸躲过,下一次就没这么好运了。"张铭犯嘀咕。

大家表面上赞同了王战先冷静下来的提议,实质上已有了隔阂,他们僵持在原地,矛盾一触即发。

市区机关宾馆内,刘楠没有穿军装,取而代之的是一套干练的黑西装,皮鞋擦得锃亮,一侧耳朵里塞着嵌入式耳麦。她今天竟然上了妆,光洁的脸上一层粉黛,遮挡住因为常年暴晒而并不白皙的皮肤,烈焰红唇配着她美丽的脸。她游走在走廊的一头,注视着每一个经过的人,眼睛犹如一台扫描仪,把过往的人盯得发憷。

一高一矮,两位五十岁上下大腹便便的男人缓缓经过,走出去好远还忍不住回头看几眼刘楠。

"那服务员挺标致,只是看起来有些不好搞。"高个儿的嘴角划过一丝淫笑。

"你可拉倒吧，一看就是外行，这妞儿你还是少打量。"矮个儿的面色可不轻松。

"什么了不起的，分分钟教育她做人。"高个儿道。

"你这嘴没个把门儿的，再往里是首长住地，三百六十度无死角监听监控。"矮个儿男子显然对于同伴的无知感到遗憾。

"什么首长？什么时候的事儿？"

"首长来，还要跟你汇报吗？别问了，走走走。"矮个儿催促道。

"有什么了不……"

高个儿还没说完，电梯门开了，迎面虎虎生风地走出一位和刘楠一模一样打扮的女孩，这个女孩拥有同样的眼神，只正面一眼，就让他的话顺着出气口原路噎了回去。那眼神未带杀机，但足够凶狠，像一股电流，令人一激灵。

电梯门关上，高个儿捂着胸口说："这都什么女人，怎么都这造型？"

矮个儿说："你刚从下面调来，少见的还多着呢。"

高个儿问："到底什么情况？"

矮个儿说："别问了，那是执勤警卫。"

高个儿问："执勤的女警卫？到你们宾馆干什么？"

矮个儿说："你有完没完，只能告诉你这是一级警卫，自己琢磨去吧。"

"一级？一共几级……"高个儿一头雾水，没有概念，但从他的面部表情来看,显然在为刚才没有太轻浮而感到庆幸。

从电梯迎面走来的是女特战队员陈嘉,饭点到了,她要换下已经站了一班岗的刘楠。

刘楠看到陈嘉,刚还冷若冰霜,瞬间热情似火,刚要释放热情,突然想起来交接程序,马上再次恢复严肃道:"情况一切正常,执勤设施完好,无其他待办事项,请遵守哨位纪律……"

把武器装备一件件交接完毕后,刘楠才露出笑容。

工作是循规蹈矩、有严格规程的,但她们也是青春女孩,有着所有女孩都有的柔情似水,只是职责所在让她们要控制情绪。女特战队员们练就了控制情绪的能力,而且收放自如,听起来这如同特异功能一般的技术似乎很潇洒,其实那背后的残酷无人知晓。

"累坏了吧。"陈嘉一边警惕地观察着四周一边道。

"感觉腰快断了。"刘楠揉着腰,和亲密战友对话。

"咱知足吧,刚刚宋颖给我来电话了。"陈嘉说。

"她在参加魔鬼周,哪有空给你打电话。"刘楠道。

"被淘汰了呗。"陈嘉很自然地回道。

"什么,连宋颖都被淘汰了,她体能可是数一数二的。"刘楠感到不可思议。

"有什么稀奇的,此魔鬼周非彼魔鬼周,这次蓝军来势凶猛,导调中心变态升级,别说宋颖了,男队员里剩下的也寥寥无几了。听宋颖说,根本没什么人性可言,所以我们算是躲过一劫。"陈嘉认为这次一级警卫勤务算是来着了。

"我还是希望参加魔鬼周,也想参加'锋刃'国际特种兵比武。虽然这一届没有女队员,下一届难说没有,所以提前适应没有坏处。"刘楠道。

"也对,听说这次魔鬼周有很多不一样的地方,精彩纷呈,那几个种子选手把蓝军指挥员任伟林都拿下了,可圈可点。"

"是王战?"刘楠脱口而出。

"你怎么知道?"陈嘉的语气有戏谑的味道。

刘楠感觉到反应有些过于激烈,羞涩地道:"我……我猜的……"

陈嘉"趁火打劫"道:"你怎么不猜张铭,不猜刘海飞呢?张口就王战。"

刘楠不愿意被陈嘉牵着鼻子走,说道:"你什么意思啊?"

虽是女特战队员,八卦这件事可不分群体,茶余饭后她们也对特战大队里的风花雪月津津乐道。

陈嘉说:"哟哟哟,还脸红了,这可不是你的性格,很有问题。"

"别瞎说,注意场合。"刘楠愠怒道。

巅峰特战大队虽然带个"大"字,营区大、架构大、名气大、哪儿哪儿都大,但环境却是封闭的,一点儿鸡毛蒜皮的事,不出一个时辰,必然尽人皆知。王战喜欢刘楠,虽然没有表白过,没有被抓过现行,但仍然逃不过大家的法眼,有时候一个擦肩而过或者一个眼神,大家就能知道这个战友和平常有什么不一样,根本不需要

"实锤"。

所以陈嘉劝道:"别躲躲闪闪的了,你越这样大家越起哄,他是男队种子选手,你是女队种子选手,你俩势均力敌、平分秋色、惺惺相惜、相依相偎……"

"越说越过分,他是谁啊?手下败将而已,他有那么优秀吗?还有你们,好事之徒,站好你的岗吧。"刘楠给了陈嘉一个大大的白眼,甩头要走。

陈嘉叫住了刘楠,神秘地问:"真不关心?"

"针不关心!线也不关心!"刘楠回道。

"不关心就不会替他揪心。"陈嘉八卦的热情不减。

"他怎么了?"刘楠嘴上说不关心,其实还真被陈嘉说着了。

陈嘉说:"你太了解魔鬼周的战场,那里充斥着残酷、血腥、疯狂与危机,那里随时都会爆出冷门,遍地都是新闻,有关于战场本身的,有关于人性考验的,有关于希望与绝望的,那里浓缩了特战生涯的点滴,攫取了特战队员生命最深处的养分,有的人需要三年五年才能领悟的军旅真谛,可能在那里只需要一周,有的人需要一辈子来理解的情怀,可能在那里只需要一颗子弹。说不关心,其实那里蕴含着所有,说是对王战的关心,其实也是对你自己的检验,希望那里的呈现,也是自己付出的映照。"

刘楠沉默。

陈嘉不再逗她,正色道:"王战他们组成了战斗小组,正遭受有史以来最严重的危机,听宋颖说,蓝军指挥长任伟林和李支队长已经狼狈为奸，哦不，珠联璧合，对他们展开强烈攻势，不仅是战术上的，还有心理上的，我怕他们撑不过今天。"

刘楠手抖了一下："只剩下两天了，还有近百公里，撑下来就胜利了。"

陈嘉也是感同身受："谁说不是呢，枪林弹雨、刀山火海，都是血泪。"

刘楠说："如果我和他一组……算了，不说了。"

陈嘉问："这时候不说不关心了？"

"虽然王战那人给我第一印象很不好，怎么瞅怎么来气，但后来他变了，炒纠察队鱿鱼、火车站演练、大巴车救援……"刘楠一边回忆着，一边诉说着王战的种种转变，突然发现陈嘉看她的眼神又不严谨了，连忙打住，"我跟你说这些干吗，说的着吗？再见。"

刘楠羞红了脸，若有所思地走了。

陈嘉看着她的背影，调皮地学着她刚才的语气和动作道："我跟你说这些干吗，说的着吗？再见。"

一声开门声，陈嘉连忙恢复女特战队员刚硬的形象，表情与表情的转换之间无缝对接，行云流水。

一位花白了头发，戴着金丝眼镜，身着套装的知识女性从不远处的房间里走出来，她面容和蔼，但目光如炬，有股不怒自威的气质，此人就是女特战队员的警卫目标，她从陈嘉身边经过，陈嘉连忙跨立变立正，喊了声："首长好！"

女士停了下来,端详了一下陈嘉,面带笑容道:"早就听说巅峰特战队的女特战队员是一道亮丽的风景线,果然名不虚传,这颜值、这军姿,让我回想起当年我当兵的时候。"

"原来您也当过兵。"陈嘉听惜字如金的首长主动和自己攀谈上了,而且还当过兵,紧张感一下子消除了不少。

"那都是几十年前的事儿了,但现在想起来仍然历历在目,看到你更是感慨万千。以前给我警卫的大多是男战士,这次换了女队员,你们领导有心了。"女领导拉起了陈嘉的手。这一拉眉头皱了一下,满眼狐疑地托起陈嘉的手,当确认这是一个二十出头的女娃的手之后,她有些控制不住自己的情绪,心疼地说:"这手怎么看都不是你这个年纪的女孩应该有的手,这得吃多少苦才能拥有这样一双手,辛苦了,孩子。"

陈嘉真诚地说:"不辛苦,还很荣幸,以前警卫勤务都是男队员,轮不到我们出勤,您来了,我们才有这个光荣的机会。"

女士眼睛里有闪烁的光亮,说:"好好好。女人、女军人、女特战队员,你们的青春大不同。女性本柔弱,要干出成绩,要付出比男人更多的努力,这种体验,我也感触很深。加油,共勉。"

陈嘉的胸脯挺得更高了:"您是我们的标杆,向首长学习致敬。"

女士再次紧握了陈嘉的手,从一个嘘寒问暖的大妈,重新恢复领导的气场,向前方走去。陈嘉跟在斜后方一步之遥的地方,从一个被关怀的孩子,瞬间化身肩扛千钧重担的安保人员,她们都在不停地变换着身份，不变的是对信仰的理解。

刘楠告别陈嘉，上了电梯，她的耳边响起王战的喘息，那个喘息她曾经近距离听到过，他在大巴燃起熊熊烈火、释放出浓浓迷雾、扛起她飞奔的时候也是这样的喘息，他在被她裸绞无法反抗，但也绝不认输的时候也是这样的喘息。这个喘息在刘楠耳边回荡，仿佛也指引着她，让她置身于那个疯狂野性的魔鬼周战场，她想和他一块拼杀，离开这个静谧的环境，这里没有硝烟，充斥着消毒水和空气清新剂的味道，不是她喜欢的味道。

刘楠通过电梯里的镜子看到自己的脸干干净净，衬衫一尘不染，制式西装上还有崭新的褶子，她在想，所有战友在和蓝军斗智斗勇，而她却在这里警卫一个一天也不一定见上一面的目标人物，吃着不重样的山珍海味，睡着软乎乎的弹簧床，虽然这是必要的任务，但总感觉不踏实。队员们还好吗？王战还好吗？早知道我不该跟他打什么赌，让他下不来台，他是一个看起来平静，其实异常执拗、异常要脸面的家伙，如果我不刺激他，也许他会知难而退，不去干那些超越了能力范围的事儿。想到这，刘楠内心似乎有些隐隐的后悔，不知道那是不是心疼。

回到宿舍，刘楠坐立不安，她想给导调中心的人打个电话，了解一下现场的情况，毕竟她是局外人，他们应该会不吝传达。

刘楠拨通了齐伟的电话，无人接听。

她狠狠心又打了郎宇的电话，郎宇接了，语气不像对男队员那么凶狠,再狂躁的男人,在优秀女性面前也懂得收敛。

刘楠拐弯抹角地问道:"一切都好吗?"

郎宇以为刘楠关心的是自己,有些受宠若惊:"好好好,被你关心的感觉真好。"

刘楠问:"战况如何?"

"这个……这个,虽然咱俩关系不错,但原谅我无可奉告。"郎宇多想和盘托出一切,毕竟刘楠很少给他打电话,但他目前力所能及的事情只能是说说个人的情况。

"听说现在是最胶着的时候,夺冠热门王战小组遭遇空前危机?"刘楠忍不住说出打电话的目的。

郎宇也听出来了,顿感失落,此刻他多想也变身特战队员,而不是魔鬼教官。他羡慕王战成功引起女一姐的关注。

"你是问这个啊……那更无可奉告。"郎宇主动摁下了电话,黑着脸表达对于刘楠醉翁之意不在酒的不满。

刘楠捧着传出一片忙音的手机,思绪不仅没从战场上收回来,反而更心向往之。当然一级警卫勤务也是实践军事技能的舞台,而且是十分重要的政治任务,但对于刘楠来说,不让她上战场,就像一个好射手当了勤务员,一个侦察兵下了后勤班。

第十四章
我以为我会重新对待他人，
其实更明白要审视世界、审视自己

雷声翻腾，草木交织。

此刻王战这边还在僵持，他从不信小组中有间谍，他了解每一个成员，他认为直升机扫射事件只是一个巧合，但任凭他怎么说，张铭都持怀疑态度。

王战说："刚系好的绳头，这是要打散？"

"侵入我们的无线电台有可能，但我们的行踪除了导调中心知道，蓝军根本不可能掌握。为什么会被袭击，真的只是巧合？"张铭百思不得其解地道。

王战说："我知道你具有较高的逻辑水平、理论水平，只相信推断推理的结果，不善于用感情考量。这是个优点还是缺点，没人能说得好。"

张铭说："这时候是谈感情的时候吗？"

导调中心，支队长李国防和蓝军指挥长任伟林站在了一起，身后是已经对李国防的底线和节操彻底失去信心的陈东升，陈东升指着任伟林的鼻子道："你不让我的队员触犯规则，你欣然接受他的这种施舍来搞这种名堂，两个连的兵力还不够，还要开后门？你真不要脸！你还是当年的任伟林吗？你确定跟我一起接受过特战指挥培训？"

任伟林的脸色说不上是愁是苦，他没有因为暂时给特战队员造成了很严重的困扰而感到光彩，他在后悔来担当这个角色。

任伟林不急于辩解，作为一个曾经有操守的指挥员，极光突击队的队长，他也确实没有脸面辩解，只是低声揭露事实："我只是一颗棋子，这是帅府、大本营，我不该来这儿。"

李国防不允许陈东升对他请来的兄弟单位的同志这么粗暴，把责任揽到自己身上道："别这么说，他是为了锤炼你的队员，魔鬼周没有他就少了一半的色彩。你所谓的不好的事情发生，是我的主意，增加难度，游戏才好玩，轻易能通关还有什么挑战性？年轻一代的士兵，不缺乏勇气和智慧，但集体观念属实还要磨炼，我们都是为了他们好，别不知好歹。"

不等陈东升说话，李国防扭头对任伟林道："不过，我只能给你提供一次他们的位置，接下来靠你们了，尺度再大就过了，队员们知道了会烧了导调中心的。"

任伟林看看恢复沉默的陈东升，脸色极为难看地对李国防说："技不如人，只能寄人篱下、任人摆布，不过，就算脸丢光，我也要把这场仗打完,因为和高手过招,我们才能进步。你说啥是啥,我执行就是了。"

任伟林走出导调中心,外面的阳光刺得他眼睛生疼,但他执拗地注视它,想让它驱散心中的氤氲。来之前,他抱着将巅峰特战队搅得鸡飞狗跳的希望而来,如今他做到了,却没有想象的开心,就像踏踏实实靠本事挣钱的人,没有一夜暴富者的狂喜,最重要的,他在老同学陈东升脸上看到了浓浓的鄙夷,那种神态比当时被王战小组拿下还要扎人。

"陈东升啊陈东升,护犊子没有这么护的,都说他心眼儿大,现在怎么变成这样了。"助手叹道。

任伟林苦笑说:"这场魔鬼周之后,我和陈东升之间的关系应该会彻底垮掉,毕竟我毫无顾忌、毫无诚信可言,把他的队员当猴儿耍。"

"垮掉就垮掉,军校时代早已远去,那些青葱岁月、火热的情感也会随着岁月流逝,像不断上移的发际线一样,越走越远,将来只会是竞争对手,不管是在带兵上,还是为官上,估计没有这次魔鬼周,他也不想看见我了。"任伟林抚摸了一下魔鬼周以来就没刮过的胡子,硬得扎手,他戴上迷彩帽,扎好编织外腰带,向指挥车走去,走得一点儿也不潇洒,还有些悲怆。

"任伟林!"是陈东升的声音,任伟林回头,看到陈东升站在台阶上,当年笔挺的小伙子,也早已不那么朝气蓬勃,他看到了他黑乎乎的脸上茂密的胡楂儿,像看到了镜子里的自己。

"想骂人,接着骂,走了就没机会了,我不会在紧要关头心慈手软。"任伟林认为陈东升是来找后账的,他不能示弱,因为助手在旁边看着他。

陈东升缓缓地下了台阶,来到任伟林近前,盯着他的眼睛,把他看得有些急赤白脸:"没完了?"

突然,陈东升露出一个任伟林熟悉的笑容:"对不起,刚才我说话有些过了。你是来帮我的。"

任伟林以为听错了:"刚撕破脸,马上能道歉,这么大的人了能做到这样不容易。"

看到任伟林缓不过神来,陈东升说:"巅峰特战队之所以越来越好,就是因为经得起各种打击,能迎接各种挑战,我要是对你们的策略耿耿于怀,就是在自掘坟墓。"

"你……你……嫉恶如仇,这不像你说出来的话。"任伟林道。

"你也代表一支队伍,而且是十分优秀的队伍,你们远道而来,不熟悉地形地貌,得不到全面及时的后勤保障,也没有舆论上的支持,精神还承受着巨大的压力,我再不理解你,你该有多郁闷?刚才看到你走的一瞬间有些颓,我突然意识到,谁都不容易。"这可能是几天来陈东升坐在角落里一言不发,一直在思考的问题之一。

听陈东升这么说,任伟林脸上的胡楂儿都想跳舞,但作为一个老带兵人,哪能喜怒形于色,他还在坚持蓝军的精神内涵:"我们没你说的那么困难，魔鬼周还没有结束，你不要用这种姿态跟我讲话。请你继续讨厌我，不让人讨厌的蓝军不是好蓝军。"

"嘴硬？"陈东升说。

"我现在比你牛多了，你在原地踏步，我在进步，羡慕去吧。不说了，老子要干正事了。"任伟林大步流星地走了，留下陈东升傻站在原地，很久之后，他鼓了鼓掌，自言自语道："还是当年那死出儿。"

任伟林坐进指挥车里，故意打开车窗，通过对讲系统，大声地报着王战小组以及其他小组所处位置的经纬度数据，像是在重新激怒陈东升，又像是在给所有人强调新一轮打击即将震撼来袭。

陈东升向任伟林敬了一个意味深长的军礼后，回导调中心了，他要全程观看队员们的反应，并一一记录在案，他从愤怒到波澜不惊，心中经历了什么惨烈的斗争不得而知。

丛林深处的特战队员们通过电波收到任伟林的挑衅，一个个如坐针毡。

率先跳起来的是张铭："我说什么来着，蓝军现在连我们脸上的痦子都看得见，没有间谍，根本做不到。"

"事实胜于雄辩，我们的一举一动都在蓝军的掌控之中。"林昊也动摇了。

连刘海飞也把目光从他的狙击枪瞄准镜上移开，期待一个合理的解释。

王战终于还是做出决定："跟着我走，我走在最前面，要淘汰先淘汰我，好不好？"

无人应答。

王战说："你们还认我这个临时小组长，请跟我来。"

说完他端起枪，走了出去，三个人依次跟在他后面，走得小心翼翼，越走气氛越压抑，谁也不想再发表意见，谁也不敢再调侃，因为现在每个人的身份都很微妙，生怕被认为是在演戏，戏过了、戏欠火候或是哪怕刚刚好，都是问题。

前方是一处空旷地带，无遮无拦，一片坦途。

王战决定到前方侦察敌情，确认安全后，再指挥小组前进，留下三个人大眼瞪小眼，这一瞪，把这一段时间的积怨都瞪了出来。

张铭首先忍不住道："王战怕伤人心，我不怕，现在不是伤不伤心的阶段，到底是他妈谁，自己给我站出来，不然，等魔鬼周结束，别怪我翻脸不认人。是不是你？是不是你？"

张铭这句话就像点燃了导火索，把林昊心中的雷引爆了。

林昊毫不客气地还击："你吼什么吼，你有什么资格吼，你也是被怀疑对象之一！"

一个上等兵敢跟自己这么说话，张铭一百个不同意："敢跟老子这么说话，翅膀硬了是吧，你是半路上捡来的，没有我们你早被淘汰了。"

这又是一颗杀伤力极强的炸弹，把林昊炸得体无完肤，彻底丧失理智。

林昊咬牙回道:"张铭,我不是要饭的,从始至终,没吃你的,没喝你的,我不欠你,看你是老队员给你留着面子,别倚老卖老。"

"你说谁呢?我看你就是间谍,不该出现的时间你出现了,我们救了你,你还恩将仇报,你这样的人活不过两集。"张铭从地上站起来,指着林昊的鼻子说。

林昊狠狠地打掉了张铭的手,这个举动彻底惹火张铭,冲上来掐住了林昊的脖子。

林昊并不忌惮他,又使劲推开了他,你来我往,肉搏上演了。

刘海飞去拉,根本拉不动,想了想又坐回了原处,坐山观虎斗。

"打吧,挠他,你们体能储备太好了,我可不想浪费体力,剩下的体力是留着最后冲刺用的。"刘海飞说。

一边打得血流满面,刘海飞继续爱抚着狙击枪。

林昊毕竟是新队员,几个回合下来已经招架不住张铭的拳腿组合,但认输断然不是特战队员的习惯,倒下爬起来,再倒下再爬起来,直到两人扭打在地上连连翻滚。

王战侦察回来,看到这番狼藉景象,肺都气炸了,立即上前拉开。

林昊憋了一个大招,准备往张铭身上招呼,一不小心正中前来拉架的王战的鼻梁。王战鼻血喷涌而出,止不住。

一看王战见血了，张铭和林昊这才停手，相互挣脱开纠缠，来观察王战的伤势。

王战捂着鼻子蹲在地上，一动不动。

林昊捅的娄子要自己来平，询问王战的伤情，找出棉签，为王战止血，但效果不佳，林昊愧疚得要哭出声来。

王战道："没事，可能是鼻梁骨断了。"

一说鼻梁骨骨折了，三个人都不淡定了。

刘海飞道："完了，完了，这下没法继续了，没被敌人干倒，被自己人下了毒手。"他拍着林昊的肩膀刺激他道："你啊你啊……"

张铭虽然不是直接伤害王战的"罪魁祸首"，但责任也有他一半，甚至是一多半，毕竟他是老队员，老队员和新队员起冲突，本身就是错误。他冷静下来，才意识到自己干了多么荒唐的一件事。

三人手里各拿着一簇擦血的纸巾，手哆嗦着，不知如何是好，血还在流着，量很大。

刘海飞道："还是上救护车吧，这样流下去不是办法，本来就虚弱。"

王战摆摆手，示意他们不要惊慌，鼻血没那么可怕，他还可以坚持。

半晌，王战从地上站起来，大家看到血止住了，那是因为鼻子肿起来，压迫了血管。

林昊半跪在地上,他觉得自己是天大的罪人,王战的魔鬼周如果因此提前结束,他会内疚一辈子。

王战显然没有把这件事放在心上,他拍了拍林昊,又看了看低头看地的张铭道:"都怪我,能力有限,没有解决好小组之间的矛盾就贸然前行,这个问题不解决,还会出事儿。"

王战想了一会儿,把压在心里很久没敢提的意见提了出来:"张铭说得对,不能再像之前一样单纯用感情说话,没有说服力。从现在开始,即使没有间谍,也按照有间谍来执行。"

王战收缴了所有人的无线电和子弹,遇有情况再申请供应,认为这样可以避免蓝军和他们之间的通联,大家同意了他的观点,但在实际操作中,弊端尽显,这个小组已经名存实亡,因为蓝军的打击还在继续,他们失去了相互之间的配合和弹药的及时供应,只一次袭扰,他们就如盲人摸象、瞎子敲锣,一塌糊涂。

四人重新聚在一起,发现这根本不是长久之计,小组只会慢慢土崩瓦解。这一措施禁不住考验,刚刚开始就夭折了。怎么走都是死胡同,大家苦恼不已。

王战看了看电子地图,距离终点只剩下五十公里了。

王战说:"难道真的要在马上能看到胜利曙光的时候,背离初衷,各自为政?让蓝军像狗撵兔子一般,让李国防看尽笑话?那是我最不愿意看到的。"

左思右想,没有任何主意,大家经受着精神上的煎熬。

王战扭开水壶,喝了一口,递给身边的林昊,林昊接过来,递给刘海飞,刘海飞故意不接,林昊只能递给张铭,张铭看了看林昊,心里还有气,装没看见。王战踢了踢张铭的军靴,张铭依然不为所动,林昊一看如此,何必上赶着,使劲把水壶盖拧紧,再也不看张铭一眼。

王战叹息一声说:"这么下去,别说蓝军,自个儿能把自个儿别扭死。"

长久的尴尬后,林昊站了起来,向王战深深地鞠了一躬,道:"组长,让你躺着也中枪,我向你道歉。"

王战说没事,林昊却说:"先别急着替我找补,张铭怀疑得没错,我是间谍!我良心发现了,若不是打了这一架,被张班长骂了个狗血喷头,要不是误伤了您,我还意识不到自己的无能,你们是夺冠热门,不能让我这颗老鼠屎坏了一锅粥,我离开,你们不要再相互猜疑,战场上如此,比敌人猛烈进攻都可怕,我不配当你们的队友,要杀要剐随你们便。"

一席话说完,张铭的表情瞬间像民族英雄一般,像现场抓了一个叛徒、汉奸、卖国贼一般荡气回肠。

刘海飞大惊失色,眼珠子溜圆。

只有王战道:"你别赌气了,这话谁信?"

张铭接茬儿接得那叫一个滴水不漏道:"我信,我说什么来着?"

王战使劲瞪了张铭一眼道:"我不信,我一百个不信,一万个不信。至于为什么,没有为什么,如果我被淘汰是因为兄弟,那就淘汰了吧,没什么遗憾的。"一席话让林昊热泪盈眶。

见没人动作,林昊道:"你们不动手,我自己走。你们留得住我一时,留不住我太久,我去意已决,因为我知道如果不站出来,光张铭那一关都过不去,这样的战斗不打也罢,这样的成功不要也好。"

林昊朝着分岔口走去,正宗的分道扬镳、划清界限。

王战捶胸顿足。

张铭还在坚持自己的想法:"他良心发现,他没脸了,要赎罪。"

王战道:"你哪儿都好,就是和人打交道,首先看到的是恶。"

三人的耳麦同时响起来,是林昊的声音:"我本来就不属于这个小组,现在我走,但走之前我要说一句,不要再相互猜忌。我们可以承认技不如人,甚至可以承认不是个合格的特战队员,但一定不能选择当蓝军卧底,打死也不会。"

张铭嗤之以鼻:"谁会承认,搁谁谁也不承认。"

任伟林能听到他们的对话,眼圈一下红了,他也是一个有操守的老特战,他知道林昊的出走已经预示着他基本放弃了突破终点这个选择,王战小组也没有足够的时间和能力使他重新归队。

"现在你们内部出现了问题,我的目的达到了。现在我可以负责任地告诉你们,这只是我与导调中心的一次小配合。"任伟林通过王战小组的无线电忍不住传递着嘶哑的声音。他要再一次激怒他们，乱他们的阵脚，虚虚实实，让他们草木皆兵。

一听这话，张铭羞得脸红透了，肠子悔青了："我恨不能现在给林昊磕俩响头，然后活剐了任伟林。"

王战和刘海飞却是不同的反应，王战红肿的鼻子微微动了一下，脸上无波澜，心里却涌动着暖意，魔鬼周还没有结束，一切还能挽回。

"说来也是笑话，兄弟的清白需要蓝军来作证，我们的辨别能力差到了何种地步。"刘海飞终于不再沉默。

"要把林昊找回来，越快越好。"王战说完，通过无线电向林昊喊话，但林昊已经破釜沉舟，也根本没想过要回归小组，他早已经关掉了无线电。

虽然再找林昊需要大把的时间，绕足够多的远路，但张铭没再有一句怨言。

寻找林昊的路必然危机重重，但三人还是毅然踏上了这条路。

跑起来，王战的鼻子没有那么痛了，张铭一路上都在想见到林昊之后应该怎么说，他头一次为了发言而苦恼，他从来没有觉得和一个新队员对话原来也需要打腹稿、费脑筋。

"林昊，林昊……"他们一边穿梭于密林中，一边轻声呼唤着林昊的名字。

他们会去寻找一个可能根本不会再见到踪影的出走队员，再一次刷新了任伟林的三观。

任伟林对助手道:"陈东升说巅峰特战队越来越厉害是因为不怕接受任何挑战,我看不全面。"

助手道:"还有什么原因?"

任伟林道:"你还看不出什么原因,就是我们不如人家的原因。"

导调中心的干扰任务已经结束,大家也转换了各自的无线电,任伟林失去了特战队员所在位置的数据,现在他们重新进入一条公平的赛道。

任伟林命令蓝军队员,以王战小组最后消失的位置为起点展开搜索。

蓝军分队经过历次和巅峰队员的正面交锋,也汲取到了新的能量,更换了新的战术战法,他们不再动不动搞拉网式搜索排查,也分成若干个战斗小组,像毒蛇吐信般不时闪现一下,让巅峰特战队员每分每秒都处于高度戒备之中,而不是像之前打过一大仗之后可得到暂时喘息。这样多股力量的反复袭扰,对于已经消耗掉大部分体能和心理承受力的特战队员来说更加致命。

三人小组拉开相当的距离,沿田间小路一路搜寻,路两边茂密的枝叶伸出来握手,遮天蔽日,使这里的氛围蒙上一层阴影,灌溉渠里的水在流淌,伴随着特战队员的脚步。有鸟儿好奇地注视着这从没见过的稀有物种,它们不知道他们为何如此打扮,叽叽喳喳地叫着,不断有胆大的鸟儿使劲扑棱着翅膀从特战队员的头顶飞过，比低空掠过的飞机还给人压迫感，它们表现着它们的不友好。

张铭断后，警惕地观察着任何风吹草动，他和准星融为一体，把这个空间氛围划分为一个又一个细小的框架。特战靴踩在凹凸不平的路面上，但并没有发出沙沙的声音，可见他们每一步都迈得异常小心。

突然，从路边的沟渠里伸出两只脑袋，脸上也涂着和张铭一样的迷彩油，黑黢黢的，和草木掩映出的阴影毫无违和感，除了眼白，其他都和现场的植物一样隐秘。张铭的作战靴在他们头部斜上方的位置踩过，所以他们举起手就能够到张铭的脚踝，两人一人一条腿，猛一拽，张铭上身一晃，便被两个蓝军拽下了沟渠，在向沟渠里倒下的时候，张铭心中一惊，却来不及喊一声，便被一人捂住了嘴。

蓝军甲抽出了明晃晃的军刀架在张铭的脖子上，张铭柔韧性极好，虽然仰躺在沟里，但脚也能击打到蓝军的后脑，特战靴镶了钢板的鞋头，和蓝军甲的头盔碰撞在一起，发出"咚"的一声闷响，蓝军甲翻了翻白眼，迎面趴在了水里。张铭抓住了蓝军甲手中的刀，但被蓝军乙死死摁住了手腕，他使劲要反转张铭的手腕，想迫使张铭放弃挥刀计划，但张铭腕力十足，根本无法撼动，蓝军乙侧位骑乘张铭，对其右臂施展"木村锁"，张铭想用左手解围，却发现鞭长莫及，只好使劲用左手击打蓝军乙腋下，但他身体被骑乘控制，腰力受限，根本释放不出太大的能量，而蓝军乙占据有利位置,可以用上全部的力量。

"咔嚓"一声,张铭的右肩关节错位,疼得号叫了一声。

王战和刘海飞听到了,飞奔过来,确认好位置,直接从小路上跃下沟渠,一人一下将蓝军乙击晕在水中。

两人正准备架着张铭逃离这里,王战回头看了一眼,发现水流湍急,蓝军两人皆晕倒在水里,如果不把他们拖出来,很有可能窒息而亡。

王战决定立刻解救他们,刘海飞道:"跑吧,他们的组员肯定就在附近。"

王战没有听刘海飞的意见,还是下去把他们拽到水淹不到的岸边。

刘海飞佩服地道:"敌人唯恐你有好果子吃,你却处处为他们着想。论军事技能他们不行,比道德素质,他们也差着远哩。"

王战道:"省点儿力气看看张铭的情况吧。"

此刻张铭脸上的汗珠子已如雨下,他的右肩关节脱臼,右半拉身子整个都耷拉着,疼得直呻吟。

王战道:"忍着点儿啊,我会一点儿正骨,但不保证百分百能行,你相信我吗?"

"快点儿吧,彻底拧折了,也比这样强。"张铭道。

"有你这句话,我必须给你装回去。"王战说着,双手拽着张铭的右手,一只脚踩住张铭的腋窝,一咬牙一瞪眼,手脚同时发力,"咯嘣"一声,关节原路返回了。

张铭将信将疑地活动了一下肩膀,发现真的完好如初,可以正常使用了。

三人缩短了距离,确保战友都在可视范围内,继续寻找林昊。

刚才光顾着找一个安全的地方给张铭正骨,慌不择路,一时半会儿竟然找不到刚才那条小路,三人在刚浇了的地里,深一脚浅一脚地跋涉了很久,终于看到小路,刘海飞一高兴,刚一上路,抬脚就跑,泥泞的路走多了,平整坚硬的路却不适应了,只遇到一个小浅坑便失去了重心,向前滚了好几滚,再站起来的时候,才发现脚踝扭伤,每走一步,针扎一样疼。他趁王战和张铭不注意,坐在路边,脱下战靴,发现脚踝快要肿成胖猪蹄。但仰头闭了闭眼,连忙将战靴穿回去,一跛一跳地紧倒腾两步跟上小组。

而王战的寻找之路走得也并不顺利,三人好像商量好了一样,都遭受了同样的磨难,王战之前脸上的伤、断掉的鼻梁骨不仅疼痛没有减轻,反而愈发肿大,口鼻眼是重要的三角区,相互通联着,鼻子痛竟然还影响到了眼睛,一路磕磕碰碰,老伤未去又见新伤。但他们谁都没有抱怨,自救互救,不下火线,不言放弃。总之找不到林昊,就一直找下去,是他们的信念。

孟冰巡诊完毕,回到终点宿营地,站在最高处,一只手搭在眼眶上,望着茫茫林海和纵横山梁,希望能看到王战的影子。

正看着,手机响了,孟冰接起来,王战母亲朱琴的声音传来。

朱琴对孟冰嘘寒问暖,并重提了上次火车上的事儿,至今想起来仍是感恩戴德。

孟冰嘴也甜，一口一个阿姨，叫得朱琴如喝了蜜一般。

"不好意思，这几天打王战的电话总是关机，我知道你们关系好，只好直接给你打，没有骚扰到你吧。"朱琴打电话不只是为了寒暄，更重要的是了解一下她和儿子情况发展到哪一步了。

"怎么会，英雄的母亲和我对话，荣幸之至。"孟冰冰雪聪明，也早知道王战妈妈的来意，并且这有可能是未来的婆婆，怎么可能不捧着唠。

"上次分别，虽然没有再见面，但好多次都梦到你了，我在想，看来咱们娘俩儿的缘分不浅。最近我这个想法越来越强烈，如果我们是一家人，该有多好啊。"朱琴的话虽绕着弯子，但在孟冰听来已然十分直白。朱琴为什么敢这么说，那是因为她这段时间没闲着，千方百计打听儿子和孟冰的情况，从王战那里套不出话来，她还伪装成患者给孟冰的科室打电话，套孟冰同事的话，这还不算完，还打电话到巅峰特战队的值班室，接电话的是女子队的，刘楠的亲密战友，一听朱琴在打听王战感情的问题，以为问的是王战和刘楠的情况，刘楠战友认为这是成人之美、替王战宽老人心的好事，不管青红皂白，把刘楠和王战表面平淡实则惺惺相惜的情况告诉了朱琴，把朱琴高兴得合不拢嘴，还以为说的是王战和孟冰的事儿。两人都稀里糊涂挂了电话，皆大欢喜。但任谁说、怎么说，没有听到本人的意见，朱琴还是心里没有底，思来想去还是要点对点问询更踏实，于是忍不住给孟冰打来这个电话。

"阿姨,看到您,我也觉得亲切,您别太客气,以后啊,您就当我是您的女儿,有心里话敞开了跟我说,我愿意听。"这是孟冰的真心话,她毫无保留地说,"特战队里王战是名人,特战队里的名人就是整个总队的名人,在我们单位,那些小医生、小护士既然选择来部队医院工作,那都是对英雄、对特战队员有执念的,平常聊天,王战出现的频率很高,耳濡目染,我更坚定要嫁就嫁特战精英的想法,虽然这段时间以来,王战并没有单独和我相处,我们之间也没有发生诸如英雄救美、偶遇等烂俗的感情故事,甚至连几句稍微热乎一些的话语都没说过,但这不妨碍我对王战的好感,我不知道这算不算爱情,不仅我不知道,好多人都梳理不明白,但我享受这种感觉,哪怕是等待许久依然没有什么结果。我的目标也很明确,攒足了一股劲儿,准备在王战冲锋到终点的时候向王战表白,我想试试到底是不是,女追男隔层纱。"

"好孩子,说得阿姨眼泪快要掉下来了。我要有你这样的好闺女,那是祖坟上冒青烟了。"朱琴说。

"阿姨,我们都很好,不要牵挂,王战也很好,我们都在魔鬼周战场,他马上就要破新的纪录,我是保障人员,全程跟着,你一定要放心。"孟冰说。

"嗯,你们在一起,我放心。阿姨再告诉你一个我和王战之间的约定,其实当初我是不同意他继续留在特战队的,为什么后来又留下来,你知道吗?"朱琴道。

"为什么?"孟冰已经隐隐感觉到朱琴在说什么,但迫切需要得到确认,和朱琴迫切想要确认孟冰和儿子的关系已经达到白热化一样。

"就是因为你,孩子。"朱琴把儿子留下来的原因说得荡气回肠,绝口不提王战本就不想走,是她觉得特战队太危险而希望他退出的事儿。当然她也不知道王战说留下来会和孟冰搞对象,只是缓兵之计的事儿。

朱琴的话让孟冰脸上荡漾着幸福,她更加确定已经和王战的关系再添砝码,她再次加倍释放了作为一个乖乖女温柔可人的暖心能量,让朱琴也喜上眉梢。

挂了电话,孟冰兴奋了好一会儿,但转念一想这爱情来得如疾风骤雨般突然,心里总觉得不踏实,她环顾四周,看到齐伟和郎宇站在一顶军用帐篷前相谈正欢,他们是最了解王战的人,从他们嘴里套出点儿消息来应该更具权威性。

孟冰满脸堆笑地向两位魔鬼教官走去,作为男人世界里的花朵,并且不属于他们直接管理,孟冰有这个得天独厚的优势,可以肆意接近魔鬼教官,换作别人唯恐避之不及。

即便是男人世界里的香饽饽,但还是要注重基本的礼仪,伸手不打笑脸人,孟冰明眸皓齿的一笑,更是她的一记杀招,她在部队有过很多次以此获得优待的经验。比如下基层出差巡诊,别的同事一下车要扛着大包小裹去招待所,她每次却都两手空空,因为她只需要对班长甜甜一笑,班长就会派好几个战士团团将她围住,抢走她的背囊、拎走她的小包;再比如小战士手术,十七八岁的大男孩,吓得还在喊妈,她也是一个笑容就让小战士变得眼神坚定,男子汉气概立显,屡试不爽,所以孟冰知道她的笑所独具的魔力。

孟冰笑着款款走来,她干净的装束,在这个狼烟遍地的场景中,像一簇圣洁的白莲花。看惯了狰狞的面孔,突然拥有这样精致面容的女孩出现在面前,美得令人眼晕,齐伟和郎宇也有些看傻了眼,两人以为她要到帐篷里给哪个后勤领导汇报工作,一左一右站直了,像是两位迎接首长的哨兵。但孟冰并没有掀开门帘朝里走的意思,她继续露出标致性的笑容。

"找……找我?"齐伟指指自己道。

"找你们两个,紧张什么?我还能有你们两位魔鬼教官可怕?"孟冰说。

"我怕你给我打针。"郎宇道。

"折腾别人的人,吃得饱睡得好,有什么资格浪费医疗资源。"孟冰话里有话地道。

"您是来替特战队员伸张正义的吗?有意见提,就您心里那点儿小九九,我有思想准备,不用兜圈子。"郎宇知道作为魔鬼教官,饱受一些人的非议,动辄被说变态,一不留神被人骂娘,早习惯了。

听闻郎宇的回答,孟冰笑了,心里更坚定了来前的想法,她认为郎宇一定知道她和王战之间的关系,因为如果王战喜欢她,一定会在战友中间炫耀,她学过心理学,心里惦记什么一定会在言语中流露出来。

"你都……你都知道了？"孟冰露出一点必备的羞涩。

"唉，人之常情，都可以理解。"郎宇回道。

"你说王战会顺利到达终点吗？"既然人家心里跟明镜似的，孟冰认为也没必要藏着掖着，直接表达对王战的关心，也是很实在的举动，也让王战的战友瞧瞧她的贤惠。

但孟冰这个问题，让郎宇和齐伟很不理解，刚还指桑骂槐，怎么一竿子支到了王战身上，郎宇问道："你怎么这么关心王战？"

"都说他是夺冠热门，我就听听你们的预判。"孟冰道。

双方谁也没听出对方的意思，聊天也能顺利往下进行，正常情况下这种现象很难发生。

"不瞒你说，这届魔鬼周，能顺利到达终点的，要么没有，要么只有王战或者张铭。"齐伟回道。

孟冰听到这里，脸上放光，她认为这是魔鬼教官知道他俩之间的关系，高抬着唠嗑，让她骄傲。

岂料郎宇后来的话让她心情瞬间一落千丈，像打翻了醋坛，酸掉了牙。

郎宇反驳齐伟道："不，以前这么说我认同，现在不一样了。"

"为什么？"孟冰杏眼圆瞪问道。

"郎教官！"齐伟提醒郎宇，导调中心的方案怎能随意透露，哪怕是卫勤保障组的人。

郎宇马上捂住嘴道："对对对，我这记性，差点儿破坏了战场纪律。"

郎宇接着对孟冰道:"抱歉,我真的不能说。小孟同志,不是咱俩关系不到位,是谁泄露机密谁报废。"

越是不说越让人好奇,孟冰意识到这里面肯定有猫腻,再一看齐伟一脸铁面无私的样子,她认为要问出个所以然,哪怕一丁点儿消息,当着齐伟的面显然是不能实现的。于是,她拽着郎宇的胳膊,把他拽出了老远:"郎教官,你说我平时对你好不好,你每次带特战队员到医院看病不都是找我吗?住院手续哪次不是我帮忙办?床位紧张,哪次不是可着你们先来?你们单位的人要找对象,哪次不是我保媒拉纤?包括你,别忘了,你未过门的媳妇也在我们科室上班,我可是护士长,你要是不告诉我怎么回事,回头我给她穿小鞋,保准让你们的爱情像长征一样艰难。"

孟冰一改刚才优雅的形象,连珠炮般地把郎宇轰了个体无完肤,尤其说到要回去给他女朋友穿小鞋,这事是可忍孰不可忍。

"别别别,没有床位我们可以排队,办不了手续我们可以等,看不了病我们可以协调,唯独你给我女朋友穿小鞋这事我承受不起,我们的感情本来就摇摇欲坠,你再不起好作用,指定黄。还请孟大护士长高抬贵手。我算是被你掐住了七寸,我承认我宁折不屈,没有困难可以将我摧毁,唯有我的爱情,经不起这样的折腾。"

郎宇连连求饶道,那副可怜相断然和之前他在训练场的样子联系不到一起。

"知道就好，还不从实招来？"孟冰趁热打铁。

"至于为什么王战是夺冠热门，现在却愈发艰难，具体原因，我肯定不能说。"郎宇说。

"那好，我还是回去穿小鞋吧。"孟冰一听这话故作要走，被郎宇一把拽住道："但我能说个大概，你自己体会。"

孟冰说："快说，还魔鬼教官呢，磨磨蹭蹭。"

郎宇说："大家都认为他是热门人选，这不是好现象，因为导调中心盯上他了，他注定是要承受最多的那个，想方设法多让他吃些苦头。"

孟冰说："可王战都一一化解了啊！"

郎宇说："看似没有漏洞、没有软肋、无懈可击了是吗？"

孟冰说："当然！他在我心目中是完美的。"

郎宇启发道："错！他和我一样，我最怕什么？"

"你最怕我给你女朋友穿小鞋。"孟冰脱口而出，突然她眼睛一亮接着说，"导调中心也给他女朋友穿小鞋？不会吧。"

第十五章
我以为最勇猛的状态是坚持到底，岂知放弃也如此荡气回肠

"导调中心那就不是穿小鞋的问题了，那是偷梁换柱、声东击西、一击毙命的问题。"郎宇的表情配合动作，十分凶狠。

"你当我傻？玩笑开大了吧，谁会配合导调中心，我才不会。"孟冰轻蔑地道。她认为谁敢给她出这个馊主意，她一定当场发飙。

郎宇说："你当然不会，人家怎么会利用得到你，你又不是特战队员，是刘楠，刘楠必须服从命令，刘楠是王战的软肋。"

"什么，你再说一遍！"孟冰惊呆了。

郎宇一把捂住了孟冰的嘴，生怕她的尖叫把不远处的帐篷顶掀翻。

"刘楠，王战喜欢刘楠，刘楠对王战也在考察阶段，这时候他们的感情最复杂，最说不清楚，导调中心并不会放过这绝佳的机会。"郎宇还在侃侃而谈，孟冰已呆若木鸡。

"我已然够意思了吧,不能再多说了,就这些你也要烂在肚子里,可不能捣乱了。"郎宇认为给孟冰透露了这个惊天秘闻,孟冰应该心满意足了,应该会兑现诺言,却没有注意到孟冰想要哭出来的样子,齐伟在喊他,郎宇转身离开。

孟冰在他背后咬牙切齿地说:"这是什么消息,你女朋友的小鞋我给她穿定了!"

王战带领张铭和刘海飞,躲过蓝军小组袭扰,终于发现了林昊的踪影,林昊似是已经放弃魔鬼周最后阶段冲刺,垂头丧气、万念俱灰地走着,他子弹上膛,抱着一个信念,只要看到蓝军就开枪,干掉一个算一个,也算为王战他们减轻一丝负担,他已经做好了坐上淘汰车回"集中营"的准备。

路边的林子里有响动,他甩手就是一枪,有一个落单的蓝军举着枪从林子里钻出来,宣告淘汰,临走前道:"都是落单的倒霉鬼,你也蹦跶不了太久。"

林昊不以为然,继续往前走,隐约听到有人在喊他的名字,但没有往心里去,他根本不相信这个时候还会有人呼唤他,他已然没用了,是特战队的阑尾,割了也好。但呼喊声越来越近,他忍不住回头张望,看到三个人在朝他的方向集中。他认为是蓝军,躲在树后,立姿据枪,谁先冒头就打谁。人影越来越近,他看到了一个熟悉的身形,但不敢确认,他的心突突直跳。

"林昊,林昊!"王战喊着。

林昊躲在树后，听到了这个久违的声音，眼泪"唰"一下掉了下来。

林昊仰头看了看天空，有斑斓的颜色映照进他的眼帘，正像他此刻的心情，刚还灰暗的世界瞬间填充上了颜色，那是孤独之后沸腾的世界，是一个已经跌落深渊的人被挂在树枝上的喜悦。

"傻子，都是傻子。"林昊激动地自言自语。

"林昊，请速归队，我们需要你。"王战好像也看到了林昊，他似乎嗅到了战友的味道。

"我在这儿，我在……"林昊收着嗓子喊道。

"是林昊，他在树后面。"刘海飞说。

"林昊，终于找到你小子了，我让你跑。"刘海飞一边隔空喊着，一边克制不住兴奋的心情，从草丛里冲出来向林昊跑去。

林昊也从大树后面露出了头，他看到了奔跑的刘海飞，他笑了，笑着向刘海飞挥手。

刘海飞也咧开大嘴，白花花的牙齿在空中跳跃，粗壮的狙击枪在他的手里左右摇摆，像一双展开的翅膀。刘海飞从一开始就是最沉默的那一个，自从进组以来，他很少说话，一方面是因为狙击手独特的气质使然，一方面他是整个组里资历最浅、兵龄最短的人，他只有服从命令的分儿。打从路边捡到林昊，有了同年兵做伴，一路上两人还能稍微开开玩笑，他的状态有了改观，可林昊出走，又让他恢复了原来的模样，现在林昊失而复得，他当然要第一个冲出来接着。

"我在这儿,别跑了……"林昊一句话没说完,"嘭"的一声,奔跑中的刘海飞急刹车般停了下来,他的耳麦里响起了"滴滴滴滴"的报警声,他低头看了看自己胸前的激光信标,已经被击中,他抬头看看笑容戛然而止的林昊,回头看看连忙隐藏进水渠四处寻找敌人的王战和张铭,呆愣在原地。

"最不善于表达的是你,最容易激动的也是你,我跑就跑了,你跑什么跑。"林昊哭着道,挥舞的手也停了下来。

"完了,结束了,淘汰了。"刘海飞说着,还是朝着林昊的方向移动,但不再是奔跑,而是奋力挪动着灌了铅的双腿。

"值吗?找到我一个,淘汰一个,还浪费了时间,这是赔本买卖啊。"林昊道。

刘海飞已经能听到林昊的话,声声入耳。听他这么说,刘海飞收起了失落的脸,又笑了,先是浅笑,继而哈哈大笑道:"值,太他娘的值了。"

王战看到刘海飞的背影,先是傻眼,接着用拳头狠狠地捶击面前的土地,张铭也将头深埋在臂弯里,他陷入深深的自责,若不是他跟林昊打了一架,林昊也不会出走,林昊不走,他们不必绕这么大弯子,用刘海飞换回了林昊。

王战拍拍张铭道:"战斗还在继续,这不是自责的时候。"

两人相互协作,躲开蓝军的狙击手,向林昊靠近,终于团聚了,但四人小组已是明日黄花。

在一处临时掩体中,四人围成一个小圈,沉默着,他们谁都不知道该用何种语言诉说这次焉知非福的相聚。

"支棱起来啊，该庆祝，能不能让我高高兴兴地走。"刘海飞摆出一副无所谓的样子，他拍拍王战道："组长，你得说句话，你不说话，大家连高兴都不敢了，我们组啥时候这么官僚了？"

刘海飞又摸摸张铭的头盔道："铭哥，你倒是说句话，时间紧迫，淘汰车马上要来了，连句送行的话也没有吗？"

刘海飞接着踢踢林昊道："昊子，别内疚，我不来找你，我也到不了终点，现在可好，还落下个为救战友英勇献身的好名声，我赚了。"

刘海飞的话突然多起来，终于成长为一个能说会道的特战队员，每句话说完不等别人反应，自己先嘿嘿不止。

整个树林中数刘海飞最活跃，叽叽喳喳的小鸟也被他比了下去，他长舒一口气，尽情地手舞足蹈，想跳就跳，抻胳膊蹬腿，好久没有这么肆意地放松四肢，不再担心被盯上，也不怕被伏击，开启了正常模式。

刘海飞在用行动告诉大家，淘汰未免不是一件好事，早死早投胎。

"羡慕吧，畅快吧，我再也不用像老鼠一样，被蓝军追得满地跑了。"刘海飞围着三人转着圈。

林昊坐在地上，眼神随着刘海飞的身体在移动，刘海飞的动作越搞笑，他嗓子眼儿越紧，趁没有哽咽之前说道："对不起，我不该出走，本来你们决定收留我之前，我已经在淘汰边缘，能坚持到现在,也是苟延残喘,但这次魔鬼周我所有的收获,都来自这个苟延残喘的阶段。"

"行了行了,能不能在我走之前说句提气的话,你们这样我骄傲不起来。"刘海飞说。

远处传来急救车的轰鸣声,预示着刘海飞马上将由此退出战场。

"对,要说些提气的话,海飞走得不遗憾,为了兄弟重聚,他打得敞亮,淘汰得光荣。下次魔鬼周,我们还要一组。"王战说道。

急救车在马路边停下,有医护人员打开后车门站在车尾等待淘汰人员自行上车。

刘海飞扫视了一下战友,逐个和他们握手后,大步向救护车走去。

张铭透过掩体缝隙观察,孟冰站在车尾,但张铭这次一点儿偷瞄她的欲望也没有,他看到的是刘海飞傲然的脚步、伟岸的身躯。

王战缓缓地举起右手,向刘海飞敬礼,尽管知道他不会看到。

林昊不敢看,背倚着掩体,拉下头盔,任由眼泪横流。

"组长,我能不能换回刘海飞,能不能把最后的机会还给他,能不能……"王战只摇了一个幅度很小的头,便打断了林昊的臆想。

刘海飞上了救护车,隔着车窗向外挥手,尽管他也看不到掩体后面的兄弟,但他知道他们一定看得到自己,就像他虽然被淘汰了,但他的精神将永远伴随他们到最后一样,所以他手挥得格外起劲,车开动了,他也没有停下,让孟冰等人以为这是一头被蓝军折磨到发神经的野兽。

刘海飞随着滚滚车轮和飞扬黄土一路远去,他在小组的时候很少说话,有时候大家会忘了他的存在,可是如今一走,他抱着狙击枪的形象却镌刻在大家心头。

大家还不想从失去刘海飞的悲伤中走出来,但魔鬼在候着他们,如果他们不尽快振作,悲伤没有任何意义,刘海飞的淘汰也将毫无价值。

张铭挪了挪屁股靠近林昊,摸了摸林昊脸上的伤道:"兄弟,我冤枉你了。"

"我也不该由着性子,大家都有责任。现在也不是互诉衷肠的时候,这事儿咱翻篇儿了。"林昊伸出了手道。

这是王战想要看到的结果,他也伸出手,三人紧握在一起喊道:"巅峰出击,勇士必胜!"

刘海飞像是和他们有心灵感应,在远去的车里也笑了,脸贴在了车玻璃上,那样也许可以抚平他突然而来的满脸褶皱。

赵科为了给小组留下生生不息的种子毅然决然地走了,赵世龙为了不拖累战友自我放弃了,刘海飞为了寻找离家出走的林昊,在马上就能看到终点处飘扬着的巅峰战旗时,也坐上了淘汰车,还会有人远去,不会有人再归来,王战他们心里比谁都清楚，所以仅存的三个人对"惺惺相惜、相互依存"的概念，从这一刻起坚不可摧。

"铁三角，铁下去，让他们的心意不白费。"林昊道。

"对，为了他们，我们也要好好的。"张铭说这话的时候，脑海里浮现的是之前自己幼稚和狭隘的画面。

"魔鬼周极限训练只剩下最后两天了，虽然'锋刃'比武只有一个名额，文无第一，武无第二，但我们如果走完这全新的苦难的魔鬼周，本身就算一个突破，谁入选'锋刃'比武还有那么重要吗？只要我还有一口气在，我绝不会一个人冲向终点。"王战道。

距离终点，直线距离还有四十公里，但这不是平时意义上的四十公里，山高林密，路途坎坷，还有源源不断的小股蓝军像被侵犯了家园的马蜂，随时准备给"敌人"以颜色。黎明最黑暗的时刻莫过于此，王战他们需要重新打起百倍精神，用尽最后气力，他们身上已是伤痕累累，目光还有些涣散，不再像魔鬼周之初那般如烈火灼人，脚步愈发沉重，踩不出刚劲鼓点，大脑不时还会空白、迟钝、鸣响，他们还要不断分辨多方汇聚而来的嘈杂声音，哪一种是有害的，哪一种是安全的。他们不是电量已不充沛的战斗机器人，只要程序还在运行，就不会违背中枢指令，他们是血肉之躯，也有质疑自己、质疑别人的时候，但从他们毫不迟疑的动作来看，他们从没质疑战斗的意义、没有泯灭战斗下去的勇气。

太阳火辣辣起来，把五天来没有换洗过的着装晒成了一道人形模具，硬纸板一般刺人，还散发出一股股的馊味。战靴虽防水，但也影响了透气性。在一处僻静地方，林昊忍不住脱下鞋看了一眼已经被泡得变形肿胀的脚，那双脚煞白，遍布水泡和皱纹，惨不忍睹，看得他心惊肉跳。他还想脱下防弹衣，缓解一下已经磨烂的肩膀，被王战制止："着装确实难受，但没有这身着装你早挂了，穿回去。"林昊知趣地穿了回去，因为所有人都一样，他们也很难受，不丢盔卸甲是一个特战队员的基本素养。

向西行走，迎着落日，翻过两座海拔千米以上的高山，就能看到终点的猎猎战旗。

终点停满了各式车辆，一字排开，有各色人等，战地记者、导调人员、蓝军队员、保障部门的五组一队（汽车修理组、应急保障组、炊事组、运输油料组、军械装备组、卫勤保障队），还有警戒人员和被隔离在警戒线以外的老百姓，他们老听说演习，但很少见过人员最后如何到达终点，享受高光时刻，是如运动健儿登上领奖台时的自豪满怀，还是金榜提名时的喜极而泣，他们真想一睹为快，可是仅存的特战队员在哪里，终点的人从翘首期盼到百无聊赖。

"回家做饭了。啥都没有，你让我来看啥？"村民甲道。

"别着急啊，这又不是百米赛道，这是三百公里赛道。"村民乙回道。

"那我们来早了，过两天再来，能不能在终点看到人再说吧。"村民丙说着把背篓甩上肩头。

王战等人根本不知道终点是个什么状况,他们一定不知道终点围满了人,都在等待一个有史以来最艰难的勇士的诞生。

他们曾无数次越过各种各样不同的终点,也享受过无数次的掌声,但这次意义非凡,他们却来不及想象。

爬上了又一座高山,万丈霞光笼罩着他们的脸庞,三个歪歪斜斜的轮廓成为天空的点缀,他们头顶着奔跑的云彩,望向前面纵横的山梁,被掏空的胸膛中瞬间满满当当,骄傲地认为一夫当关万夫莫开,即使蓝军再来千军万马也绝不在话下。

"孙子欸,爷爷给你们做思想工作来了。"说着,林昊第一个跃下峰顶的一块大石头,向下出溜着。

王战紧随其后,张铭也开始动作,走了两步,只听"咔嚓"一声,左脚一软,他脑袋"嗡"的一声。

王战没走出多远,一回头,发现张铭没有跟上来。

"走啊,你愣着干什么?"王战问道。

"你们先走,我再歇会儿。"张铭努力露出笑容,十分潇洒地朝王战甩了甩手。

"你抽什么羊癫疯,赶快,最后一哆嗦了。"王战催促道。

"让你走,走得了。"张铭表情很不自然,哪里瞒得过王战,王战原路返回来到张铭身边,拉了拉张铭的袖子,张铭还是不动。

"你被点穴了?蓝军队伍还有这号传武大师?"王战还有心情开玩笑。

"踩雷了。"张铭道。

王战看到张铭脸上的汗密密麻麻地渗出来。

"林昊,别动,雷区,开启地雷探测仪。"王战嘶喊一声,正出溜得很愉快的林昊倒吸一口凉气,紧急刹车,从背囊里取出探测仪,一边摆弄着,一边向上观察张铭和王战的情况。

这是通往终点最近的路,蓝军不会放过,早早地在这里布下天罗地网,任伟林不相信上百颗地雷,炸不到一个特战队员,搂草打兔子,谁先碰上谁倒霉。很不幸,这雷让张铭先蹚上了。

张铭用袖子擦擦汗,紧紧盯着左脚,一动不动。

"我俩先走的,为什么没有踩上,你最后一个却中标了?"王战百思不得其解。

"这雷是母的,看见标准帅哥才把持不住的,你俩型号不对。"张铭还有心情开玩笑,但语调出卖了他,让他的玩笑听起来效果更好。

王战虽然脚下无雷,心里一点儿也不比张铭轻松。

林昊用探测仪又发现了一颗新雷,王战更难过了,因为他不知道这颗雷是单雷还是连环雷,任伟林已经被逼到了分上,恼羞成怒,说不定会下大力气将整个雷区串联在一起,假设这雷是真雷,张铭只需要稍稍抬抬脚,三人全得玩完。

王战蹲了下来,用手把张铭战靴旁边的杂草碎石清理干净。

"别……别折腾了,你俩重新回到峰顶,绕开这里,先往西南走。"张铭何尝不渴望终点,但他认为大势已去,他说:"局势很明显,有人踩了雷,信号立即就会传到蓝军指挥中心,任伟林很快就会派人来这里补刀,排雷是个很艰难的过程,而且难以确保成功,等一点点把脚拿出来,蓝军的人应该也要到了。淘汰一个总比全军覆没要强得多。"

王战没有回应他,专心清理地上杂物。

张铭道:"终于到了我做出选择的时候,之前他们一个个离开我们,我认为是留下的人舍不得,现在知道要走的人,才是真的舍不得。"

王战说:"你能不能闭嘴?"

"你让我絮叨会儿,以后想听也听不到了。没有利益冲突,没到生死存亡威胁的时候,我觉得我还挺圣洁,挺爷们儿,没事儿的时候还想当当别人的人生导师,传授一些人生哲理,但是这一路,关系到成长进步,我换了一张面孔,我不说,你们也都看到了。让你们看笑话了,从现在起我张铭也是一个百毒不侵的人了,请你们给我一次机会。"张铭这席话说得很沉稳,和刚才的毛毛躁躁不一样,人之将淘汰,领悟了魔鬼周的奥妙,也不枉来这一遭。

"好日子还没过一天,就想着再次分开的事儿,人真是贱。"王战头也不抬地说。

"听到了吗?你听到了吗?快跑,你俩一定能到终点。"张铭着急地催促道，"如果不是脚底下有雷，我会跳脚的。因为我确实听到了山峰的另一侧有动静，应该是蓝军小队沿着山坡爬上来了。"

"听这声音还远着呢，这座山没有路，他们要上来，得七绕八绕。"王战从腰间掏出"95"式匕首，慢慢地往张铭的战靴底下塞。

"就算他们没那么快，也不用了，快走。"张铭看着远处只露出一截细芽的落日说道。

一毫米、两毫米、三毫米……匕首已经从张铭的鞋底贯穿过去，王战双手死死摁住，只要引信卡扣还压在地雷中，就不会爆炸。他脸上的汗水像下雨一样啪啪地摔在土里。

林昊从挎包里找出毛巾，不时帮他擦一把汗，等到匕首覆盖了整个雷面，毛巾已经可以拧出水来。

林昊为王战卸下头盔，王战头上腾腾冒着热气，像开锅的拖拉机水箱。

蓝军小队的攀爬速度很快，灵巧得像长臂猿，悠来荡去，很快离峰顶只有十几米的距离了，最多不超过一分钟，他们便可以出枪射击，到时候张铭就是瓮中之鳖，而王战和林昊虽然可以活动，但向下逃跑的路是不敢轻易尝试了，只能往左右两侧躲避，但左右两侧近距离没有可以依附的掩体，光秃得可怜。

三人如果在这一分钟内不能撤到安全地带，便是蓝军的活靶子。

林昊手里拿着刘海飞留下的狙击枪，担负警戒任务，当他再一次帮王战擦汗回来，朝山下一看时，不由惊呆了，刚还空空如也的山坡上，密密麻麻全是人，足足有一个排。

林昊惊呼道："人上来了。"

王战努力控制着发抖的手，用因为长时间使劲、不说话而并不通畅的喉咙挤出几个字："回来，准备垫石头。"

林昊背起枪，放弃狙击。

"我喊一二三，你抬脚。"王战注视着张铭道。

"一——二——三！"两人齐声喊着，林昊抱着一块石头跪在张铭腿边，等张铭把脚抽开，林昊见缝插针般地用石头压住了"95"式匕首。

与此同时，蓝军的第一个队员也已经露出了头，王战先发制人，急开一枪，尽管没有命中，但蓝军将脑袋缩了回去。

三人朝西南方向狂奔，因为是坡度较陡的山崖，要手脚并用，荆棘丛生，防割手套虽然起到一定的作用，但有裸露在外的皮肤，悉数被划破，无一幸免。子弹嗖嗖地贴着他们的身体飞过，弹着点出现一摊摊粉末，溅起一团团烟雾。

三人背后的山脊上，蓝军队员有的跪姿，有的立姿，有的将机枪架在队友肩膀上疯狂扫射，但三人如有神助，左冲右突，巧妙躲过，很快消失在一簇簇灌木丛中。

蓝军没有放弃追击，沿三人逃跑的方向跟了上去，却没有他们那般幸运，有的一把没有抓稳，翻滚着掉进山坡中的树枝藤蔓中,被缠了个结实,有的一脚蹬空,向前跌落,并很自然地扑倒队友,扎扎实实扮演着猪队友角色。

"为什么他们能行,我们不行?他们开挂了?"这是魔鬼周以来,任伟林的助手问得最多的一句话。

任伟林终于愿意回答他这个问题:"魔鬼见了他们也不想睁眼。"

导调中心的李国防看着大屏幕里面目狰狞的三人小组,拳头也攥紧了,牙关也咬紧了:"极限条件的确激发无穷潜力,这要搁平时,刚才那道长长的沟壑,他们怎么可能飞跃过去。"

又一次跨越了雷区,摆脱了蓝军追击,三人横七竖八躺在一块空地上,喘气喘出了摇滚乐的节奏。

"你们救了我一命,这情我记下了。"张铭道。

王战和林昊没有气力回复张铭,不管这话有多诚恳。

良久后,王战说:"这应该是魔鬼周的最后一个规定课目了,不出意外,只剩下最后的冲刺。"

导调中心,李国防紧握的手指松开了,环视了四周,大家都眼巴巴地看着他,有人偷偷说:"支队长黔驴技穷了,特战队员不累,我们都累了,加了六天班了,规定课目结束了,附加课目、即兴课目都结束了,该让歇会儿了吧,让特战队员专心完成最后的冲刺吧。"

陈东升也在观察他,像一位胜券在握的将军在遥望大势已去的溃军,在遥望一个江河破碎的国度。

李国防猛然回头,对陈东升说:"你已然忘记,战斗理念几番更新,武器装备换代升级,但中国军人的不服输精神深刻烙印在老带兵人的骨子里,尤其是打过仗的军人骨子里,尤其是打过仗还经历了历次军事变革的军人骨子里。我是抓小鸡的老鹰,老鹰还是老鹰,他大爷还是他大爷。"

一句话让导调中心里的人心又提到了嗓子眼儿。

"魔鬼周极限训练,绝不拘泥于规定动作,一定是环环相扣、层层扒皮,特战队员还在坚持,我们没有理由松懈。"李国防用余光看着陈东升。

"你这不是魔鬼周,你这是胡搞周。"陈东升正在享受"眼见他楼塌了"的快意,突然李国防又要出幺蛾子,忍不住说。

"既然要搞,胡搞也是一种搞法嘛。队员们还没急,你急什么?淡定一些。我发现这次魔鬼周你没有往日当导调中心负责人时的兴奋了,把你这头老虎关进笼子里,本身是一件很残忍的事情,还要在虎舍旁边设一个狼窝,天天让你看狼吃肉,这是雪上加霜,不怪你愤怒,不怪你失态,这却正是我想要的。以后你将是我的接班人,如果我不做到极致,那是对你有所保留。"李国防说。

"别扯到我身上,我只知道我的战士们成了任人宰割的羔羊,没有办法叫骂，也没有力气挣扎。"陈东升说。

"关键时候爱打感情牌不是好习惯。"李国防说。

"你……"陈东升在李国防这节奏感十足的回答里将要失去理智，他知道再说下去肯定要冒脏话了，他不是没有跟李国防冒过脏话，毕竟导调中心几十口子人看着，只有他们两个的声音，声音将被放大。

陈东升准备继续回他角落里那张老虎凳上坐着。

李国防道："你就不问问我接下来还有什么招数？"

"不想让我砸导调中心，现在就告诉我。"陈东升回道。

"明天魔鬼周结束了，我送你一把锤子。"李国防笑眯眯地说。

陈东升望着李国防因为发福早已不复当年硬朗的脸，看着他这些年不知是痴心于行政还是疏于训练，而不再摄人心魄的眼神，真想一拳头把他砸进大屏幕，让他去和队员们团聚。

陈东升说："你坐在恒温的大办公室里，喝着公务员端来的花茶，隔着屏幕看着一群小伙子你来我往，好不热闹，像看耍猴一般，很爽、很惬意吧。把你扔到那样恶劣的环境里，那样暗无天日、恐怖笼罩的阴影里，你怕是连两个小时能难以承受吧。别跟我讲什么大道理，打着锻造更强反恐尖兵的旗号，来表现自己的铁血手腕，来解释慈不掌兵的小成语，肆意虐待着我最好的队员，让大家看到他们是倒在你的手下，让人敬畏你的手段，这戏份真的很拙劣好吗？"

李国防静静地听完陈东升声讨自己,说:"亲战友也没有隔夜仇,我们这关系必须马上缓和,不然我的下一步计划,还真难以得到实施。这是什么计划呢?我真不敢直接告诉你,这个计划的本身对人就是一种凌辱,但为了胜利,我要不惜代价。我希望你说出王战的软肋,让我针对他这个软肋,再出一招儿。这听起来像天方夜谭,但我的脑回路就是如此清奇。"

陈东升听得瞠目结舌。

李国防把陈东升叫出了导调中心,两人站在落地窗前,看着支队机关大操场上战士们在跑步。

李国防递给陈东升一根烟,陈东升并没有接,说:"你的烟太冲,我抽不来,有事说事吧。"

"我不想在伤口上撒盐,可我扮演的就是这么个角色,你知道淡如白水的魔鬼周极限训练是对特战队员的不负责任。"

"是,你太负责任了,从来没有这么高的淘汰率,从来没有。况且,你知道这次魔鬼周还是选拔赛,关系到某些人的命运前途。"陈东升说。

"正是因为如此,我才更要把好这道关,越是残酷,真正的反恐精英才不会被以次充好。"李国防说。

"你想要高标准没问题,想拿着自己的创新训法到总队领导那里邀功也可以理解,可玩过了,就不是标准的问题,是哗众取宠。"陈东升说。

"你是这么想我的?"李国防问。

陈东升默然。

"既然你说我哗众取宠，那我做得还不够，我还要执行下一步的附加计划，并且只针对你的夺冠热门王战，而且这个计划，只能你配合我。"李国防一点儿也没和陈东升客气。

陈东升略带鄙夷地看着李国防说："你拆我的台，我还要替你递扳手？"

"正如你所想，我还要把你拉下水，很残忍，这就对了。你的队员你最了解，现在你就告诉我，他们不缺团队精神，不缺军事素质，不缺牺牲的勇气，他们到底还有什么薄弱环节，赶快说说，再不说他们就到终点了。"李国防迫切想要得到陈东升的答案。

陈东升怎么会做这么一个傻瓜，他一句"别打我的主意，确实不知道"把李国防拒之千里之外。

"咱们做笔交易，你申请的武器库改造升级、采购最新型一体化反恐装备的方案我签字，全支队的经费都向巅峰特战队倾斜。魔鬼周极限训练之后，给你们调休，给你们添置营产营具，有什么软硬件建设上的需求我统统答应。"李国防为把王战"拿下"抛出了这么大的筹码，由于经费问题，陈东升已经多次"上书"未果，李国防这次却轻而易举地答应了。

陈东升着实心动，愣了好几秒，可最终还是没有答应。他说："这不能成为你和我交换队员信息的条件，虽然你是指挥长，虽然这些实实在在的利益也和我们息息相关，解决了这些问题，我们可以一跃赶上国字号反恐劲旅，但这是战斗，他们是我的战友。"

"你好好想想吧,魔鬼周只剩下一天了,你不帮我,我也有办法找到他们的软肋,别因小失大。"李国防已经算是在威胁。

不这样说还好,他这一番话,陈东升的驴脾气上来了:"我还就不信邪了,威胁我,没用的,您不签,早晚有人签。"

两人的谈话因为陈东升的口无遮拦不欢而散,李国防黑着脸甩手离去,陈东升并没有觉得说得有半点儿不对。

陈东升继续回去坐他的老虎凳。

机关大楼前,一辆私家小车停稳,下来一名漂亮的女军人,瘦削高挑的身材,让打篮球的机关兵忘了传球。那走路的姿势,尽管陈东升隔着几十米远,尽管已经好多天没有见面,但他一眼就认出那是自己的爱人陈菲。

陈菲手里提着一个不锈钢的饭盒,朝导调中心走来,陈东升从窗户探出头,兴奋地喊道:"菲菲,我在这儿!"

陈菲抬头看见丈夫,嗔怒道:"这是机关重地,别喊。"然后快步进了大楼。

陈东升急切地在电梯口等着,刚因为被李国防"将了军"而郁闷的心情,从看到陈菲那一刻,缓解了很多。

"哎呀,怎么还隔着老远喊人家小名,这是单位,注意点儿。"陈菲说。

"我检讨,陈菲同志,您远道而来,有何贵干?"陈东升问道。

"你瘦了,你又没参加魔鬼周,为什么比到了现场的人还憔悴?"陈菲问。

"没事,我好着呢。"陈东升活动了活动筋骨。

"嘴硬,知道你每逢大项活动都吃不好睡不好,担心你的身体,特意给你熬了鸡汤,要当着我的面喝了,我才能走。"陈菲满眼爱意。

陈东升接过陈菲的饭盒,拧开盖子,连勺子都不用,咕咚咕咚一通灌。

陈菲一边让他慢点儿喝,说这不是大碗茶,一边问:"这次总指挥不是你们支队长吗?你只是观战的,为什么看起来比当总指挥的时候还要累?"

陈东升满嘴油光地痛斥了李国防的所作所为,痛数了他的"罪证",对待队员简直毫无人性可言,连他这个以杀手著称的老魔鬼教官都看得心惊肉跳。

"停停停,等你接替了他的位置,成为新一任的支队长,他就不会给你气受了。"陈菲面露喜色。

陈东升说:"这话可不能随便说,你不是这么势利的人,今天这是怎么了?"

"也难怪,你在这里关了这么多天,总队的风吹草动你们都无从知晓,你还不知道吧,拟转业人员名单上,李支队长的名字赫然在列,也许这是他最后一次魔鬼周了。"陈菲道。

"啊?他提拔晋升不是铁板钉钉的事了吗,怎么说变就变了？"陈东升惊道。

"他虽然成绩斐然，但学历、年龄上都不占优势，上级精神是就小不就老，李支队长的仕途怎么看都已是明日黄花。为了把巅峰特战队打造成国内一流的反恐队伍，他在支队长的位置上一干就是八年，从最年轻的正团熬成最老的正团，现在和动辄博士硕士的年轻干部相比，失去了竞争力……"

陈菲正说着，被陈东升打断："狗屁不通，又不是打笔仗，别整那些虚词，老李反恐作战经验这么丰富的人不提拔，提拔一些什么阿猫阿狗？！"

"东升，你怎么不讲政治？！"陈菲连忙制止陈东升说下去，还紧张地看了一下周围。

"讲政治？一般喜欢把这个词挂在嘴边的人最不讲政治，打起来逃得最快。你回去吧！"陈东升把饭盒丢给陈菲，急匆匆地往导调中心大厅走去，嘴上的油都忘了擦，陈菲再说什么他也没心情去听。

陈菲摇头不止，后悔告诉他这个还没有宣布的命令。

陈东升一把推开了大厅的门，声音巨大，大厅里的人齐刷刷地望向了他。

李国防严厉地训斥道："陈东升，不要太情绪化，这是导调中心，有意见你可以私下里提，进门连报告都不打，成何体统！"

"早知道自己要转业了，为什么不告诉我？"陈东升的质问,清晰地传到大家耳朵里,大家再次齐刷刷地望向李国防,一脸诧异。

大家想不明白,一个马上要脱下军装离开部队的人,为什么还要跟他们一群年轻人守在这里这么多天不下火线。

参谋甲悄声说:"这是和平年代,不是炮火连天的战争时期,魔鬼周也是全部队开展了好几年的军事训练活动,不是离开哪一个人无法进行的。"

参谋乙说:"你们想不通,陈东升心里跟明镜似的,他知道李国防这是在传给他最后一棒,让他以后能够得心应手地奔跑,压轴奔跑。他自己装不知道。"

李国防站在原地,没有了刚才的气势,脸色暗淡下来:"你瞎说什么,不要扰乱军心,这事儿回头再说。"

李国防有些手足无措,他惯常给人的威严感、似乎能洞察心灵的凝视,在陈东升突然的质问中荡然无存。

陈东升也没想到自己声音这么大,他没有理由在转业命令下达之前,在众人面前揭李国防的老底,这是他一直敬重的大哥,虽然这次魔鬼周他玩得有些过火,但断然不会影响他们之间多年的感情,他只是一时接受不了这个结果,看到李国防身上熄灭的火焰,他突然意识到太过冲动了。

陈东升缓步走到李国防跟前说:"对不起,支队长,我只是……我只是替你感到遗憾。"

"遗憾个屁,我这不是还没走呢吗?再说了,谁也不可能当一辈子兵，谁走谁留有那么重要吗？干好眼前的活儿不行吗？"李国防短暂的怯懦一扫而光，重新恢复一名老军人的神采，这是他常年临场发挥所积累的功力。

"这时候说走与不走还有什么用，我知道你是要站好最后一班岗，我知道你是不忘初心，有始有终，我知道你这是舍不得特战队员们……"

"少煽情，都什么时候了，抓紧落实我跟你说的事儿。"李国防看着大屏幕上奔跑的特战小组道。